suhrkamp taschenbuch 29

Howard Phillips Lovecraft wurde am 20. August 1890 in Providence, Rhode Island, geboren. Er führte das Leben eines Sonderlings, der den Kontakt mit der Außenwelt scheute und mit seinen Freunden und gleichgesinnten Autoren fast nur schriftlich verkehrte. Er starb am 15. März 1937, und sein hinterlassenes Werk ist nicht umfangreich. Zu seinen Lebzeiten erschien nur ein einziges Buch, *The Shadow over Innsmouth*, 1936. Etwa 40 Kurzgeschichten und 12 längere Erzählungen veröffentlichte er in Magazinen, vor allem in der Zeitschrift »Weird Tales« (Unheimliche Geschichten). Lovecrafts Ruhm als Meister des Makabren ist ständig gewachsen, und seine unheimlichen Geschichten wurden inzwischen in viele Sprachen übersetzt. In dem amerikanischen Verlag für phantastische Literatur, Arkham House, erschienen u. a. *The Outsider and Others* (1939), *Beyond the Wall of Sleep, The Dunwich Horror and Others* (1963), *Dagon and Other Macabre Tales* (1965). In deutscher Sprache liegen nunmehr alle seine Erzählungen und zahlreiche Essays bei Suhrkamp vor.

Giorgio Manganelli: »Lovecraft will kein Visionär sein, sondern ein Chronist des Grauens, ein Chronist der Unterwelt.« »Lovecraft hat einen besonderen Ehrgeiz kultiviert: es ist die Erfindung einer Mythologie, die Beschreibung eines geschlossenen, totalen Universums; ein vielleicht überfordernder, jedenfalls aber großzügiger Ehrgeiz eines außerordentlichen Schriftstellers.«

Seine grundlegende Idee, daß der Mensch sich fürchtet vor dem Unbekannten und Unheimlichen aus den unermeßlichen Tiefen des Universums, verwendete Lovecraft erfolgreich bei der Schöpfung seiner Cthulhu-Mythologie, die in den Erzählungen des vorliegenden Bandes *Cthulhu* das Kernstück bildet. Der Cthulhu-Mythos ist eine Wiederbelebung alter Sagen und Dämonengeschichten im kosmischen Rahmen und stellt eine Verbindung zwischen Weird- und Science-Fiction her.

H. P. Lovecraft
Cthulhu
Geistergeschichten

Deutsch von
H. C. Artmann
Vorwort von
Giorgio Manganelli

Phantastische Bibliothek

Suhrkamp

Umschlagfoto:
Lars Bauernschmitt / Christoph Engel / VISUM

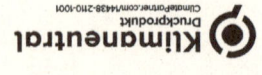
Klimaneutral
Druckprodukt
ClimatePartner.com/14438-2110-1001

22. Auflage 2022
Erste Auflage 1972
suhrkamp taschenbuch 29
© 1963 by August Derleth *Pickman's Model,* © 1927;
The Music of Erich Zann, © 1925; *The Haunter of the Dark,* © 1936;
The Dunwich Horror, © 1929; *The Call of Cthulhu,* © 1928 by the Popular
Fiction Publishing Company, for *Weird Tales,* © 1939,
1945 by August Derleth and Donald Wandrei *The Rats in the Walls,*
© 1924, by August Derleth and Donald Wandrei
© 1945 by Rural Publishing Corporation, for *Weird Tales,* © 1939,
Alle deutschen Rechte im Suhrkamp Verlag
Suhrkamp Taschenbuch Verlag
Alle Rechte vorbehalten, insbesondere das
der Übersetzung, des öffentlichen Vortrags sowie
der Übertragung durch Rundfunk und Fernsehen,
auch einzelner Teile.
Kein Teil des Werkes darf in irgendeiner Form
(durch Fotografie, Mikrofilm oder andere Verfahren)
ohne schriftliche Genehmigung des Verlages reproduziert
oder unter Verwendung elektronischer Systeme verarbeitet,
vervielfältigt oder verbreitet werden.
Umschlaggestaltung: Göllner, Michels, Zegarzewski
Druck: CPI books GmbH, Leck
Printed in Germany
ISBN 978-3-518-36529-8
www.suhrkamp.de

Übersetzung des Vorworts von Gerald Bisinger

Vorwort

Der Leser, der sich neugierig und mißtrauisch daran macht, das bedrohliche Labyrinth Lovecrafts zu durchforschen, hinter das komplizierte System seiner Monstrositäten zu kommen, wird von widersprüchlichen Empfindungen ergriffen werden, die grundsätzlich unverträglich sind. Wenn man annimmt, daß dieser Leser geduldig ist und verstrickt in seine eigenen einsamen Schrecknisse, daß er dazu neigt, autonome Ängste zu kultivieren, er ein furchtsam lüsterner Genießer des Grauens ist, so wird ihm Lovecraft keinesfalls nicht als guter und vertrauenswürdiger Präsentator anständigen, ja besten Schreckens erscheinen können; als durchtriebener Folterspezialist begnügt er sich nicht damit, bejahrte, ausgehöhlte Abgesandte der unterirdischen Körperschaft der Phantome, der Gilde der gestraften Seelen vorzuführen; er hat den Ehrgeiz, den Leser durch die Windungen eines tückischen, »blasphemischen« Zersetzungswesens zu ziehen. Lovecraft hat eine programmatisch kosmische Phantasie: wenn er sich mit der Hölle beschäftigen will, so wird es eine Hölle sein, die Welt und Götter umfaßt, Kreaturen und Schöpfer, ein theologisches Unheil, dem kein Paradies entgegensteht; die Hölle ist die Generalstabskarte des Universums.

Nichtsdestoweniger wird dieser Leser, dem – soweit sie es können – die unförmigen Dämonen Lovecrafts gewiß zulächeln, schwer noch anderen Gefühlen, komplexeren und nachdenklich stimmenden entgehen. Wenn er nicht bloß undifferenziertes Grauen liebt, ihm unheimliches Geflüster im Dunklen nicht genügt, der

Krach hinter dem Sessel, wie Edmund Wilson schreibt, wird er nicht umhin können, stilistisches Grauen zu verlangen, Agonien des Autors, literarische und auch rhetorische Ängste; er ist bereit, sich am Morgen mit weißen Haaren zu sehen: aber er wird sich nur von edlen Buchseiten des Grauens verführen lassen, die nach altehrwürdigen Gepflogenheiten ausgearbeitet sind. Und Lovecraft versichert tatsächlich, daß er sich der eindringlichsten Wirkung gewiß ist, wenn es ihm gelingt, das »Sonderbare mit dem Altehrwürdigen« zu verbinden. Was aber ist dieses »Altehrwürdige«? Zweifellos gehören die mehrdeutige Intensität der Vergangenheit, ihre unablösliche exotische Ornamentik, die Aura eines stabilen, festverwurzelten Todes zu den Merkmalen des edlen archaischen Grauens: eine gewisse Idee von zeremoniellem Gepränge ist davon nicht zu trennen, von einer nicht übereilten, sondern sorgsam entwickelten Grausamkeit; einer Grausamkeit, die reich ist an Beschwörungen. Um solch kunstvolles, phantasiereich ausgeklügeltes Grauen zu erzeugen, bedarf es also der Bosheit, der Weisheit, der Ironie und auch des strengen Zynismus der Literatur. Ist das aber genaugenommen Literatur? Ist die Vorliebe Lovecrafts für das Altehrwürdige mehr als die Kaprice einer ungewöhnlichen Intelligenz, das geistige Laster eines keuschen, einsamen Mannes? Gibt es bei Lovecraft Anzeichen einer Poetik des Grauens?

»Heutzutage ist jeder lausige Titelillustrator imstande, Farbe auf die Leinwand zu klatschen, um dann das Ganze meinetwegen ›Nachtmahr‹, ›Hexenritt‹ oder gar ›Portrait des Satans‹ zu nennen; aber nur ein Genie vermag so zu malen, daß das Bild wirklich Furcht erregt und einfach stimmt. Denn nur der wahre

Künstler kennt die tatsächliche Anatomie des Grauens oder die Psychologie der würgenden Furcht, deren genaue Linien und entsprechende Farbkontraste und Lichtwirkungen unserem Unterbewußten eine unerklärliche Angst einflößen. Ich brauche dir wohl nicht zu sagen, warum uns ein Füßli zutiefst erschauern läßt, während die billige Titelillustration zu einer Geistergeschichte bloß lächerlich wirkt. Es gibt da irgendwas, was diese Burschen einfangen, etwas aus einer anderen Sphäre, das uns, wenn auch vielleicht nur für einen Augenblick, Einsicht in eben diese andere Sphäre vermittelt.« Wir finden diese Zeilen in einer Geschichte, *Pickmans Modell,* die mehr als das Grauen selbst, die Art es zu benützen, um daraus ein Kunstwerk oder eine Geschichte zu machen, zum Thema hat. »Ich betrachte es als meine Aufgabe, die Nuancen der menschlichen Psyche sichtbar zu machen ...« formuliert Pickman, der Maler von Monstren; und der Erzähler bemerkt dazu: »Pickman war – gemessen an Betrachtung und Ausführung – in jeder Beziehung ein durch und durch genauer, ja fast wissenschaftlich vorgehender *Realist.«* »Das vom Künstler Gesehene ... war ein schieres Pandämonium, objektiv klar wie Kristall.« Weder »phantastisch« noch romantisch: wenngleich es im Grunde die Aufgabe des Grauens ist, uns zur »Flucht aus dem Banalen« zu zwingen.

Entsprechend, genau, lebensnah, wahr, tatsächlich ... Nuancen der menschlichen Seele; Realist ... objektiv ... Flucht aus dem Banalen. Lovecraft verfolgt eine ambitionierte, vielleicht vermessene und widersprüchliche Poetik des literarischen Grauens: er bedient sich der verderbten Gewalt der Vision, ihrer terroristischen Zerstörung des »commonplace«, des Emblems eines gesicherten und törichten Lebens, das zugleich mit dem Entsetzen jede Bedeutung zurückweist, den qualitativen, durch die negative Gnade erleuchteten Sprung, die Perspektive der Hölle, ihre eisigen Brände; dazu kommt der Ehrgeiz, realistische Bezüge herzustellen, eine wissenschaftliche Beschreibung der Vision: die strenge, minutiöse Genauigkeit eines Katalogs, durch die der ungeschlachte, wilde Körper der Vision unheilvoll nahegebracht und berührbar wird.

Es scheint indessen schwierig zu sein, in der Erzählweise Lovecrafts die Leitlinien dieses so ambitionierten Realismus, dieser so ausgeprägten intellektuellen Stärke zu erkennen. Lovecraft ist ein aufmerksamer Beschreiber, ein sorgfältiger Erzähler: er ist ein einzigartiges Beispiel von skrupulöser professioneller Korrektheit, von Pedanterie, die auf das Höllische ausgerichtet ist. Die Steckbriefe der Monstren, in denen es – wie bei solchen Steckbriefen üblich – zu Wiederholungen kommt, haben keineswegs die Aura nicht zu entschlüsselnden Grauens, geheimer Forschungen im Antimenschlichen; man hat eher den Eindruck, daß Lovecraft, so wie Pickman, diese schrecklichen Fratzen aus nächster Nähe gesehen und ihre Züge mit Hilfe eines – allerdings eng begrenzten – Spezialverbariums registriert habe. Dieser Realismus bedeutet also keine schrankenlose Unterwerfung unter eine visionäre Sensibilität, im Gegenteil, er kämpft dagegen an, setzt Kontraste. Lovecraft will kein Visionär sein, sondern ein Chronist des Grauens, ein Chronist der Unterwelt.

Das phantastische Gebiet, das Lovecraft bearbeitet, ist offensichtlich grenzenlos: wie Robert Blake, Maler und Schriftsteller, in *Der leuchtende Trapezoeder* (The Haunter of the Dark) hat er sich »ganz und gar auf die

Darstellung von Mythen, Träumen, Monstruositäten und Aberglauben verlegt, beständig auf der Suche nach phantastischen Szenen und Effekten aus dem Unwirklichen, Gespenstischen«. Aber weder die Regionen des Mythos noch die der Wirksamkeit der Gespenster haben die gleiche Ausdehnung oder überschneiden einander. In der Erzählweise Lovecrafts hat der Mythos die Funktion einer Voraussetzung, einer Struktur, einer Grammatik, durch die die Fakten des besonderen, privaten Grauens zusammengefaßt und organisiert werden, veredelt werden, indem ihnen andeutungsweise die Qualität des Bedeutsamen zugemessen und eine theologische Dimension vorgespiegelt wird. Der Mythos faßt die Einzelauswirkungen des »cosmic evil«, der ihn erzeugt, zusammen und verankert sie: aber seine Epiphanien sind anekdotisches Grauen.

Es steht dafür zu untersuchen, wie sich bei Lovecraft die Phänomenologie des Grauens vorstellt, welche Rhetorik sie hervorruft, welches Reservoir von Klischees benutzt wird. Es gibt bei Lovecraft einige Fakten, Situationen, Worte, die hartnäckig immer wieder auftauchen, richtige lexikalische Institutionen des Grauens.

Erstens die Verkommenheit, der Grad des »decay« von Städten (»die verfallenste und schmutzigste Gasse, die ich je in meinem Leben gesehen habe, – vermodernde Giebel, eingeschlagene uralte Fensterscheiben und rußdunkle, unwirklich hohe Schornsteine, die im hellen Mondlicht wie Kirchhofsgespenster rankten«), Gebäuden, wie der entweihten Kirche von Federal Hill (»Verlassenheit und Verfall hing hier wie eine düstere Drohung über allem«), Büchern okkulter Künste (»an die Decke reichende Regale voll verschimmelter Bücher«), menschlichen Wesen (»Die Einheimischen sind in widerwärtiger Weise dekadent und weit den Weg des Rückschritts gegangen, wie man das so häufig in den Brackwässern Neuenglands findet«).

Es ist dies kein ehrwürdiges Alter, sondern Ausdruck des Verderbens, von etwas, das vollgesogen ist mit Tod und fasziniert vom eigenen deformierenden Verfall; Symptom eines Übels, das von sehr weit her kommt, eine scheußliche Krankheit der Welt; das Verderben zeigt die Wirksamkeit einer zerstörerischen Dynamik, die auf der verderblichen Ungenauigkeit des Körperlichen beruht, dieser unpersönlichen Komponente der aktiven Zersetzung.

Wenn der »decay«, der Verfall, nicht genau faßbar und um so eindringlicher ist, eine nicht unterdrückbare, verborgen wirkende Eigenschaft, so entdeckt Lovecraft im Geruch ein typisches Merkmal der Verderbnis, das ungreifbare Symptom einer Krankheit, die auf das Formlose hinzielt; und es ist in erster Linie der magische Gestank, der den heiligen Verfall, das göttliche Übel, das um uns ist, signalisiert. Der Geruch ist die Glorie der Auflösung. Das Dorf Dunwich, ein extrem böser Ort, ist durch einen »unheilvollen Geruch wie von aufgetürmtem Moder und der Verwesung von Jahrhunderten« ausgezeichnet; um die Ruchlosigkeit unheilschwangerer Gegenstände, etwa von Büchern, zu bezeichnen, genügt es ihm, in selten geübter Kargheit hinzuschreiben: »große pfeffrig riechende Bücher«. Der magische Hügel von Dunwich erhält auch noch durch »faulige Gerüche« eine traurige Weihe; die satanische Kirche (*Der leuchtende Trapezoeder*) strömt »einen fremdartigen, grausigen Geruch aus«, das teuflische Wesen von Dunwich hinterläßt »einen Gestank, der nicht von dieser Welt oder von irgend etwas Gesundem, Heilem stammen« konnte; schließlich stellen wir einen moralischen Gestank von behutsamer Metaphorik fest.

»Verfall« und »Gestank« sind bloß die bevorzugten Warnzeichen, ehe das zentrale Grauen erreicht wird; die Obszönität des Verwesungsgeruchs und das deformierte Alter sind die Symptome des Bösen: dieses selbst manifestiert sich in einem widerwärtigen Mangel an Form. Über die Monstren Pickmans bemerkt Lovecraft: »Die Bizarrerie ihrer Extremitäten hatte die Beschaffenheit von zähem Schleim und grauem, warm zerfließenden Gummi«; die Skulptur des Monsters in *Cthulhus Ruf* macht einen gummihaften Eindruck: »Sie stellte ein Ungeheuer von entfernt menschenähnlichen Umrissen dar, hatte aber einen tintenfischgleichen Kopf, dessen Gesicht aus einem Wirrwarr von Tentakeln bestand; darunter ein schuppiger, gummihaft aussehender Körper.« Zur Vervollständigung der eigenen Verworfenheit kann sich das göttliche Monster als zähklebriges Grauen zeigen wie der geheimnisvolle und bösartige Gast der Kirche von Federal Hill: »das Ding aus dem Turm war ... in das Kirchenschiff hinabgestiegen, um dort auf eine klebrige, ganz und gar schreckliche Weise zu tappen und zu poltern.« »Gallertartig« ist der Alte Cthulhus, und nicht ohne scheußliche Grazie werden diese Wesen als »das schleimgraue, klebrige Gezücht der Sterne« beschrieben; die Warnträume in den *Ratten im Gemäuer* sind voll von einem »Rudel fetter, pilzüberwucherter Bestien«.

Der äußerste Gipfel des Grauens ist also in der Mythologie Lovecrafts das Absterbende, Übelriechende und vor allem Unförmige: ein aktiver Mangel an Form, eine Krankheit, eine verhängnisvoll ausgeklügelte

Schwindsucht; und in den ungenauen Zügen dieses abscheulichen Faktums manifestiert sich der Wille des zentralen Dämons des Universums, des einzigen und bösartigen Gottes: »Idiot«.

Lovecraft hat einen besonderen Ehrgeiz kultiviert, dem er aber nicht immer in gleichem Maße treu bleibt: es ist die Erfindung einer Mythologie oder auch Pseudomythologie; die Beschreibung eines geschlossenen, totalen Universums; ein vielleicht überfordernder, jedenfalls aber großzügiger Ehrgeiz eines außerordentlichen Schriftstellers. Der Idiotengott, die Vorläufer – himmlische Monstren, die schon zu Tausenden zur Erde herabgestiegen sind und nun auf dem Grunde der Ozeane in Erwartung ihrer Schreckensapokalypse ruhen –, die satanischen Einbrüche und Verschwörungen, all das verweist auf eine ausgeprägte mythische Struktur, in die wir durch sporadische Enthüllungen Einblicke gewinnen. Und diese zerbröckelnde Gnosis schließt den archaischen Mythos der Stadt ein: Spuren davon findet man vielleicht in den bösartigen Vierteln in der *Musik des Erich Zann* und im *Leuchtenden Trapezoeder;* in ihrer schrecklichen Bedeutung enthüllt sie sich in der Stadt Cthulhu, die nach den inhumanen Gesetzen einer »wrong geometrie« erbaut ist; – die gefälschte Geometrie ist eine Erfindung, durch die es Lovecraft gelang, die kalkulierte Ungenauigkeit mit der Suggestion des Beunruhigenden zu verbinden.

Eine ehrgeizige Mythologie, vielleicht von edlem Größenwahn: sie gestattet es dem Schriftsteller, erfinderische Varianten eines eng begrenzten, auch monotonen Grauens zu wiederholen; denn Lovecraft hat nun einmal nicht viel mehr Möglichkeiten als die eines Theologen, eines Pornographen des Grauens: die »estatic fear«, der er sich mit geduldigem Eifer widmet, nimmt in seiner geistigen Hölle geradezu den Platz eines heftigen, sich aber wiederholenden Orgasmus ein.

Sobald die Formen des Grauens innerhalb einer vorgegebenen Mythologie ihren Ausdruck finden, stellen sie sich als vollständige, nicht deduzierbare Fakten dar; und ihnen gegenüber hat der Schriftsteller die intellektuell »unmögliche« Verpflichtung, sie in ihrer Unförmigkeit zu beschreiben und anzuerkennen. Sobald Lovecraft mit solchen Vorstellungsbildern in direkte Verbindung kommt, verzichtet er auf die »objektive Kristallklarheit«, auf das harte Handwerk eines Arrangeurs von Worten, wird er zum sinnlichen Instrument der Vision. Er entzieht sich dem fleischlichen, faszinierenden Bild nicht, akzeptiert es als echte, erfahrbare, lebendige Halluzination. Wenn er nicht die fährnisreiche Dimension des Propheten hat, so kommt ihm doch der pathetische Ruhm eines aufrichtig tendenziösen Zeugen zu. Wann immer Lovecraft als vorbehaltloser und unglaubwürdiger Chronist die abseitigen Fratzen beschreibt, von denen sein Dasein erfüllt ist, beschreibt er das einzige unförmige Monster, mit dem er von Grund auf Erfahrung hat, sich selbst.

Giorgio Manganelli

»Glaub du bloß nicht, ich sei verrückt, Eliot, es gibt ne Menge anderer Leute, die mit weit merkwürdigeren Abneigungen herumlaufen. Nimm doch mal Olivers Großvater, der um keinen Preis in ein Auto steigen würde – warum lachst du nicht über ihn? Und wenn ich persönlich diese verdammte Untergrundbahn nicht ausstehen kann, so ist das meine Sache; und außerdem sind wir ja mit dem Taxi schneller hergekommen. Wenn wir mit der Untergrundbahn gekommen wären, hätten wir den ganzen Hügel von Park Street hinaufgehen müssen.

Ich weiß, ich bin seit meinem letzten Besuch im Vorjahr eher nervöser geworden, aber halte mir jetzt um Himmels willen keine psychiatrischen Vorlesungen. Ich habe weiß Gott mehr als einen Grund dafür, und muß mich außerdem noch glücklich schätzen, nach all diesen Erlebnissen nicht den Verstand verloren zu haben.

Gut, wenn du es unbedingt hören willst, warum sollte ich dir nicht alles erzählen? Vielleicht ist das sogar notwendig, sonst schreibst du mir am Ende wieder besorgte Briefe, weshalb ich nicht mehr im Künstlerclub erscheine und Pickman meide. Jetzt, da er verschwunden ist, gehe ich sogar ab und zu wieder hin, aber dennoch – meine Nerven sind einfach nicht mehr das, was sie waren.

Nein, ich habe nicht die geringste Ahnung, was aus Pickman geworden ist und will auch nicht darüber nachdenken. Wahrscheinlich vermutest du, daß ich ihn aus einer inneren Eingebung heraus fallengelassen habe. Und damit hast du nicht unrecht. Was aus ihm geworden ist – darüber will ich lieber gar nicht nachdenken. Nach ihm zu forschen ist Sache der Polizei, mag sein, daß sie Glück haben. Bisher haben sie noch nicht einmal herausbekommen, daß er unter dem Namen Peters irgendwo in North End eine Bude gemietet hatte. Ich bin nicht besonders sicher, daß ich sie selbst wiederfände – ganz abgesehen davon, daß ich das niemals versuchen würde, nicht einmal am hellen Tag! Ja, ich weiß, oder fürchte zu wissen, wozu er sie gebraucht hatte. Ich werde dir das gleich erklären. Und dann wirst du auch verstehen, warum ich der Polizei davon nichts erzähle. Die würden glatt verlangen, daß ich ihnen den Weg dahin zeige. Das aber brächte ich, selbst wenn ich es könnte, nicht über mich. Es war irgendein *Ding* dort – und seitdem ich *das* gesehen habe, wage ich mich in keine Untergrundbahn mehr oder, von mir aus lach drüber, in Keller oder sonstige Räume, die unter der Erde liegen.

Ich hoffe sehr, daß du nicht angenommen hast, ich hätte Pickman aus denselben Gründen fallengelassen, wie sie diese Waschweiber von Dr. Reid, Joe Minot oder Rosworth gegen ihn vorbrachten. Das Morbide in der Kunst schockiert mich keineswegs, und wenn ein Mensch so genial veranlagt ist, wie Pickman es war, fühle ich mich durch seine Bekanntschaft nur geehrt, ganz gleich in welcher Richtung sich sein Werk bewegt. Boston hat niemals einen größeren Maler als Richard Upton Pickman besessen. Das war schon immer meine Überzeugung, ich habe sie nie geändert, bin keinen Zoll breit von ihr abgewichen, selbst nicht dann, als er mir sein Gemälde ›Ghoule beim Fraß‹ zeigte. Das war damals, du erinnerst dich sicher noch daran, als Minot erklärte, er wolle mit ihm nichts mehr zu schaffen haben.

Du weißt, es bedarf einer großen, wirklichen Begabung und einer profunden Einsicht in die Natur vieler Dinge, um *solche* Themen wie ein Pickman malen zu können. Ist doch heutzutage jeder lausige Titelillustrator imstande, Farbe auf die Leinwand zu klatschen, um dann das Ganze meinetwegen ›Nachtmahr‹, ›Hexenritt‹ oder gar ›Portrait des Satans‹ zu nennen; aber nur ein Genie vermag so zu malen, daß das Bild wirklich Furcht erregt und einfach stimmt. Denn nur der wahre Künstler kennt die tatsächliche Anatomie des Grauens oder die Psychologie der würgenden Furcht, deren genaue Linien und entsprechende Farbkontraste und Lichtwirkungen unserem Unterbewußten eine unerklärliche Angst einflößen. Ich brauche dir wohl nicht zu sagen, warum uns ein Füßli zutiefst erschauern läßt, während die billige Titelillustration zu einer Geistergeschichte bloß lächerlich wirkt. Es gibt da irgendwas, was diese Burschen einfangen, etwas aus einer anderen Sphäre, das uns, wenn auch vielleicht nur für einen Augenblick, Einsicht in eben diese andere Sphäre vermittelt. Doré besaß diese Gabe, und heute haben wir Sime, und Angarola in Chicago. Aber Pickman hatte sie in einem so hohen Maße wie kein anderer zuvor – und ich hoffe, er wird der letzte gewesen sein. Frage mich bitte nicht, *was* sie sehen; du weißt, in der Kunst ist es normalerweise so: der ganze Unterschied, der gemacht wird, ist der zwischen den belebten, atmenden Dingen, die nach der Natur oder nach Modellen gezeichnet werden auf der einen Seite und andrerseits der artifizielle Plunder, den geschäftstüchtige Möchtegerns nach akademischen Regeln in einem kahlen Atelier auf die geduldige Leinwand hinhauen. Tja, ich würde sagen, der wahre Maler des Makabren besitzt eine Art Sehergabe, die Modelle anzufertigen, in denen er die gespenstische Welt, in der er lebt, nachvollzieht. Weiß Gott, er versteht es, Bilder hervorzubringen, neben denen sich die Pfefferkuchenträume mancher Kleckser ausnehmen wie die Bilder eines begabten Portraitisten neben den Machwerken eines Fernkursusteilnehmers. Hätte ich jemals Pickmans Visionen gehabt – aber nein! Komm, laß uns einen Schluck trinken, bevor ich weitererzähle.

Mein Gott, ich wäre wohl nicht mehr am Leben, oder bei gesundem Verstand, hätte ich je das gesehen, was dieser Mensch – wenn er überhaupt ein Mensch war! – gesehen hat.

Du weißt, Portraits waren Pickmans Stärke. Ich meine, es hat seit Goya wohl keinen anderen Maler gegeben, der es vermocht hätte, in ein Antlitz den Ausdruck der schieren Hölle zu setzen. Und vor Goya mußt du schon weit ins Mittelalter zurückgehen – da haben sie die Wasserspeier und Höllenfratzen von Notre-Dame und Mont Saint-Michel aus den Steinen gehauen. Sie glaubten an eine Menge Dinge, diese Burschen – und vielleicht sahen sie sogar tatsächlich alles mögliche; das Mittelalter hatte da einige sehr merkwürdige Perioden. Ich entsinne mich, wie du selbst einmal Pickman fragtest, von wo zum Kuckuck er all diese Ideen und Gesichte herhabe. Erinnerst du dich noch an das böse Lachen, das er dir zur Antwort gab? Dieses Lachen dürfte auch der Grund gewesen sein, weshalb der gute Reid nichts mehr mit ihm zu tun haben wollte. Reid begann damals, wie du weißt, sich mit vergleichender Pathologie zu beschäftigen und war mit allerlei prächtigem Zeug wie »biologische oder evolutionäre Bedeutung mentaler und physikalischer Symptome« zum Brechen voll. Er behauptete, daß Pickman ihn von Tag zu Tag mehr abstoße, daß sein Gesichtsausdruck sich in einer solch abscheulichen Weise verändere, daß es nicht mehr menschlich zu nennen sei; ja, er habe einen förmlichen Horror in seiner Gegenwart. Pickman war seiner Meinung nach anomal und höchstgradig pervertiert veranlagt. Du hast, glaube ich, sogar selbst einmal Reid in einem Brief geschrieben, daß nicht Pickman es sei, der ihn nervlich zermürbe und aufwühle, sondern dessen Bilder. Ich selbst sagte ihm damals ähnliches.

Du darfst aber von mir nicht denken, ich habe Pickman etwa wegen solcher Dinge gemieden, ganz im Gegenteil, meine Bewunderung für ihn wuchs sogar, denn dieses ›Ghoule beim Fraß‹ bedeutete einen immensen Fortschritt in seiner Kunst. Trotzdem fand sich, wie du weißt, nicht eine Galerie, die dieses Bild ausgehängt hätte, und das ›Museum of Fine Arts‹ weigerte sich, es als Geschenk anzunehmen. Kein Mensch wollte es kaufen, das versteht sich wohl von selbst, und Pickman hatte es bis zu seinem Verschwinden im Atelier hängen. Jetzt ist es bei seinem Vater in Salem – Pickman stammte, wie du weißt, von dort her, und eine seiner weiblichen Vorfahren wurde 1692 als Hexe hingerichtet.

Ich hatte es mir angewöhnt, Pickman immer häufiger zu besuchen, besonders, nachdem ich mit Vorstudien zu einer Abhandlung über makabre Kunst begonnen hatte. Es ist wahrscheinlich, daß mich seine Bilder auf diese Idee gebracht haben; es erwies sich auch bald, daß er mir für meine Arbeit sehr wertvolle Ratschläge und Hinweise zu geben vermochte. Er zeigte mir seine ganzen Gemälde und Zeichnungen einschließlich einiger Federskizzen, welche letzteren, wären sie bekannt geworden, ihn zweifellos die Mitgliedschaft im Club gekostet hätten. Es dauerte auch nicht lange, so war ich einer seiner eifrigsten Bewunderer geworden und konnte ihm stundenlang wie ein Schuljunge bei seinen Theorien und philosophischen Spekulationen zuhören, die bizarr genug waren, um ihn für das Irrenhaus von Denver zu qualifizieren. Meine Verehrung für ihn, die sich mit der Tatsache verband, daß ihn die Leute immer mehr mieden, bestärkte sein Vertrauen zu mir. Und eines Abends sagte er, er wolle mir einige seiner Bilder zeigen, die alles bisher Gezeigte in den Schatten stellen würden.

›Wissen Sie‹, sagte er, ›da existieren einige Dinge, die in Newbury Street unmöglich sind, Dinge, die dort fehl am Platze wären und ohnedies nur an anderen Orten entstehen können. Ich betrachte es als meine Aufgabe, die Nuancen der menschlichen Psyche sichtbar zu machen, ihre ungeheuerlichsten Abgründe zu offenbaren – aber unter den Snobs, die da in ihren neuen Villen sitzen, werde ich diese kaum finden. Back Bay ist noch lange nicht Boston; ja, es ist vorläufig noch gar nichts, ist viel zu jung, um seine eigenen Traditionen, Erinnerungen oder gar Geister zu besitzen. Und sollten dort Geister umgehen, so sind es jämmerlich zahme Erscheinungen, Gespenster aus einer seichten Bucht, Vogelscheuchen aus den salzigen Nebelmarschen vor der Stadt. Was ich aber brauche, das sind Geister von menschlichen Wesen, die die Hölle erlebt haben und die auch verstanden haben, was sie in ihr sahen.

Der einzige Ort, wo ein Maler leben kann, ist North End. Und würde es einer von diesen Ästheten wirklich ernst meinen, so müßte er auf der Stelle in die Slums ziehen – schon der Traditionen wegen, denen man dort auf Schritt und Tritt begegnet. Herrgott, Mann! haben Sie sich einmal überlegt, daß dieses Viertel nicht gebaut wurde, sondern gewachsen ist, richtig gewachsen? Ganze Generationen lebten, fühlten und starben dort! Und das alles zu Zeiten, wo die Leute noch keinerlei Angst hatten zu leben, zu fühlen, zu sterben. Wußten Sie eigentlich, daß 1632 auf Coppshill eine Windmühle stand und daß die Hälfte der Straßen dieser Stadt bereits vor 1650 angelegt wurde? Ich kann Ihnen Häuser zeigen, die vor zweihundertfünfzig Jahren und mehr errichtet wurden, die vieles gesehen haben, Dinge, darüber moderne Häuser längst in Staub und Asche zerfallen wären. Was weiß man heutzutage vom Leben und dem, was dahinter ist? Sie halten die Hexenprozesse von Salem für Wahnwitz und Aberglauben, aber ich möchte wetten, meine Ururahnin hätte Ihnen da allerhand hübsche Stücklein vorzaubern können. Man henkte sie auf Gallows Hill, und der werte Cotton Mather stand mit salbungsvoller Miene dabei und sah zu. Aber Mather – der Teufel hol ihn! – hatte im Grunde genommen nur Angst, es könne sich jemand aus dem monotonen Käfig jener Zeit losreißen. Daß ihn doch einer verflucht oder allnächtlich sein Blut gesogen hätte!

Ich kann Ihnen ein Haus zeigen, in dem er wohnte, aber auch ein anderes, das er nie betreten hätte, obwohl er immer so kühne Reden schwang. Ja, er wußte von einigen Dingen, die er nie in seinen albernen *Magnalia* oder in den hirnrissigen *Wundern der Unsichtbaren Welt* zu erwähnen gewagt hätte. Wußten Sie eigentlich, daß das ganze North End von unzähligen Gängen durchzogen war, in denen gewisse Leute von einem Haus zum andern, zum Friedhof oder ans Meer gelangen konnten, ohne von einer Menschenseele gesehen zu werden? Mochten sie auch oben ihre hündischen Streifzüge halten, jeden Winkel absuchen – unter der Erde ging das lichtscheue Treiben ungestört vor sich, und in den Nächten hörte man Gelächter, aber man wußte nie, woher es kam.

Mann, ich möchte mit Ihnen wetten, daß in acht von zehn Häusern, die noch vor 1700 gebaut wurden, allerlei merkwürdige Dinge in den Kellern zu entdecken wären! Es vergeht kaum ein Monat, daß nicht bei Ausschachtungsarbeiten neue Funde gemacht werden – die Arbeiter stoßen auf zugemauerte Gänge, verschüttete Durchlässe, bodenlose, abgrundtiefe Brunnen. Im letzten Jahr wurde ein solcher Brunnen in Henchman Street freigelegt, hier gleich in der Nähe. Früher hausten dort Hexen und die Geister, die sie heraufbeschworen; Piraten mit ihrer maritimen Beute; Schmuggler; Straßenräuber; die Leute verstanden damals zu leben und die Grenzen ihrer eher beengten Zeit zu durchbrechen, das kann ich Ihnen sagen! Und es war nichts weniger als nur eine Welt, die damals ein kühner unternehmungslustiger Mann für sich beanspruchen durfte, ha! Er konnte in eine Menge andrer vordringen. Und heutzutage fallen die Herren Künstler bereits in Ohnmacht, wenn sie ein Bild sehen, das die Horizonte eines Teestundenplausches in Beacon Street überschreitet.

O diese zartrosa Lämmerhirne! Das einzige trostreiche an unserer gegenwärtigen Zeit ist tatsächlich das Faktum, daß der Durchschnittsmensch viel zu beschränkt ist, um sich mit den Fragen der Vergangenheit näher zu befassen. Was sagt einem denn schon ein Stadtplan oder ein Führer über das North End? Bah, ich garantiere Ihnen, daß ich Sie durch dreißig oder vierzig schmale Gassen und Straßen führen kann, die alle nördlich von Prince Street liegen und kaum von einem

Menschen betreten worden sind, ausgenommen die Italiener, die in dieser Gegend wohnen. Aber was wissen diese Dagoes schon darüber? Nein, Thurber, diese uralten Gegenden sind voll der traumhaftesten Wunder und Schrecken, voll der Flucht aus dem Banalen, was aber nützt es, wenn keine Menschenseele daraus Gewinn zu ziehen versteht? Oder besser gesagt, eine gibt es doch – nicht umsonst habe ich in der Vergangenheit herumgegraben!

Sehen Sie, Sie interessieren sich doch für dergleichen. Was würden Sie sagen, wenn ich mir dort oben ein zweites Atelier eingerichtet hätte? Ein geheimes Atelier, wo ich die Nachtmahre und uralten Schreckgespenster auf mich einwirken lasse, wo ich Dinge zu malen vermag, die mir hier in Newbury Street nicht einmal im Traume einfielen. Es versteht sich natürlich von selbst, daß ich darüber nie etwas im Club erzählen würde – mir genügt es schon, wenn Mr. Reid hinter meinem Rücken verbreitet, ich befände mich mitten in einem Prozeß, der eine Umkehrung der menschlichen Evolution bedeute. Und da ich nun mal der Auffassung bin, daß ein Künstler nicht bloß das Erbauliche, Schöne, sondern auch das Schreckliche, Grausenerregende darstellen soll, habe ich mich an verschiedenen Orten umgesehen, wo ich es zu finden hoffen konnte.

Ich habe in einem Viertel, das Fremde höchstens einmal im Jahr, und dann auch nur aus purem Zufall, zu Gesicht bekommen, eine kleine Wohnung gemietet. Sie liegt ganz in der Nähe der Untergrundbahn, geistig aber und seelisch trennen sie Jahrhunderte von unserer Gegenwart. Ich habe sie vor allem wegen dem alten Brunnen, der sich im Keller befindet, genommen – einem jener unsäglichen Schächte, wie ich sie vorher erwähnte. Es macht mir nicht viel aus, wenn mir die alte Bruchbude fast über dem Kopf zusammenstürzt, die Summe, die ich dafür bezahle, ist ja lächerlich. Es gibt kein Fenster, das nicht mit alten Brettern vernagelt wäre, ein Umstand, der meinen Absichten jedoch nur entgegenkommt, weil ich für meine Arbeit kein Tageslicht brauche, noch gebrauchen kann. Ich male im Keller, dort ist die Atmosphäre am dichtesten, habe mir aber im Erdgeschoß ein paar Räume möblieren lassen. Das Haus gehört einem Sizilianer, und ich habe es unter dem Namen Peters gemietet.

Wenn Sie mitmachen wollen und Lust haben, lade ich Sie heute abend ein, mit mir dorthin zu gehen. Ich bin überzeugt, daß Ihnen die Bilder gefallen werden. Ich habe mich in ihnen, sagen wir, ein wenig ausgetobt. Es ist gar nicht so weit – hin und wieder lege ich sogar den Weg zu Fuß zurück; ich möchte kein Aufsehen mit einem Taxi erregen. Und wenn wir mit der Untergrundbahn bis zur Battery Street fahren, haben wir nicht mehr viel zu laufen.‹

Du kannst dir vorstellen, Eliot, wie begeistert ich über seine Einladung war. Für mich gab es nach diesem Gespräch nicht viel mehr zu tun als in das nächstbeste Taxi zu springen. Wir stiegen an der South Station in die Untergrundbahn um und erreichten gegen Mitternacht die uralten, ausgetretenen Steintreppen, die von Battery Street den Hafen entlang in Richtung Constitution Wharf führen. Dort in dem zitternden Halbdunkel verlor ich bald völlig die Orientierung, und ich kann mich unmöglich mehr daran erinnern, die wievielte Seitengasse es war, in die wir schließlich einbogen. Greenough Lane war es jedenfalls nicht.

Wir stiegen die verfallenste und schmutzigste Gasse, die

ich je in meinem Leben gesehen habe, hoch – vermodernde Giebel, eingeschlagene uralte Fensterscheiben und rußdunkle, unwirklich hohe Schornsteine, die im hellen Mondlicht wie Kirchhofsgespenster wankten. Die Häuser müssen unwahrscheinlich alt gewesen sein, denn es waren mindestens zwei unter ihnen, die eine Art Walmdach besaßen, wie sie zu Cotton Mathers Zeit üblich waren, obwohl dir jeder Historiker versichern wird, daß diese architektonische Seltenheit in ganz Boston nicht mehr anzutreffen ist. Von dieser Gasse aus bogen wir in eine noch dunklere ab, dann ging es einige Minuten geradeaus weiter, bis wir schließlich vor einem veritablen Labyrinth aus finsteren Hinterhöfen und engen Durchlässen standen. Pickman, der mich am Arm genommen hatte, brachte eine Taschenlampe zum Vorschein, in deren kreisrundem Lichtkegel ich eine wurmzerfressene Türe erblickte, die nahezu aus den Angeln fiel. Er schloß auf und schob mich in einen kahlen Korridor, der eine Täfelung aufwies, die sicher einst sehr prachtvoll gewesen war. Sie bestand aus dunklem Eichenholz, war zwar einfach gearbeitet, gemahnte aber bestürzend an Andros, Phipps und die Hexenzeit. Dann bat er mich durch eine Türe, die sich links neben dem Eingang befand, entzündete eine Petroleumlampe und bot mir einen Stuhl an.

Du weißt, Eliot, ich bin, wie man so schön sagt, ein hartgesottener Bursche. Aber ich muß dir gestehen, daß mir das, was mir dort von den Wänden entgegenblickte, kalte Schauer über den Rücken jagte. O ja, das waren in der Tat die Bilder, die er unmöglich in Newbury Street hätte malen können, und er hatte nur zu recht, als er zuvor meinte, er habe sich in ihnen *ausgetobt*. Komm, nimm noch einen Schluck – ich zumindest brauche einen.

Es wäre zwecklos, wenn ich dir jetzt die Gestalten auf seinen Bildern beschriebe, denn dieser grausenhaft tropfende Horror, diese ungeheure Abscheulichkeit, dieser namenlos seelenzermürbende Leichengestank, den diese alles Irdischen baren Geschöpfe und Wesen ausstrahlten, diese krankhafte pervertierte Phantasie ist mit menschlichen Worten nicht zu schildern. Nicht daß du glaubst, Pickman habe sich der eher ausgefallenen Technik von Sidney Sime bedient, oder meinetwegen der Effekte, wie sie Clark Ashton Smith bei seinen transsaturnischen Paysagen oder den lunaren Pilzwucherungen anwendet, die uns das Blut unserer Adern vereisen. Die Hintergründe waren fast immer alte Begräbnisstätten, tiefe schwarzverschleimte Wälder; Klippen, die sich eklig und unheilig grün in das vermoderte Herz einer fahlen See hinausschoben; düstere getäfelte Säle oder einfach das Mauerwerk von Grüften, deren Anblick einem die Seele hätte abwürgen können. Der Friedhof von Copps Hill, der von dort aus keine drei Häuserblöcke entfernt liegen dürfte, war eine seiner liebsten Szenerien.

Der grauenhafte Wahnsinn und die Monstruosität ging größten Teils von den nokturnen Gestalten im Vordergrunde aus – denn Pickmans morbides Genie erstreckte sich vor allem auf die Darstellung infernalischer Porträts. Diese Wesen, obgleich sie alles andere als menschlich genannt werden konnten, zeigten dennoch mehr oder minder menschliche Züge. Dem Körperbau nach waren sie zwar als Zweibeiner zu erkennen, allein ihre vorgebeugte Haltung hatte etwas Canines, Hündisches. Die Bizarrerie ihrer Extremitäten hatte die Beschaffenheit von zähem Schleim und grauem, warm zerfließendem Gummi – puh! ich habe sie noch förmlich vor Augen.

Über ihre Beschäftigung will ich mich lieber nicht auslassen – die meisten waren fressend und schmatzend dargestellt – aber frage mich nicht, woran sie schmatzten und fraßen! Einige dieser Gemälde zeigten ganze Rudel von abscheulichen, außerweltlichen Kreaturen auf nebelzerkauten Friedhöfen oder in unterirdischen Gängen, und oft schien es, als rissen sie sich wie Hyänen und Schakale um ihre grausige Beute – oder, dieser Ausdruck wäre hier besser angebracht, um ihre ausgegrabenen Leichenschätze. Und welchen unglaublichen Ausdruck dieser infernalische Pickman manchmal den Gesichtern jener bereits halb zu Aas gewordenen menschlichen Beute zu geben vermochte! Häufig kamen diese grauenhaften Wesen des Nachts durch offene Fenster gesprungen, ja, kauerten grinsend auf der Brust schlafender Menschen, zermarterten mit abscheulichen grünen Gebissen deren Kehlen, saugten sich in lebenden Augen fest. Ein Bild zeigte sie in unaussprechlich grausem Gehopse um eine gehängte Hexe, und das Antlitz der sich langsam Entfleischenden schien mir mit den Tänzern eine verdammte Ähnlichkeit aufzuweisen. Bilde dir aber jetzt bloß nicht ein, es sei die Morbidität seiner Szenerie und Thematik gewesen, die mich vor Übelkeit fast an den Rand einer Ohnmacht brachte, nein, Eliot, das hätte ich alles noch ertragen, schließlich bin ich kein dreijähriger Junge und habe in dieser Welt schon allerlei gesehen. Es waren die Gesichter, Eliot, diese verfluchten unheiligen Gesichter, die mich mit der Schmierigkeit des tiefsten Höllensumpfes anstarrten und die gleich einem mephitisch stinkenden Morast aus der Leinwand wider mich hervorzustürzen drohten! Und wie die lebten! O Gott, Mann, Eliot! Ich glaube tatsächlich, ich bin in diesem Augenblick zum Leben erwacht. Dieser geniale wie ekle Zauberer hatte die Flammen der untersten Hölle beschworen, sein Pinsel war ein magischer Stab gewesen, der diese Nachtmahre förmlich gelaicht hatte. Komm, Eliot, gib mir mal die Karaffe herüber.

Ein Bild trug den Titel ›Die Lektion‹ – dem Himmel sei es geklagt, daß ich es jemals erblickte! Hör zu: kannst du dir vorstellen, wie es aussieht, wenn so ein Haufen unaussprechlich widerlicher, hundehafter Wesen rund um ein zartes Kind hockt, um ihm beizubringen, wie es sich nach ihrer eigenen schauderhaften Weise zu ernähren habe? Gegen einen Wechselbalg eingetauscht! Du kennst doch diese alten Geschichten, in denen die Unter- oder Unirdischen ihre höllische Brut in den Wiegen der Säuglinge, die sie gestohlen haben, zurücklassen? Und Pickman stellte hier in meisterhafter Art dar, was aus solchen unglücklichen Kindern wird, wie es ihnen ergeht, wie sie aufwachsen – und durch diese Darstellung wurde mir zum ersten Mal die abstoßende Ähnlichkeit zwischen jenen menschlichen und nichtmenschlichen Geschöpfen klar. Pickman zeigte in grausiger Eindringlichkeit den sukzessiven Übergang von der niedrigsten und verkommensten Stufe menschlichen Lebens zu diesen nicht mehr menschlichen Bestialwesen auf. Ich fragte mich gerade, was wohl aus diesen Wechselbälgern werden mochte, die man den Bestohlenen ins Nest gelegt hatte, als mein Auge auf ein anderes Gemälde fiel, das diesen Vorgang verkörperte. Es zeigte ein altertümliches puritanisches Interieur, die Familie war zu einer Andacht versammelt, der Vater las aus der Heiligen Schrift. Auf allen Gesichtern lag ein Ausdruck von edler Frömmigkeit und religiöser Hingebung – nur eines trug einen abgründigen Hohn. Es gehörte einem jungen Mann, offenbar dem ältesten Sohn des Vorlesenden, denn eine gewisse Ähnlichkeit mit diesem war keinesfalls zu verkennen; aber der innere Ausdruck seines Wesens war dennoch der, den eine dieser unreinen Kreaturen bei ähnlicher Gelegenheit empfunden haben würde. Es war der Wechselbalg – und Pickman hatte ihm in einer Stimmung von raffinierter Ironie seine eigenen Züge gegeben.

Währenddessen hatte mein Gastgeber im Nebenzimmer Licht gemacht und hielt mir nun lauernd zuvorkommend die Türe auf. Ob ich nichts von seinen modernen Studien sehen wolle?

Ich war bislang noch nicht dazugekommen, ihm meine Meinung über das Gesehene zu sagen – ich war zu sprachlos vor Ekel und Furcht – glaubte aber dennoch, daß er sich über meine Sprachlosigkeit höchlich geschmeichelt fühlte. Du weißt, Eliot, ich bin kein Hasenfuß, der, weicht etwas vom Üblichen ein wenig ab, in Ohnmacht fällt, aber bei dem, was sich mir jetzt bot, stieß ich einen erstickten Schrei des Grauens aus; ich schwöre dir, mir versagten die Knie, und ich mußte mich an den Türrahmen klammern, um nicht der Länge nach hinzustürzen. Wohl hatten die Bilder im ersten Zimmer alle möglichen Hexen und Monstren gezeigt, grausenhaftes Gelichter, das in der Welt unserer Altvorderen sein Unwesen trieb, allein die Gemälde in diesem Raum versetzten jene Höllenvisionen in unsere Gegenwart.

Herrgott, wie dieser Mensch malen konnte! Eine dieser Studien hieß ›Unfall in der Untergrundbahn‹ und zeigte ein Rudel dieser Ungeheuer, das eben aus einer Spalte im Erdreich nach oben kroch, ein ekliges grauses Gewühle, das sich madenhaft blaß aus einer unbekannten Katakombe kommend über den Bahnsteig der

Boylston Street Station ergoß, um die wartenden Fahrgäste anzufallen. Ein anderer Versuch wieder stellte ein schreckliches Reigengewoge zwischen den modrigen grausüberwucherten Grabmälern von Copps Hill dar. Der dazugehörige Hintergrund war jedoch ohne weiteres als das neue Boston zu erkennen. Dann folgte eine Reihe von Kelleransichten, in denen grauenvolles Unwesen durch geborstenes Mauerwerk und verschimmelte Löcher kroch, satanisch grinsend in dunklen Ecken hockte oder sich hinter Fässern und alten Öfen verbarg, um dort dem ersten besten, der die Treppe herunterkommen sollte, aufzulauern.

Eines dieser wahnsinnserregenden Gemälde zeigte mir ein ungeheures Katakombensystem auf Beacon Hill, in dem sich ganze Heerscharen dieser mephitischen Monstren ameisengleich auf- und abtummelten. Tänze in den modernen Friedhöfen der Stadt waren schonungslos dargestellt, und es war einer dieser unaussprechlichen Entwürfe, der mich fast um die Besinnung brachte: ein namenlos grauenhaftes Gezücht wimmelte um einen Menschen, der einen wohlbekannten Reiseführer von Boston in der Hand hielt und offensichtlich laut daraus vorlas. Jedes der Dinge deutete nach einer gewissen Stelle, jede ihrer Fratzen war zu einer dämonischen, epileptisch verzerrten Karikatur verzogen, ja, man meinte förmlich, ihr schreckliches Gelächter zu hören. Das Bild trug folgenden Titel: *Holmes, Lowell und Longfellow liegen auf dem Mount Auburn beerdigt.*

Nachdem ich mich wieder ein wenig gefaßt und an dieses zweite Schreckenskabinett gewöhnt hatte, betrachtete ich dessen einzelne Stücke mit größerer Ruhe, um die Ursachen jener abgrundtiefen Abscheulichkeit genauer zu analysieren, die mich bei ihrem Anblick überfallen hatte. Ich sagte mir, daß wohl vor allem die Tatsache schuld daran war, daß sie Pickman in seiner exzessiven Unmenschlichkeit zeigten. Er mußte ein gnadenloser Feind aller Menschheit sein, daß ihn die Folter des Hirns und des Fleisches und die Erniedrigungen der sterblichen Hülle so entzückten. Dazu gesellte sich freilich auch die meisterhafte Manier, in der die Bilder gemalt worden waren. Es war vor allem die ihnen innewohnende Überzeugungskraft – denn, stand man vor diesen Werken, so sah man die Dämonen unmittelbar. Seltsamerweise aber erzielte Pickman diese Effekte nicht etwa durch grobe Kontraste oder überspitzte Bizarrerien. Nichts an seinen Studien war diffus, verzerrt oder abgemildert, die Umrisse traten scharf und lebensecht auf, sämtliche Details waren mit peinlichster Genauigkeit ausgeführt. Und diese Gesichter!!

Hier war nicht ein Künstler am Werk gewesen, der das von ihm Gesehene in ihm gemäße Formen übertragen hatte; es war ein schieres Pandämonium, objektiv klar wie Kristall. Bei Gott, das war es! Dieser Mann war weder ein Phantast noch ein Romantiker – er versuchte keineswegs, uns die schäumenden, prismatischen Ephemera des Traums zu oktroyieren, nein, er schilderte mit eiskalter Überlegung eine wohlfundierte Welt des Horrors, die er ohne Beschönigungsversuche oder barmherzige Abstriche in klaren Formen ausdrückte. Weiß der Teufel, wo diese Welt gelegen oder wo er diese heillosen, verdammten Wesen, die da schlurften, hopsten, madenhaft krochen, erschaut haben mag! Eine Tatsache war jedenfalls evident: Pickman war – gemessen an Beobachtung und Ausführung – in jeder Beziehung ein durch und durch genauer, ja fast wissenschaftlich vorgehender *Realist*.

Mein Gastgeber ging jetzt voraus, um mir sein eigentliches Atelier in den Kellerräumen zu zeigen, und ich bereitete mich im stillen auf einige abominable Szenen bei den noch unvollendeten Studien vor. Als wir an der untersten Stufe der Kellertreppe angelangt waren, schaltete er seine Taschenlampe ein und richtete sie gegen ein kreisrundes Gebilde, das aus Backstein ausgeführt war, und augenscheinlich die Einfassung eines Brunnens darstellte. Als ich näher herantrat, sah ich, daß mich meine Vermutung nicht getäuscht hatte. Der Brunnen besaß einen Durchmesser von etwa fünf Fuß, die Wandung war gut einen Fuß dick und erhob sich nahezu sechs Zoll über dem feuchten, moderden Fliesenboden – solide Maurerarbeit aus dem 17. Jahrhundert, wenn ich mich nicht irre. Pickman zeigte darauf und erklärte mir, daß dieser Brunnen ein Teil jenes unterirdischen Systems von Gängen und Gewölben sei, über das er mir berichtet habe. Im Vorbeigehen stellte ich fest, daß die Öffnung nicht zugemauert, sondern bloß mit einem schweren, dunklen Holzdeckel verschlossen war. Einen Augenblick entsann ich mich wieder Pickmans Schilderungen jener grausiger Vorgänge, welche sich vor Zeiten hier abgespielt haben mochten, und fuhr erschreckt zusammen. Schaudernd folgte ich ihm durch eine enge Türe in einen Raum mittlerer Größe, der als Malatelier eingerichtet war. Eine große Azethylenlampe versorgte ihn mit dem nötigen Licht für seine Arbeit.

Die noch unfertigen Bilder entlang der feuchten Wände oder auf den Staffeleien waren nicht minder entsetzenerregend als die im Erdgeschoß hängenden. Aber an ihnen konnte man die peinlich genauen Methoden des Malers besser verfolgen. Die einzelnen Szenen waren sorgfältig mit Kohle ausgeführt und mit feinen Strichen in quadratische Felder eingeteilt, damit Pickman später Perspektive und Proportion entsprechend übertragen konnte. Der Mann war großartig! Ich ändere auch jetzt, nachdem ich all das über ihn erfahren habe, nicht mein Urteil. Eine große Fotokamera, die auf einem Tisch lag, erregte mein Interesse. Ich fragte mich, wozu sie dienen möge, und erfuhr, daß er damit die Szenen fotografierte, die er als Hintergrund für seine Gemälde verwendete, anstatt sie nach der Natur zu malen, es wäre ihm zu mühsam, seine gesamte Malausrüstung wegen dieser oder jener Ansicht durch die ganze Stadt zu schleppen. Er meinte, eine fotografische Aufnahme würde vollauf genügen, und verriet mir auch, daß er den Apparat regelmäßig verwende.

Es lag etwas ungeheuer Bedrückendes in all diesen Skizzen und unvollendeten Monstruositäten, die aus allen Ecken und Enden dieses Raumes lauerten und drohten, so daß ich vollends die Beherrschung verlor und laut aufschrie, als Pickman unversehens eine riesige Leinwand enthüllte, die bisher mit einem Tuch verhängt gewesen war. Mein Schrei – der zweite in dieser Nacht – echote von den schimmelpilzigen Wänden dieses alten Gewölbes, und es war, als wolle er kein Ende nehmen. Nur mit Mühe konnte ich ein hysterisches Gelächter unterdrücken, das sich in meiner Kehle qualvoll breitmachte . . .

Allmächtiger Gott, Eliot, ich weiß wahrhaftig nicht mehr, was daran Wirklichkeit und was Fiebertraum war, aber noch heute erscheint es mir undenkbar, daß unsere Erde eine solch höllische Vision beherbergen könnte!

Es war eine kolossale und grausenhafte Blasphemie, ein

unsäglich verbotenes Ungeheuer mit infernalisch glühenden roten Augen, das in seinen skeletthaften Krallen einen lebenden Menschen umklammert hielt, dessen Kopf es, wie ein Kind, das sich an einer Zuckerstange gütlich tut, abknabberte. Es schien sprungbereit niedergekauert zu sein, so daß man den Eindruck gewann, es könne jeden Augenblick seine grausige Beute fallenlassen, um nach einer saftigeren Beute zu fassen. Aber, verdammt noch mal, es war ja nicht einmal gar so sehr dieses höllische Hundewesen, das mir diesen panischen Schock versetzte, es waren nicht diese Hundeschnauze, die zottigen Fledermausohren, die blutunterlaufenen Augen, die breitgedrückte Nase, die zurückgezogenen Lefzen, aber auch nicht die schuppigen Krallen, der lehmüberkrustete Rumpf oder die halbhufigen Satansfüße – obgleich schon allein dieser Anblick genügt hätte, einen weniger stabilen Menschen in den ausweglosesten Wahnsinn zu treiben.

Es war diese ausgeklügelte Technik, Eliot – diese verdammte, unheilige, gottlose, perverse Technik! So wahr ich hier vor dir stehe, ich habe noch nie ein Bild gesehen, das wie dieses von Leben erfüllt zu sein schien. Das Monster existierte – es starrte und nagte und nagte und nagte – und ich erkannte in diesem schrecklichen Augenblick, daß es nicht aus dieser Welt stammen konnte, sondern aus einer anderen, die nur denen offensteht, die ihre Seele verkauft haben. Dieses Bild konnte nur einer gemalt haben, für den die Gesetze der Natur nicht mehr gültig waren.

In einer Ecke der riesigen Leinwand hing ein zerknautschtes Stück Papier, vermutlich das Foto, dachte ich, nach dem Pickman den Hintergrund malen wollte. Ich griff danach, um es zu glätten, doch in diesem Augenblick zuckte Pickman wie von einer Natter gestochen zusammen. Seit mein Entsetzensschrei die Stille dieser Gewölbe zerbrochen hatte, lauschte er mit einer eigentümlichen Intensität, und es war, als empfände er jetzt irgendwie Angst, eine Angst, die man zwar nicht mit der meinen vergleichen konnte, und die mehr körperlich als geistig zu sein schien. Er zog einen Revolver aus der Tasche, bedeutete mir durch eine Geste zu schweigen, schlich in den Hauptkeller hinaus und zog hinter sich die Türe zu. Ich glaube, ich war in diesem Augenblicke wie gelähmt. Dann lauschte ich aufmerksam, wie Pickman zuvor, und bildete mir kurz darauf ein, aus einer nicht näher zu bestimmenden Richtung Quieken und undeutliches Gescharre zu hören. Ich dachte an riesenhafte Ratten und schauderte bei dieser Vorstellung. Bald darauf drang aus dem andern Raum ein eigenartiges Geklapper herüber, das mich noch mehr in Schrecken versetzte. Es klang wie Holz, das auf Stein oder Ziegel aufschlägt. Holz auf Ziegel – woran mußte ich dabei denken?

Dann kam dieses Geräusch abermals, nur war es jetzt lauter, als sei das Holz aus größerer Höhe auf die Ziegel gefallen, dann erklang ein Knirschen, dem ein unverständlicher Wortschwall aus Pickmans Mund folgte, und gleich darauf hörte ich, wie er alle sechs Schüsse aus seinem Revolver abfeuerte – wahrscheinlich in die Luft wie ein Dompteur, der seine Löwen einzuschüchtern sucht. Es folgte ein ersticktes Quieken und ein dumpfer Knall. Nach einem kurzen Schweigen öffnete Pickman, wodurch ich heftig zusammenfuhr, wieder die Türe. Er hielt die noch rauchende Waffe in der Hand und fluchte über aufgedunsene Ratten, die hier den ganzen Brunnen heimsuchten! ›Weiß der Teufel, von was die da drunten leben Thurber‹, sagte er seltsam grinsend, ›diese alten Gänge führten früher einmal nach den Friedhöfen, Hexenhöhlen und ans Meer. Ist ja auch gleich, es wird ihnen wahrscheinlich der Proviant ausgegangen sein, denn anders hätten sie sicher nicht so verzweifelt nach einem Ausweg gesucht. Mag sein, daß sie Ihr Geschrei aufgescheucht hat. In diesen alten Gebäuden muß man etwas vorsichtig sein – unsere knabbernden Freunde sind hier der einzige Nachteil, obgleich ich manchmal glaube, daß sie für Atmosphäre und Kolorit im Grunde genommen unerläßlich sind.‹

Und damit, Eliot, ging dieses nokturne Abenteuer zu Ende. Pickman hatte mir versprochen, er würde mir seine Wohnung zeigen – und das hat er, bei Gott, getan! Er führte mich auf einem anderen Weg in bekanntere Gegenden zurück, wir kamen durch eine lange Reihe von Mietshäusern und alten Gebäuden, im Scheine einer Straßenlaterne las ich auf einem Schild ›Charter Street‹, ich war aber viel zu verwirrt gewesen, um zu bemerken, wie wir eigentlich dorthin gelangt waren. Die Untergrundbahn fuhr nicht um diese Zeit, und wir gingen durch die Hanover Street stadteinwärts. Ich weiß das noch genau. Von Tremont bogen wir nach Beacon ein, und Ecke Joy verabschiedete sich Pickman von mir. Ich habe seither nie wieder mit ihm gesprochen.

Weshalb ich das getan habe, fragst du mich? Sei bitte nicht ungeduldig, warte einen Augenblick, ich will vorher noch nach Kaffee klingeln. Alkohol haben wir schon genug in uns, aber irgendetwas brauche ich doch noch. Nein, nicht wegen der Bilder, die ich dort gesehen habe – obgleich ich dir schwören kann, daß er ihretwegen, hätte jemand von ihnen erfahren, aus neun von zehn guten Häusern und Clubs ausgestoßen worden wäre. Ich will dir das erklären, damit du dich nicht mehr wundern mußt, weshalb ich vor allen Kellern und Untergrundbahnen ein solch unaussprechliches Grauen empfinde. Es war wegen dieser zerknitterten Fotografie, die ich am nächsten Morgen in meiner Manteltasche fand. Ich muß sie unwillkürlich abgerissen und eingesteckt haben, vielleicht wollte ich mir eben den zukünftigen Hintergrund für das Ungeheuer ansehen, als ich so erschreckt wurde ... Aha, hier ist der Kaffee, Eliot, trink ihn schwarz, Mann, du wirst es gebrauchen können!

Ja, dieses Stückchen Papier war tatsächlich der Grund, daß ich mit Pickman brach – mit Richard Upton Pickman, dem genialsten Maler, den ich je zu Gesicht bekommen habe und der zur gleichen Zeit das widerwärtigste Subjekt war, das je seinen Fuß über jene ungewisse Grenzlinie zwischen unserem diesseitigen Leben und dem Höllenpfuhl aus Mythos und Wahnsinn gesetzt hat. Eliot, der gute alte Reid hatte recht! Pickman hatte aufgehört, ein Mensch in unserem Sinne zu sein. War er unter dem Schatten eines seltsamen Sternes geboren worden, oder hatte er Mittel und Wege gefunden, mit deren Hilfe er die Verbotene Pforte zu öffnen vermochte? – Aber wie es auch sei, er ist in die fürchterliche Dunkelheit zurückgekehrt, mit der er so leichtfertig gespielt hatte.

Frage mich nicht, was ich an diesem Morgen nach dem Besuch bei Pickman verbrannt habe. Frage mich auch nicht nach jenen seltsamen Geräuschen, die, nach seiner Erklärung, von den Ratten herrühren sollten. Wie du weißt, gibt es Geheimnisse, die uns seit den Tagen von Salem überliefert sind — und Cotton Mather erzählt noch weitaus merkwürdigere Dinge. Du weißt doch, wie verdammt lebensecht Pickmans Bilder waren, wie wir uns alle wunderten, von woher er nur diese Gesichter haben mochte.

Nun, dieses Stückchen Papier zeigte eben nicht die Fotografie eines x-beliebigen Hintergrundes, sondern schlicht und einfach das grauenvolle Wesen, das auf jenem entsetzlichen Bild zu sehen gewesen war. Es war sein Modell – und als Hintergrund war nur eine der Wände seines Kellerateliers zu erkennen. Aber bei Gott, Eliot, *es war eine Blitzlichtaufnahme nach dem Leben* . . .

Die Ratten im Gemäuer

Als am 16. Juli 1923 der letzte Arbeiter sein Werk beendet hatte, übersiedelte ich nach Exham Priory. Die Restaurierung dieses verlassenen Steinhaufens war eine außerordentliche Leistung gewesen, zumal es sich um nicht viel mehr als eine Ruine, eine leere, zerfressene Muschel möchte man sagen, gehandelt hatte; dennoch, weil es der alte Sitz meiner Vorfahren war, scheute ich keine Ausgaben. Die Priorei war seit der Regierungszeit James I. nicht mehr bewohnt – ein grauses Trauerspiel, wenn auch nahezu ungeklärter Natur hatte den Herrn dahingerafft, fünf seiner Kinder und einige Bediente; den dritten Sohn aber, meinen direkten Vorfahren und einzigen Überlebenden jener verabscheuten Familie in einer schieren Wolke aus Verdächtigungen und grauem Schrecken in die Welt hinausgetrieben.
Da nun dieser einzige Erbe als Mörder denunziert wurde, fiel der Besitz der Krone anheim. Der Beklagte hatte indes keinen Versuch unternommen, sich rechtzufertigen oder gar sein Eigentum zurückzuerlangen. Von einem Grausen gepackt, das stärker war als die Furcht vor Gewissensbissen und Gesetz, von nichts anderem mehr beseelt als dem brennenden Wunsch das uralte Gebäude aus Augen und Gedächtnis zu verlieren, floh Walter de la Poer, elfter Baron Exham nach Virginien, wo er sich niederließ und eine Familie gründete, die im folgenden Jahrhundert als die Delapores bekannt wurde.
Exham Priory war unbewirtschaftet geblieben, wiewohl später dem Besitz der Norrys einverleibt und wegen seiner bizarr zusammengewürfelten Bauweise

vielfach fachwissenschaftlichen Betrachtungen unterzogen; einer Architektur, die düstere gotische Türme aufwies, auf romanischem oder angelsächsischem Unterbau, dessen Fundamente wiederum aus einem früheren Stil – oder aus einer Mischung früherer Stile – bestand, römisch oder sogar druidisch der kymrischen Epoche, wenn man den Sagen und Legenden vertrauen will. Dieses Fundament war tatsächlich unik – an der einen Seite war es mit dem massiven Kalkgestein eins geworden, hatte sich mit den Felsen des jähen Abgrundes verschmolzen, über dessen Rand die Priorei ein ödes Tal drei Meilen westlich von Anchester überblickte.

Architekten und Altertumsforscher begeisterten sich an diesen unglaublichen Relikten in Staub zerfallener Jahrhunderte, aber die Menschen der umliegenden Bauerndörfer haßten sie, hatten diesen sinistren Ort schon gehaßt, als meine Vorväter hier lebten, und hassen ihn noch heute, da er bedeckt von Moder und wilden Moosen in ghoulischen Träumen dahindämmerte – ein Anblick grauenhaftester Verlassenheit.

Ich hatte noch keinen ganzen Tag in Anchester verbracht, als mir bewußt wurde, daß ich aus einem verfluchten Hause stammte. Und in dieser Woche haben Arbeiter Exham Priory in die Luft gesprengt und bemühen sich nun, jegliche Spur des Fundaments aus der Welt zu schaffen. Die dürren Fakten meines Stammbaums hatte ich wohl seit eh und je gekannt, und auch die Tatsache, daß mein erster amerikanischer Vorfahre unter reichlich hintergründigen Umständen nach den Kolonien gekommen war. Nähere Details hatte ich jedoch dank der für die Delapores so typischen Verschwiegenheit in Familienangelegenheiten niemals erfahren. Im Gegensatz zu unseren Pflanzer-Nachbarn brüsteten wir uns nur selten mit Ahnen aus den Kreuzzügen oder den Zeiten der Königin Elizabeth, auch waren keinerlei Traditionen überliefert worden, es sei denn das versiegelte Kuvert mit den Aufzeichnungen, das von jedem Baron für dessen erstgeborenen Sohn zur Öffnung nach dem Tode zurückgelassen wurde. Stolz waren wir nur auf den Ruhm, den wir nach unserer Einwanderung erworben hatten, den Ruhm einer stolzen, ehrenhaften, wenn auch etwas reservierten und zurückgezogen lebenden virginischen Familie.

Während des Krieges wurde unser Vermögen vom Norden eingezogen, und unsere ganze Existenz änderte sich vom Grund aus mit dem Brand unseres Heims an den Ufern des James-Flusses. Mein Großvater, damals schon hochbetagt, war in dem Flammenmeer umgekommen, und mit ihm das Kuvert, das uns mit unserer Vergangenheit band. Ich entsinne mich jenes Feuers so, wie ich es damals als siebenjähriger Junge empfand: schreiende Soldaten der Föderierten, kreischende Frauen, heulende und laut betende Neger. Mein Vater diente in der Armee, verteidigte Richmond, und nach Bergen von Formalitäten wurden meine Mutter und ich durch die umkämpfte Zone zu ihm gebracht.

Nach Friedensschluß gingen wir alle nach dem Norden, woher meine Mutter stammte; dort wuchs ich zum Manne heran und wurde schließlich ein wohlhabender, gesetzter Yankee. Um den Inhalt jenes von Generation an Generation vererbten Kuverts wußten weder mein Vater noch ich, und da ich mich gänzlich in der Alltäglichkeit des Geschäftslebens von Massachusetts verlor, schwand mein Interesse an den Geheimnissen, die irgendwo weit unten am Stammbaum meiner Familie lauerten, völlig dahin. Hätte ich auch nur einen schwachen Schimmer ihrer wahren Natur gehabt, wie gerne würde ich Exham Priory seinem Moos, seinen Fledermäusen und Spinnwebschleiern überlassen haben!

Mein Vater starb 1904, doch hinterließ er weder mir, noch meinem einzigen Sohn Alfred, einem mutterlosen Jungen eine Botschaft. Es war auch dieser Junge, der die hergebrachte Reihenfolge unserer Familientraditionen durcheinanderbrachte. Obwohl ich ihm nur scherzhafte Mutmaßungen über unsere Vergangenheit geben konnte, schrieb er mir von einigen höchst interessanten Familiensagen, als ihn der späte Krieg 1917 als Fliegeroffizier nach England brachte. Anscheinend hatten die Delapores eine überaus bunte und vielleicht unheimliche Geschichte. Ein Kriegskamerad meines Sohnes, Captain Edward Norrys vom Royal Flying Corps, wohnte in der Nähe des alten Familiensitzes bei Anchester und erzählte einige Geschichten, wie sie im Landvolk umhergehen, deren Wildheit und Wahnwitz kaum von einem Romanschreiber überboten werden kann. Norrys persönlich nahm sie selbstverständlich keineswegs für ernst; meinen Sohn amüsierten sie jedoch und gaben ihm außerdem genügend Stoff für seine Briefe an mich. Jene Überlieferungen waren es, die mein Interesse endgültig diesem europäischen Erbe zuwenden und mich den Entschluß fassen ließen, den verlorenen Familienbesitz wieder zurückzukaufen und zu restaurieren. Norrys zeigte ihn Alfred in seiner pittoresken Verlassenheit und bot sich an, diesen zu einem erstaunlich vernünftigen Preis zu vermitteln, zumal sein Onkel der gegenwärtige Eigentümer war.

Ich kaufte Exham Priory im Jahre 1918, wurde jedoch von meinen Plänen zur Restaurierung beinahe sofort

abgelenkt, da mein Sohn schwerkriegsversehrt heimkehrte. Während der zwei Jahre, die er noch lebte,
hatte ich nichts anderes als seine Pflege im Sinn, ja
legte sogar mein Geschäft in die Hände von Teilha-
bern.

1921, allein zurückgelassen, ziellos, ein zurückgezoge-
ner Fabrikant, nicht länger jung, entschloß ich mich,
mir die Jahre, die mir noch bleiben sollten, mit dem
neuen Besitz zu vertreiben. Als ich im Dezember Anchester besuchte, lernte ich Captain Norrys, einen un-
tersetzten, liebenswürdigen jungen Mann kennen, der
viel von meinem Sohn gehalten hatte und mir nun
alle mögliche Hilfe zusicherte, Pläne und Anekdoten
als Unterstützung für die kommende Restaurierung
zu beschaffen. Exham Priory selbst erregte in mir nicht
die mindeste Gemütsbewegung, es vermittelte mir
nicht mehr als einen kuriosen Anblick von höchst
lächerlichen Trümmern, bedeckt mit Flechtengewächs
und wabenhaft eingestreuten Krähennestern, gefährlich
am Rande einer Schlucht hockend, bodenlos, bar aller
Innenteile, außer den Steinmauern der einzelstehenden
Türme.

Als ich nach und nach das Aussehen des Gebäudes
rekonstruiert hatte, wie es vor etwa dreihundert Jahren meine Vorfahren verlassen hatten, begann ich
Handwerker für die zu geschehenden Restaurierungsarbeiten anzustellen. Jedenfalls sah ich mich bald gezwungen, außerhalb der unmittelbaren Umgebung nach
Arbeitskräften zu suchen, denn die Einwohner des Dorfes zeigten vor dem Ort eine schier unvorstellbare
Furcht und einen Haß, der sich unmöglich beschreiben
läßt. Dieses Gefühl der Abneigung war so stark, daß
es manchmal sogar bis zu den auswärtigen Arbeitern

vordrang und zu zahlreichen Kündigungen führte, ja diese sonderbare Abscheu schien sich nicht nur auf die Priorei, sondern auch auf die Familie zu erstrecken.

Schon mein Sohn hatte mir erzählt, daß man ihn während seiner Besuche mied, weil er ein de la Poer war, und nun fand ich mich aus demselben Grund geächtet, bis ich die Bauern überzeugen konnte, wie wenig ich selbst von meinem Erbe wußte. Und sogar dann noch standen sie mir mürrisch gegenüber, so daß ich über die dörflichen Überlieferungen nur durch die Vermittlung von Norrys erfahren konnte. Was mir die guten Leute nicht verzeihen konnten, war mein Unterfangen, das für sie so grauenhafte Symbol alles Bösen wieder aufzurichten, denn, vernünftig oder nicht, sie betrachteten Exham Priory als einen Tummelplatz für Teufel und Werwölfe.

Nachdem ich die von Norrys für mich gesammelten Berichte zusammengestellt hatte, ergänzte ich sie mit den Ansichten verschiedener Wissenschaftler, die die Ruinen eingehend studiert hatten und schloß daraus, daß die verfallene Priorei an der Stelle eines vorgeschichtlichen Tempels stand; einer druidischen oder vordruidischen Sache, die etwa gleichzeitig mit den Steinen von Stonehenge errichtet worden war. Daß dort namenlos grausige Riten stattgefunden hatten, daran zweifelten nur wenige; und es gab eine Menge unguter Geschichten von der Übernahme dieser Riten in den nachmaligen Kybele-Kult der Römer.

Halbdeutlich sichtbare Inschriften in den Kellergewölben zeigten solch unmißverständliche Buchstaben wie »DIV ... OPS ... MAGNA.MAT ...« alles Zeichen der Magna Mater, deren dunkele Verehrung einst römischen Bürgern vergeblich untersagt wurde. Anchester war seinerzeit das Standlager der Dritten Legion des Augustus gewesen, wie viele Überreste bezeugten, und es heißt, der prächtige Tempel der Kybele wäre von Anbetern jederzeit gedrängt voll gewesen, die auf Geheiß eines phrygischen Priesters unaussprechliche Zeremonien ausführten. Geflüsterte Erzählungen fügten hinzu, daß der Niedergang der alten Religion keineswegs diese Tempelorgien beendete, sondern daß die zum neuen Glauben übergetretenen Priester ihre alte Lebensweise im geheimen fortsetzten. Es heißt ebenfalls, daß die Riten auch nicht unter den Römern schwanden und daß gewisse Leute unter den Angelsachsen den schon in Verfall geratenen Tempel wieder erneuerten und ihm die Umrisse gaben, die er in der Folge bewahrte; ihn zum Mittelpunkt eines in der ganzen Heptarchie gefürchteten Kultes machten. Gegen das Jahr 1000 wird der unheilige Ort in einer Chronik als eine der bedeutendsten steinernen Prioreien erwähnt, von einem mächtigen wie seltsamen Mönchsorden behaust, von ausgedehnten Gärten umgeben, die keiner Mauern bedurften, um das verängstigte Volk am Betreten zu hindern. Auch die alles zerstörenden Dänen schienen einen Bogen um diesen unseligen Platz geschlagen zu haben, wiewohl er nach der Normannischen Eroberung entsetzlich verfallen sein muß, denn er war bis in die Regierung Henry des Dritten unbewohnt und gelangte erst durch diesen 1261 in den Besitz meines Vorfahren Gilbert de la Poer, ersten Baron Exham.

Vor diesem Datum existieren über meine Familie keine bösen Nachrichten oder Gerüchte, aber damals muß irgend etwas äußerst Seltsames geschehen sein. In einer Chronik von 1307 gibt es einen Hinweis auf einen de la Poer als »von Gott verflucht«, und die in den umliegenden Dörfern geflüsterten Geschichten besagen nur Böses und schreckliche Furcht vor dem Schloß, das auf den Fundamenten des alten Tempels und der Priorei wie ein ekelerregender Schimmelpilz hochgewuchert war. Diese Kamingeschichten spotteten der irrwitzigsten Einbildungskraft und waren um so grausiger, da keiner etwas Genaues wußte noch in Folge erfuhr. Meine Vorfahren wurden samt und sonders als eine Sippe von grausen Teufeln dargestellt, neben denen ein Gilles de Rais oder ein Marquis de Sade wie blutige Anfänger schienen. Mit der Hand vor den Lippen machte man sie für das gelegentliche Verschwinden von Dorfbewohnern verantwortlich, das einige Generationen hindurch nicht aufhören wollte.

Die schlechtesten Charaktere waren offensichtlich die Barone und ihre unmittelbaren Erben; zumindest standen diese am meisten unter jenen Gerüchten. War ein Erbe zufällig von normalerer Wesensart, so erzählte man sich, verfiel er früh und unter geheimnisvollen Umständen dem Grab, um Platz für einen typischeren Sproß zu machen. Innerhalb der Familie schien es einen besonderen Kult zu geben, der jeweils unter dem Vorsitz des Sippenoberhauptes stand, und manchmal nur wenigen Mitgliedern zugänglich. Wesensart eher als Abstammung war anscheinend die Basis dieses unheiligen Kults, denn man weihte in ihn auch Leute ein, die der Familie angeheiratet waren. Lady Margaret Trevor aus Cornwall, Frau des Godfrey, dem zweiten Sohn des fünften Barons, wurde zum Kinderschreck des ganzen Landstrichs und teuflische Hauptperson einer besonders grausigen alten Ballade, die nahe der walisischen Grenze noch heute gesungen wird. Ebenfalls in einer Ballade erhalten, wenn auch nicht aus demselben

Grund, ist die gräßliche Geschichte von Lady Mary de la Poer, die kurz nach ihrer Vermählung mit dem Earl von Shrewsfield von diesem und seiner Mutter getötet wurde. Doch wurden beide von dem Priester, dem sie diesen Mord gebeichtet hatten, absolviert und für das gesegnet, was sie vor der Welt nicht laut auszusprechen wagten.

Diese für einen rohen Aberglauben so typischen Mythen und Balladen ekelten mich außerordentlich an. Ihre Beharrlichkeit und das Erfassen einer langen Reihe meiner eigenen Vorfahren waren besonders peinlich, nicht zuletzt, weil der Vorwurf ungeheuerhafter Gewohnheiten mich an den einen bekannten Skandal meiner unmittelbaren Vorfahren erinnerte – den Fall meines Vetters, des jungen Randolph Delapore von Carfax, der unter die Neger ging und Vudupriester wurde, nachdem er aus dem Mexikanischen Krieg zurückgekehrt war.

Weniger indes machte ich mir aus all den albernen Geschichtchen über nächtliches Klagen und Heulen in dem öden, winddurchpeitschten Tal unter dem Kalksteinabsturz, über den Kirchhofgestank nach Frühlingsregen; über das zappelnde quäkende weiße Ding, auf das Sir John Claves Roß eines Nachts auf einem einsamen Brachfeld getreten war, und über den Diener, der bei dem, was er am hellichten Tag in der Priorei gesehen hatte, verrückt geworden war. Dieses ungereimte Zeug war nicht mehr als abgedroschenes Gespenstergewäsch, und ich war zu dieser Zeit ein ausgesprochener Skeptiker. Berichte über verschwundene Bauern hingegen waren selbstverständlich weniger harmlos zu nehmen, wenn auch nicht sonderlich bedeutsam, wenn man die heutzutage seltsam anmutenden Gewohnheiten des Mittelalters in Betracht zieht. Neugieriges Gucken bedeutete oft den Tod, und nicht zu selten war es vorgekommen, daß man einen abgetrennten Kopf auf den – nun geschliffenen – Wällen rund um Exham Priory öffentlich zur Schau stellte.

Einige der Sagen und Legenden waren so überaus romantisch, daß sie in mir den Wunsch aufkommen ließen, ich hätte mich in meinen jungen Jahren mehr mit vergleichender Mythologie beschäftigt. Da gab es zum Beispiel die Vorstellung, eine Legion fledermausflügeliger Teufel habe allnächtlich in der Priorei Hexensabbath abgehalten – eine Legion, deren Unterhalt die unverhältnismäßig große Fülle von Gemüse in den ausgedehnten Gärten erklären könnte. Und am lebendigsten von allen war die dramatische Geschichte von den Ratten – der über alles herstürzenden Armee klebrigen Ungeziefers, die aus dem Schloß herausgequollen war, drei Monate, nachdem eine Tragödie diesen schaurigen Ort zur Einsamkeit verdammt hatte – der mageren, schleimigen, gefräßigen Armee, die alles, was ihr in den Weg gekommen war, kahlgefressen und verschlungen hatte: Geflügel, Katzen, Hunde, Schweine, Schafe und sogar zwei unglückliche Menschen, ehe ihre Raserei ein Ende hatte. Um diese unvergeßliche Nagerarmee webt sich ein eigener Kreis von Mythen, denn die grausigen Tiere verstreuten sich weit über das Land und brachten Fluch und Schrecken mit sich.

Solcherart war die Kunde, die auf mich einstürmte, als ich mit der Starrköpfigkeit des ältlichen Menschen die Restaurierungsarbeiten auf meinem Ahnensitz vorantrieb. Man darf aber nicht auch nur einen Augenblick glauben, daß diese Geschichten meine psychologische Hauptumgebung gebildet hätten, denn von anderer Seite wurde ich ständig gelobt und ermutigt, von Captain Norrys und den Archeologen, die um mich waren und mich unterstützten. Als dann nach zwei Jahren die Arbeit getan war, begutachtete ich die großen Räume, die getäfelten Wände, die gewölbten Decken, die Säulenfenster und breiten Treppen mit nicht wenig Stolz, der die verschwenderischen Kosten der Restaurierung voll und ganz aufwog.

Jedes Beiwerk aus dem Mittelalter war aufs vortrefflichste kopiert und die neuen Teile verbanden sich vollkommen mit den alten Mauern und dem Fundament. Der Sitz meiner Väter war wieder errichtet, und ich sah dem Tag entgegen, wo ich den guten Ruf meiner Familie, die mit mir endet, wiederherstellen würde. Ich beabsichtigte mich hier für ständig niederzulassen und den Leuten zu beweisen, daß ein de la Poer (ich hatte die alte Schreibung meines Namens wieder angenommen) nicht unbedingt ein Satan sein muß. Mein Gefühl von Bequemlichkeit wurde noch durch die Tatsache verstärkt, daß Exham Priory, obgleich mittelalterlich ausgestattet, vollkommen neu war und ohne jedes Ungeziefer und Geister einer bösen Vergangenheit.

Wie ich bereits erwähnt habe, zog ich am 16. Juli 1923 ein. Mein Haushalt bestand aus sieben Dienstboten und neun Katzen, welche letzteren ich besonders gern habe. Meine älteste Katze »Nigger-Man« war sieben Jahre alt und mit mir aus meinem Haus in Bolton, Massachusetts gekommen; die übrigen hatte ich so nach und nach erworben, als ich bei Captain Norrys Familie während der Restaurierungsarbeiten wohnte.

Fünf Tage verliefen in äußerster Ruhe, ich verbrachte die meiste Zeit mit der Aufarbeitung alter Familiendaten. Ich hatte nunmehr einige sehr wesentliche Einzelheiten der letzten Tragödie und Flucht von Walter de la Poer herausgefunden, und ich vermutete stark, daß sie der eigentliche Inhalt der Erbpapiere waren, die während des Brandes in Carfax vernichtet wurden. Es stellte sich auch heraus, daß man meinen Ahnen mit gutem Grunde beschuldigte, alle anderen Mitglieder des Haushaltes im Schlaf ermordet zu haben, außer vier mitschuldigen Dienern; und zwar zwei Wochen nach einer bestürzenden Entdeckung, die sein ganzes Wesen veränderte, die er jedoch keinem Menschen anvertraute, es sei denn vielleicht den wenigen Dienern, die ihm bei seiner Tat behilflich waren und die nachher gleich ihm flüchteten.

Dieses wohlüberlegte Blutbad an seinem Vater, drei Brüdern und zwei Schwestern wurde von den Dorfbewohnern größtenteils verziehen und vom Gesetz derart nachlässig behandelt, daß der Mörder geehrt, unversehrt und unverkleidet nach Virginien entkam. Man flüsterte allgemein, daß er das Land von einem jahrhundertalten Fluch befreit hätte. Welche Art von Entdeckung aber das war, die einen derart schreckensvollen, wahnwitzigen Mord ausgelöst hatte, vermochte ich nicht einmal zu vermuten. Walter de la Poer mußte die sinistren Geschichten über seine Familie seit Jahren gekannt haben, so daß ihm dieses Material kaum einen neuen Impuls gegeben haben konnte. Hatte er gar eine dieser grauenhaften uralten Riten beobachtet, war er durch Zufall Zeuge einer dieser entsetzlichen Orgien geworden? Oder war er auf ein blasphemisches Symbol in der Priorei oder deren Umgebung gestoßen? Er hatte in England den Ruf eines scheuen sanften Jünglings gehabt. In Virginien selbst schien er sich nicht viel verändert zu haben. Francis Harley von Bellview beschreibt ihn in seinem Diarium als einen Mann von unvergleichlicher Gerechtigkeit, Ehre und Feingefühl.

Am 22. Juli ereignete sich der erste Zwischenfall, der, wenn auch vorerst leichthin abgetan, in Verbindung mit späteren Vorkommnissen eine über das Natürliche hinausgehende Bedeutung erlangte. Es war so einfach, darüber hinwegzugehen, unter den herrschenden Umständen gar nicht denkbar; denn ich befand mich doch, das darf man nicht vergessen, in einem völlig neuen Haus, wenn man von den Mauern absieht, und außerdem war ich von einer ausgezeichneten Dienerschaft umgeben.

Woran ich mich nachher erinnerte, ist lediglich, daß mein alter schwarzer Kater, dessen Launen ich so gut kenne, unzweifelhaft in einem Grade wachsam und nervös war, der seinem normalen Charakter in keiner Weise entsprach. Er strich von Zimmer zu Zimmer, ruhelos, aufgeregt, und schnüffelte ununterbrochen an den Wänden, die noch zu einem Teil der gotischen Struktur gehörten. Ich weiß sehr wohl, wie fade und abgedroschen so etwas klingt – wie der unvermeidliche Hund in einer Geistergeschichte, der immer knurrt, ehe sein Herr die lakenverhüllte Gestalt erblickt –, aber ich will es dennoch nicht verschweigen.

Folgenden Tags beklagte sich ein Diener über die Ruhelosigkeit der Katzen im Haus. Er kam zu mir in mein Arbeitszimmer, einem hohen gewölbten Raum auf der Westseite im zweiten Stock, mit schwarzer Eichentäfelung und einem dreiteiligen gotischen Fenster, durch das man das öde, trostlose Tal überblickte; und sogar als er auf mich einsprach, sah ich die jett-schwarze Gestalt meines Katers die Westwand entlangkriechen; er

kratzte an der neuen Täfelung, welche die alte Steinmauer bedeckte.

Ich entgegnete dem Mann, daß von diesem alten Mauerwerk irgend ein besonderer Geruch ausströmen müsse,
der, wenn auch für menschliche Sinne unmerklich, die
empfindlicheren Organe der Katzen sogar durch die
neue Täfelung reizte. Das glaubte ich tatsächlich, und
als der Bursche meinte, Mäuse oder Ratten könnten
vielleicht da sein, sagte ich ihm, daß hier seit mindestens dreihundert Jahren keine Ratten mehr waren und
man könne auch schwerlich annehmen, daß Feldmäuse
in die Priorei eingedrungen seien. Am späten Nachmittag besuchte ich Captain Norrys, und er versicherte
mir, daß es ein Ding der Unmöglichkeit wäre anzunehmen, Feldmäuse hätten das neue Gebäude in einer so
plötzlichen wie unvorherzusehenden Art überfallen.

Jene Nacht, nachdem ich wie üblich meinen Kammer-
diener fortgeschickt hatte, begab ich mich in mein
Schlafzimmer, das im Westturm lag. Es war von meinem Arbeitszimmer aus über eine Steintreppe und eine
kurze Galerie zu erreichen. Erstere stammte zum Teil
noch aus dem Mittelalter, letztere war vollkommen
neu. Dieser Raum war rund, ziemlich hoch und ohne
Wandtäfelung – er war mit Gobelins ausgehängt, die
ich selbst in London gekauft hatte.

Ich sah, daß Nigger-Man bei mir war, schloß die
schwere Eichentür ab, zog mich aus, drehte schließlich
das elektrische Licht ab und sank in den reichgeschnitz-
ten, baldachinüberhangenen Vierpfoster, den ehrwür-
digen Kater auf seinem gewohnten Platz quer über
meine Füße. Ich hatte die Vorhänge offengelassen und
blickte nun aus dem schmalen Nordfenster, das mir ge-
genüberlag. Eine leichte Andeutung von Abendrot lag

am Himmel, und die filigranen Maßwerke des hohen Fenster erschienen als wunderhübsche Silhouetten.

Irgendwann muß ich ruhig eingeschlafen sein, denn ich erinnere mich deutlich, sonderbare Träume verlassen zu haben, als der Kater heftig aus seiner ruhigen Lage hochfuhr. Ich sah ihn im schwachen Schimmern der Abendröte, den Kopf vorgestreckt, die Vorderpfoten um meine Füße, die Hinterbeine ausgestreckt. Er starrte intensiv auf einen Punkt an der Wand, etwas westlich vom Fenster, eine Stelle, die meinem Auge keinen Halt bot, auf die ich jetzt aber alle meine Aufmerksamkeit zwang.

Und als ich ihn beobachtete, wußte ich, daß Nigger-Man nicht grundlos erregt war. Ob sich der Gobelin tatsächlich bewegte, kann ich nicht sagen. Es kam mir aber immerhin so vor. Was ich jedoch beschwören kann, ist, daß ich dahinter ein leises, deutliches Laufen hörte, wie von Ratten oder Mäusen. Mit einem einzigen Satz sprang der Kater auf den Wandbehang zu, riß ein Stück davon mit seinem Gewicht zu Boden und legte eine feuchte, uralte Steinmauer frei; an verschiedenen Stellen von den Handwerkern erneuert und ohne jede Spur von Nagetieren.

Nigger-Man jagte hin und her, packte den herunter-gefallenen Gobelin und versuchte mit der Pfote zwi-schen Mauer und eichene Dielen zu langen. Da er aber nichts fand, kehrte er bald abgehetzt an seinen Platz bei meinen Füßen zurück. Ich hatte mich zwar nicht von der Stelle gerührt, aber schlafen konnte ich diese Nacht nicht mehr.

Am Morgen befragte ich die gesamte Dienerschaft und fand, daß keiner von ihnen irgend etwas Außer-gewöhnliches bemerkt hatte. Nur die Köchin erinnerte sich an das seltsame Verhalten einer der Katzen, die auf ihrem Fensterbrett geschlafen hatte. Die Katze hatte irgendwann einmal in der Nacht zu miauen begonnen. Darauf war die Köchin munter geworden und hatte noch gerade gesehen, wie die Katze durch die offenstehende Türe hinaus, und die Treppe hinunterraste. Um die Mittagszeit döste ich ein wenig vor mich hin und besuchte am Nachmittag wiederum Captain Norrys, der für das, was ich ihm sagte, großes Interesse zeigte. Diese eigenartigen Vorfälle – im Grunde genommen unbedeutend, aber dennoch merkwürdig – reizten seinen Sinn für das Romantische und weckten in ihm eine Menge Erinnerungen an einheimische Geistergeschichten. Wir waren tatsächlich reichlich perplex über die Gegenwart von Ratten, und Norrys borgte mir einige Fallen und Einbeerenpulver, die die Dienerschaft an passenden Stellen anbringen mußte, als ich zurückkam.

Ich war sehr schläfrig und zog mich daher schon früh zurück, wurde aber von den gräßlichsten Träumen heimgesucht. Es war mir, als schaute ich aus ungeheurer Höhe auf eine zwielichtige Grotte hinunter, knietief mit schleimigem Unrat, wo ein weißbärtiger Teufelsschweinehirt mit einem Stock einen Rudel fetter, pilzüberwucherter Säue vor sich hertrieb, deren Anblick mit unaussprechlichem Ekel erfüllte. Dann, als der Schweinehirt anhielt und einnickte, sprang ein Schwarm Ratten hinunter in diesen stinkenden Abgrund und verschlang die Säue samt ihrem unseligen Hirten.

Aus dieser grausigen Vision erwachte ich plötzlich durch das Gerappel von Nigger-Man, der wie üblich quer über meinen Füßen geschlafen hatte. Diesmal war es nicht nötig, die Ursache seines Knurrens und Zischens herauszufinden, denn rings um mich waren die Wände mit einem Geräusch belebt, das mich zum Erbrechen reizte – das ungezieferhafte Geschlüpfe gefräßiger, riesenhafter Ratten. Ich vermochte den Zustand der Gobelins nicht zu erkennen – der Raum war stockdunkel, kein rötliches Schimmern wie gestern! Ich bezwang meine Furcht und drehte das Licht an.

Als die Birnen aufflammten, sah ich eine gräßliche Bewegung durch die Gobelins gehen, das die sonderbaren Figuren, die darauf waren, einen einzigartigen Totentanz aufführen ließ. Dieses grausige Schütteln verschwand fast sofort, und mit ihm das Geräusch. Ich sprang aus dem Bett und stocherte mit dem langen Stiel einer Wärmepfanne, die in der Nähe lag, in den Wandbehang und hob ein Stück davon hoch, um zu sehen, was darunterlag. Da war nichts als die reparierte Steinmauer, und sogar der Kater hatte das intensive Gefühl abnormaler Gegenwärtigkeiten verloren. Als ich die im Zimmer aufgerichtete runde Falle überprüfte, fand ich alle Öffnungen zugeschnappt, obgleich keine Spur darauf hinwies, was in sie hineingegangen und wieder entwischt war.

Weiterschlafen war ausgeschlossen. Ich zündete deshalb eine Kerze an, öffnete die Tür und ging hinaus auf die Galerie und der alten Steintreppe zu, die zu meinem Arbeitszimmer führte, Nigger-Man auf den Fersen. Bevor wir aber noch die Treppe erreichten, schoß der Kater vor und hastete die Stufen hinunter. Als ich dann selbst folgte, gewahrte ich plötzlich ein Rumoren im großen Zimmer unten – Geräusche, deren Natur nicht mißzuverstehen waren.

Die eichengetäfelten Wände waren vor Ratten schier lebendig geworden, sie rappelten und huschten wie toll, während Nigger-Man wütend wie ein gefoppter Jäger hin und her raste. Unten angelangt machte ich Licht, was diesmal das Geräusch jedoch nicht zum Stillstand brachte. Die Ratten setzten ihren Tumult fort, ja sie tobten und quiekten so laut, daß ich schließlich sogar die Richtung ihres Zuges feststellen konnte. Diese Biester bewegten sich in einer nicht enden wollenden Wanderung von oben nach unten in irgendeine faßliche oder unfaßliche Tiefe der Erde.

Nun vernahm ich im Korridor Schritte und im nächsten Moment stießen zwei Bediente die massive Tür auf. Sie waren eben dabei, das Haus nach einer unbekannten Ursache dieser Unruhe, die alle Katzen in eine knurrende Panik versetzt und sie angetrieben hatte, kopfüber die Treppen hinunterzustürzen und laut miauend vor der verschlossenen Tür des Kellergewölbes zu hocken. Ich fragte sie, ob sie die Ratten gehört hätten, aber sie verneinten. Und als ich ihre Aufmerksamkeit auf die Geräusche hinter der Wandtäfelung richten wollte, bemerkte ich zu meinem Erstaunen, daß sie aufgehört hatten.

Mit den zwei Männern ging ich dann zur Tür des Kellergewölbes, fand aber die Katzen bereits zerstreut. Ich beschloß die Krypta später zu durchsuchen, für den Augenblick jedoch wollte ich die aufgerichteten Fallen kontrollieren; alle waren zugeschnappt, aber leer. Ich gab mich damit zufrieden, daß niemand die Ratten gehört hatte außer mir und den Katzen. Darauf begab ich mich in mein Arbeitszimmer, überdachte alles gründlich und schürfte in den alten, von mir genauestens zu Papier gebrachten Sagen, die sich um dieses Gebäude rankten, nach. Ich legte mich Vormittags ein wenig schlafen, bequem zurückgelehnt in meinem Lesestuhl, den mein mittelalterlicher Möblierungsplan nicht zu verbannen vermocht hatte. Später rief ich Captain Norrys an, der mir bei der Untersuchung des Kellers half.

Wir entdeckten absolut nichts, obwohl wir einen Schauer nicht unterdrücken konnten, als wir bemerkten, daß dieses Gewölbe noch von römischen Händen erbaut worden war. Jeder flache Bogen, jeder massive Pfeiler war römisch – nicht etwa das herabgekommene Romanisch der pfuscherhaften Angelsachsen, nein, es war dies der strenge, harmonische Klassizismus der Kaiserzeit. Und in der Tat, die Wände waren über und über mit Inschriften bedeckt, den Archeologen, die diesen Ort wiederholt in Augenschein genommen hatten, bereits bekannt. Sachen wie zum Beispiel: »P. GETAE. PROP ... TEMP ... DONA ...« und »L. PRAEC ... VS ... PONTIFI ... ATYS ...«

Die Erwähnung von Atys ließ mir eine Gänsehaut über den Rücken gleiten, denn ich hatte Catull gelesen und wußte so einiges über die abscheulichen Riten zu Ehren dieses Östlichen Gottes, dessen Verehrung so eng mit dem Kybelenkult verknüpft war. Im Schein unserer Laternen versuchten Norrys und ich die sonderbaren und von der Zeit blaß gewordenen Zeichnungen gewisser unregelmäßig rechteckiger Steinblöcke auszulegen, die man allgemein für Opferstellen hält, konnten aber mit ihnen nichts Rechtes anfangen. Es kam uns wieder in den Sinn, daß eines jener Zeichen, eine Art strahlenumgebene Sonne, von Fachleuten für nichtrömisch gehalten wurde, denn sie vermuteten, daß diese groben Altäre von den römischen Priestern bloß aus älteren, vielleicht bereits von den Ureinwohnern errichteten Tempeln übernommen worden waren. Auf einem dieser

Blöcke befanden sich braune Flecken, die meine Neugierde erregten. Der weitaus größte, der sich in der Mitte des Raumes erhob, zeigte auf seiner oberen Fläche gewisse Merkmale, die auf eine Berührung mit Feuer hindeuteten – wahrscheinlich verbrannte Opfergaben.

Das also waren die Sehenswürdigkeiten, die wir in der Krypta entdeckten, vor deren Tür die Katzen schrien und wo Norrys und ich nun darauf bestanden, die Nacht zu verbringen. Bediente brachten zwei Feldbetten herunter und wurden angewiesen, sich nicht um das nächtliche Treiben der Katzen zu kümmern. Mein Nigger-Man wurde sowohl zur Verstärkung als auch zur Gesellschaft zugelassen. Wir entschlossen uns, die schwere Eichentüre – eine moderne Kopie mit Ventilationsschlitzen – abzuschließen, und nachdem dieses geschehen, legten wir uns mit brennenden Laternen hin, um abzuwarten, was auch immer kommen möge ...

Das Gewölbe befand sich tief im Fundament der Priorei und wahrscheinlich weit unten in dem überhängenden Kalksteinfelsen über dem einsamen Tal. Daß hier das Ziel jener grausigen, unerklärlichen Ratten war, schien mir außer Zweifel. Meine Nachtwache durchmischte sich langsam mit Halbträumen, aus denen mich jedoch die unruhigen Bewegungen meines Katers immer wieder hochrissen.

Diese Träume waren nicht vollständig, aber ebenso schrecklich wie jener, den ich die Nacht zuvor gehabt hatte. Ich erblickte wieder die zwielichtige, dämmernde Grotte, sah abermals den Schweinehirten mit seinen grausenhaft pilzüberwucherten Tieren, die sich in der eklen, schleimigen Schmutzmasse suhlten. Und als ich mir diese Höllenwesen genauer besehen wollte, schienen sie mir näher zu sein und deutlicher erkennbar – so deutlich, daß ich beinahe Einzelheiten ausmachen konnte. Dann sah ich die welken Gesichtszüge eines von ihnen – und wachte mit solch einem Entsetzensschrei auf, daß Nigger-Man auffuhr und Captain Norrys, der nicht geschlafen hatte, in ein beträchtliches Lachen ausbrach. Norrys würde vielleicht noch mehr – oder aber auch weniger gelacht haben, hätte er gewußt, was es war, das mich so schreien ließ. Aber ich erinnerte mich auch erst später daran. Extremes Grauen lähmt das Gedächtnis in einer barmherzigen Weise.

Norrys weckte mich, als das Phänomen begann. Durch sanftes Schütteln wurde ich aus demselben gräßlichen Traum gerufen und auf das Geräusch der Katzen aufmerksam gemacht. In der Tat, da gab es genug zu hören, denn hinter der verschlossenen Tür über den Steinstufen herrschte ein wahrer Alptraum felinen Gejaules und Gekratzes, während Nigger-Man, ohne seine Verwandtschaft draußen zu beachten, aufgeregt die kahlen Steinwände entlangjagte, in denen ich dasselbe Rumoren eines in Aufruhr geratenen Rattenbabels vernahm, das mich in der vergangenen Nacht beunruhigt hatte.

Ein stechender Schreck durchfuhr mich jäh, denn hier gab es abnorme Dinge, die durch nichts in der Welt erklärt werden konnten. Diese Ratten, wenn nicht Schattenwesen eines Wahnsinns, den ich nur mit den Katzen teilte, mußten sich durch römische Mauern graben und nagen, die meiner Meinung aus massiven Kalksteinquadern erbaut worden waren ... außer, vielleicht, das unaufhörlich fressende Wasser hat in einer Zeitspanne von mehr als siebzehnhundert Jahren Tunnels geschaffen, die von den Nagern glatt und geräumig geschliffen waren ... Aber auch in diesem Fall war dieses gespenstische Grauen nicht geringer;

denn wenn hier tatsächlich lebendes Ungeziefer hauste, warum hörte Norrys nicht dieses abscheuliche, ekelerregende Gewühle? Warum drängte er mich, Nigger-Man zu beobachten und auf die Katzen da draußen zu hören, und weshalb rätselte er ahnungslos und vage herum, was diese nur so in Aufregung versetzt hätte?

Da ich nun so weit war, ihm so gut als möglich auseinanderzusetzen, was ich zu vernehmen glaubte, drangen die letzten Laute dieses ungestümen Gejages an meine Ohren; diese schrecklichen Laute waren in noch größeren Tiefen verklungen, weit fort unter diesem tiefsten der Kellergewölbe, bis es schien, als würde der ganze überhängende Fels von den herumsuchenden Ratten gerüttelt. Norrys war nicht so skeptisch, wie ich vorher erwartet hatte, sondern schien zutiefst bewegt. Er deutete mir zu, daß die Katzen vor der Tür aufgehört hätten zu lärmen, als hätten sie die Ratten verloren gegeben. Nigger-Man aber brach in erneute Unruhe aus und scharrte wie rasend am Sockel des großen Opfersteines in der Mitte des Raumes, der Norrys' Liegestatt näherstand als meiner.

Meine Furcht vor dem Unbekannten war an diesem Punkt sehr groß. Etwas Verblüffendes war geschehen, und ich sah, daß Captain Norrys, ein jüngerer, kräftigerer, eher materialistischer Mensch, genau so betroffen war wie ich selbst – vielleicht wegen seiner lebenslangen Vertrautheit mit den einheimischen Gerüchten und Sagen. Im Augenblick vermochten wir nichts anderes tun, als den alten, schwarzen Kater zu beobachten, der mit schwindendem Eifer am Sockel des Altars scharrte, gelegentlich aufschaute und mir auf jene zutrauliche Art zumiaute, die er stets anwendete, wenn er von mir etwas wollte.

Norrys brachte nun eine der Laternen nahe an den Altar heran und untersuchte die Stelle, an der Nigger-Man mit den Pfoten scharrte. Schweigend kniete er nieder und riß die jahrhundertealten Flechten weg, die den massiven vorrömischen Steinblock mit dem Mosaikpflaster verbanden. Er fand nichts und wollte schon seine Bemühungen aufgeben, als ich eines eher unbedeutenden Umstands gewahr wurde, der mich, obgleich ich ihn eigentlich bereits vorausgeahnt hatte, erschauern ließ.

Ich machte Norrys aufmerksam und wir blickten beide auf diese eher unmerkliche Manifestation mit der Starrheit des Entdeckens und Erkennens. Es war das: Die Flamme, nahe dem Altar abgestellt, flackerte leicht aber deutlich in einem Luftzug, dem sie zuvor nicht ausgesetzt gewesen war, und der zweifellos aus einer Spalte zwischen Fliesen und Altar drang, wo Norrys die Flechten weggerissen hatte.

Wir verbrachten den Rest der Nacht im strahlend erleuchteten Arbeitszimmer, nervös diskutierend, was wir als nächstes unternehmen sollten. Die Entdeckung, daß ein Gewölbe tiefer lag als das tiefste Mauerwerk der Römer, irgend ein Gewölbe, übersehen von der Neugierde der Archeologen dreier Jahrhunderte, hätte genügt, in Begeisterung zu versetzen, wäre nicht dieser sinistre Hintergrund gewesen. So aber wurde unsere Entdeckerfreude zwiespältiger Natur, und wir blieben lange im Zweifel, ob wir unsere Nachforschungen einstellen und die Priorei aus abergläubischer Furcht für immer meiden sollten, oder ob wir unserem Abenteurermut nachgeben und jeglichem Grauen trotzen sollten, das uns in diesen unbekannten Tiefen erwarten könnte.

Am Morgen hatten wir einen Kompromiß geschlossen und uns entschieden, in London eine Gruppe von Archeologen und Wissenschaftern zusammenzustellen, die geeignet war, es mit diesem Mysterium aufzunehmen. Es darf hier nicht unerwähnt bleiben, daß wir, ehe wir das Kellergewölbe verließen, vergeblich versucht hatten, den Hauptaltar zu bewegen, den wir nun als Tor zu einem neuen Höllenschlund namenloser Furcht betrachteten. Welches Geheimnis dieses Tor öffnen würde, würden klügere Menschen als wir herausfinden müssen.

Während vieler Tage in London unterbreiteten Captain Norrys und ich Tatsachen, Vermutungen und sagenhafte Berichte fünf hervorragenden Kapazitäten – alles Männer, bei denen man sich darauf verlassen konnte, daß sie alles unliebsame, das vielleicht durch künftige Erforschungen ans Tageslicht käme, geheimhalten würden. Es stellte sich auch heraus, daß kaum einer von ihnen zu Spott geneigt war, im Gegenteil, sie zeigten sich außerordentlich interessiert und der Sache zugetan. Es ist kaum nötig, sie alle namentlich aufzuführen, aber ich möchte dennoch bemerken, daß Sir William Brinton dabei war, dessen Ausgrabungen in Troas seinerzeit weltweites Aufsehen erregt hatten. Als wir endlich den Zug nach Anchester nahmen, fühlte ich mich am Rande furchtbarer Enthüllungen; eine Empfindung, symbolisiert durch die Trauer so vieler Amerikaner über den unerwarteten Tod des Präsidenten auf der anderen Seite der Welt.

Am Abend des 7. August erreichten wir Exham Priory, wo die Dienerschaft mir versicherte, daß nichts Ungewöhnliches vorgefallen wäre. Die Katzen, ja sogar der alte Nigger-Man, hatten sich ruhig verhalten; und nicht eine einzige Falle im Haus war zugeschnappt. Wir hatten vor, mit den Untersuchungen am nächsten Tag zu beginnen. Meinen Gästen hatte ich komfortabel ausgestattete Zimmer zugewiesen, ich selbst zog mich in meine eigene Turmkammer zurück, mit Nigger-Man quer über den Füßen. Ich schlief bald ein, wurde aber von gräßlichen Träumen bedrückt. Es war eine Vision eines altrömischen Gelages, wie jenes von Trimalchio, doch in einer zugedeckten Schüssel lauerte das monströseste Grauen. Dann erschien mir wieder das verdammte Irrsinnszeug mit dem Schweinehirten und seiner ekelerregenden Herde in der Zwielichtgrotte. Doch als ich erwachte, war es bereits heller Tag und unten im Haus ertönten normale Geräusche. Die Ratten, lebende oder gespenstische, hatten mich nicht gestört; und Nigger-Man schlief noch immer friedlich. Beim Hinuntergehen erfuhr ich, daß diese Ruhe die ganze Nacht über geherrscht hatte; ein Zustand, den einer der versammelten Diener – ein Mann namens Thornton, der sich mit Spiritismus befaßt – ziemlich absurd der Tatsache zuschrieb, daß man mir eben schon das Ding gezeigt hatte, das bestimmte Mächte mir hatten zeigen wollen.

Alles war nun bereit, und um 11 Uhr vormittags stieg die gesamte Gruppe von sieben Männern, ausgerüstet mit starken elektrischen Lampen und Ausgrabungsinstrumenten in das Kellergewölbe und verriegelten die Tür hinter sich. Nigger-Man war bei uns, denn die Forscher störten sich keineswegs an seiner Erregbarkeit, ganz im Gegenteil, sie waren sehr darauf bedacht, ihn bei dieser Expedition mitzuhaben, da doch sein feiner Instinkt bei dieser Nagerjagd nur von Vorteil sein konnte. Die römischen Inschriften und unbekannten

Altarzeichnungen nahmen wir nur flüchtig in Augenschein, drei der Wissenschafter hatten sie bereits gesehen und alle erkannten deren charakteristische Merkmale. Die größte Aufmerksamkeit galt dem wichtigeren Hauptaltar, und innerhalb einer Stunde war es Sir William gelungen, ihn nach rückwärts zu kippen; es mußte also irgendein unbekannter Mechanismus, eine Art Gegengewicht existieren.

Und dann lag solch ein unsägliches Grauen vor uns, das uns, wären wir nicht vorbereitet gewesen, in den Wahnsinn getrieben hätte. Durch eine beinahe quadratische Öffnung im Boden stiegen, nein, taumelten wir über eine steinerne Treppenflucht, so abgenützt, daß in der Mitte wenig mehr als eine geneigte Ebene war, auf der geisterhaft bleich und wildverstreut menschliche oder halbmenschliche Knochen lagen. Jene, die noch intakte Skelette waren, zeigten die grausigen Verrenkungen panischer Angst, und bei allen wiesen Merkmale darauf hin, daß Nagetiere an ihnen gefressen hatten. Die Schädel zeigten nichts geringeres an als Idiotie, Kretinismus oder primitives Halbaffentum.

Über diesen infernalischen Stufen wölbte sich ein abfallender Tunnel, aus dem massiven Gestein herausgearbeitet und von Frischluft durchströmt. Dieser Luftstrom hatte nichts von dem plötzlichen wie lästigen Geruch eines geöffneten Gewölbes an sich, er war eher eine kühle Brise von angenehmer Frische. Wir hielten uns nicht lange auf, sondern bahnten uns schauernd einen Weg die Treppe hinunter. Es war dabei, daß Sir William, der die behauenen Wände überprüfte, die überaus bestürzende Entdeckung machte, daß der Gang – der Richtung der Schläge nach – *von unten her* gemeißelt worden war.

Ich muß jetzt sehr sorgfältig überlegen und meine Worte achtsam wählen.

Als wir einige Stufen weiter durch die zernagten Knochen vorgedrungen waren, sahen wir Licht über uns; nicht irgendein mystisches Phosphoreszieren, sondern gefiltertes Tageslicht, das nur aus einer unbekannten Spalte der Felsenschlucht kommen konnte. Daß solche Spalten von außen her übersehen worden waren, besagte nicht viel, denn das darunterliegende Tal ist unbewohnt, und der Felsvorsprung, auf dem die Priorei erbaut ist, ist so hoch und so weit überhängend, daß seine Steilwand nur ein Flieger genau betrachten könnte.

Nachdem wir einige Schritte weitergegangen waren, erblickten wir etwas, das uns buchstäblich den Atem raubte, so buchstäblich, daß Thornton, der Spiritist, ohnmächtig in die Arme seines bestürzten Hintermannes taumelte. Norrys, das dicke Gesicht, weiß und schlaff, stieß bloß unartikulierte Schreie aus; während ich glaube, daß ich nach Luft rang oder zischte und meine Augen bedeckte.

Der Mann hinter mir – der einzige Mann der Gruppe, der älter als ich war – krächzte das abgedroschene ›Mein Gott‹, und es war die gebrochenste Stimme, die ich je gehört habe. Von sieben gebildeten Männern bewahrte nur ein einziger die Haltung: Sir William Brinton; ein Umstand, der ihm um so höher angerechnet werden muß, weil er die Gruppe anführte und den Anblick als erster vor Augen bekommen hatte.

Vor uns, in einem grausigen, unwirklichen Zwielicht, lag eine Grotte riesiger Höhe, die sich in eine unermeßliche Ferne ausdehnte, so weit, daß das Auge kein Ende mehr zu finden vermochte; eine unterirdische Welt voller namenloser Rätsel und Schrecken. Es gab Bauten und architektonische Überreste – mit einem einzigen Blick des Entsetzens sah ich gespenstische Modelle von Tumuli, einen barbarischen Kreis von Monolithen, eine flachkuppelige römische Ruine, einen langgestreckten angelsächsischen Bauernhof und ein frühenglisches Holzhaus – aber all das wurde von dem ghoulischen Panoptikum überboten, das der Zustand dieser subterranäen Fläche bewirkte. Denn viele Yards im Umkreis der Treppe erstreckte sich ein wahnwitziges Gewirr menschlicher Knochen oder solcher, die aus Zwischenstadien stammen mußten; wie eine gischtige See breiteten sie sich vor uns aus, einige zerfallen, andere wieder als teilweise oder ganze Skelette; letztere in Stellungen grauenhaftester Furcht, der verzweifelsten Abwehr oder auch nach anderen in kannibalischer Absicht krallend.

Als unser Anthropologe Dr. Trask die Schädel untersuchte, stellte er eine Mischung fest, die ihn äußerst verblüffte. In der Entwicklungsstufe standen sie meist unter dem Piltdownmenschen, waren aber in jedem Fall definitiv menschlich. Viele gehörten einer höheren Stufe an, dagegen verrieten sehr wenige Schädel höchst entwickelte Typen. Die meisten Knochen waren angenagt, meistens von Ratten, aber auch ziemlich viele von denen der halbmenschlichen Gattung. Mitten darunter fanden sich auch hin und wieder zierliche Rattenknöchelchen – die Gefallenen dieser nagenden Todesarmee, die diese uralte Geschichte beendeten.

Ich staune heute noch, daß an diesem Tag der abscheulichsten Entdeckungen niemand von den Männern starb oder den Verstand verlor. Kein Hoffmann, kein Huysmans könnte eine unglaublicher, abstoßendere, romantisch groteskere Szene erdenken als diese Zwielichtgrotte durch die wir sieben wankten; jeder von Enthüllung zu Enthüllung stolpernd und krampfhaft versuchend, nicht an das zu denken, was sich hier vor dreihundert oder tausend oder zweitausend oder zehntausend Jahren abgespielt haben mochte. Es war ein veritables Vorzimmer zur Hölle, und der arme Thornton fiel abermals in Ohnmacht, als Dr. Trask ihm erzählte, daß einige der Skelette während der letzten zwanzig oder mehr Generationen als Vierbeiner heruntergekommen sein müssen.

Schrecken häufte sich auf Schrecken, als wir die architektonischen Überreste zu erforschen suchten. Die menschlichen Vierbeiner, manchmal gab es auch Zweibeiner darunter, waren in primitiven Steinzellen gefangengehalten worden, aus denen sie, rasend vor Hunger und aus Furcht vor den Ratten ausgebrochen sein mußten. Sie waren in großen Herden dagewesen und wurden allem Anschein nach mit dem groben Gemüse gemästet, dessen Abfall man in Form giftiger Fäulnis am Boden riesiger Steinbehälter entdeckte, die älter als Rom waren. Nun wußte ich endlich, warum meine Vorfahren solch ausgedehnte Gemüsegärten hielten – oh, könnte ich das alles nur vergessen!!

Nach dem Zweck jener Herden wollte ich lieber gar nicht fragen.

Sir William, mit seiner Taschenlampe in der römischen Ruine stehend übersetzte laut das blasphemischste Ritual, das ich je gehört hatte; und sprach über die Art und Weise der antediluvialen Kulte, die die Priester der Kybele vorgefunden und mit ihrem eigenen verschmolzen hatten. Norrys, ein Mann, der in den Schützengräben Flanderns gelegen hatte, vermochte, als er aus dem altenglischen Haus herauskam, nicht mehr aufrecht zu gehen. Es war ein Fleischerladen und eine Küche zugleich – er hatte das zwar erwartet, aber es war zuviel, die vertrauten englischen Werkzeuge an solch einem Ort zu sehen, und ebenso vertraute Wandkritzeleien zu lesen, manche davon nicht älter als von 1610. Ich brachte es nicht über mich, in dieses Gebäude zu treten – in dieses Haus, dessen teuflischen Verwendungszweck erst der scharfe Dolch meines Vorfahren Walter de la Poer ein Ende bereitet hatte.

Wohinein ich mich zu gehen wagte, war das niedrige angelsächsische Gebäude, dessen Eichentor herausgefallen war; darin fand ich eine fürchterliche Reihe von Steinzellen mit rostigen Gittern, es waren ihrer zehn. In dreien befanden sich menschliche Skelette, und auf dem knöchernen Zeigefinger des einen fand ich einen Siegelring mit meinem eigenen Familienwappen. Sir William fand ein Gewölbe unter der römischen Kapelle mit weitaus älteren Zellen, die aber leer waren. Darunter entdeckte er eine niedrige Krypta mit Kisten voller Totenknochen, die man peinlich genau geschichtet hatte. Einige trugen fürchterliche Inschriften eingeschnitzt, teils in Latein und Griechisch, teils in der Sprache Phrygiens. Mittlerweile hatte Dr. Trusk einen der prähistorischen Tumuli geöffnet und brachte Schädel ans Licht, die kaum mehr menschlicher waren als die von Gorillas und die unbeschreibliche hieroglyphische Ritzzeichnungen aufwiesen. Unberührt von all diesem Grauen stolzierte mein Kater herum. Einmal sah ich ihn wie ein kleines Ungeheuer auf einem Berg von Knochen hokken und dachte an die Geheimnisse, die hinter seinen gelben Augen liegen mochten. Nachdem wir einigermaßen die schauerlichen Enthüllungen dieses Zwielichtlandes bis zu einem gewissen Grad erfaßt hatten, –

eines unterirdischen Landes, das mir bereits in Alpträumen vorgeschwebt war – wandten wir uns jener anscheinend grenzenlosen Mitternachtshöhle zu, wohin kein Lichtstrahl aus einer Felsenspalte mehr dringen konnte. Nie werden wir erfahren, welch augenlos stygische Welten hinter dem kurzen Stück gähnten, das wir gingen; denn es wurde vorausbestimmt, daß solche Geheimnisse nicht gut für die Menschheit sind. Aber es gab genug in der Nähe, um unsere Aufmerksamkeit voll in Anspruch zu nehmen, denn wir waren gar nicht lange unterwegs, als uns unsere Taschenlampen jene Gruben erhellten, in denen die Ratten ihre schaurigen Freßorgien abgehalten hatten, bis daß ein völlig unerwartetes Aussetzen der Fütterung die heißhungrige Nagerarmee zu den lebenden Herden getrieben, und später dazu, aus der verlassenen Priorei hervorzuquellen, in jenem historischen Verwüstungszug, den die Bauern nie vergessen werden.

Gott! Diese grauenhaften, aasschwarzen Gruben voller abgenagter Knochen und geöffneter Totenschädel! Diese alptraumzitternden Abgründe, vollgepfropft mit Knochen unseligster Jahrhunderte, mit Knochen der Pithekanthropoiden, Kelten, Römer, Engländer ... Manche dieser Gruben waren bis an den Rand gefüllt, und kein Mensch vermag zu sagen, wie tief sie eigentlich wirklich waren. Andere wieder waren so tief, daß die Kegel unserer Taschenlampen keinen Grund fanden, oder voll von unaussprechlichen Fieberträumen.

Einmal glitt mein Fuß am Rand eines der grauenhaft gähnenden Schlünde aus und für einen Augenblick lang fühlte ich mich von einer rasenden Angst erfaßt. Ich muß wohl eine lange Weile stillgestanden haben, denn ich konnte niemand mehr von der Gruppe sehen außer dem dicken Captain Norrys. Dann kam ein Geräusch aus der tintendunklen, grenzenlosen Ferne, das ich zu kennen glaubte; und ich sah meinen alten schwarzen Kater gleich einem geflügelten ägyptischen Gott an mir vorbeispringen, geradewegs in den unendlichen Abgrund dieser unbekannten Welt. Aber ich lag nicht weit zurück, denn nach einer weiteren Sekunde gab es keinen Zweifel mehr: es war das unheilige Hasten jener teufelgeborenen Ratten, stets nach neuem Grauen jagend und mit keiner anderen Absicht, als mich in die ultimatesten Höhlen im innersten Gedärm der Erde zu treiben, wo Nyarlathotep, der irrsinnige, gesichtslose Gott blind zum Gepfeife zweier idiotischer Flötenspieler jault.

Meine Taschenlampe war ausgebrannt, aber trotzdem lief ich weiter. Ich hörte Stimmen, Gejohle und grausige Echos, aber darüber erhob sich weich, ja fast sanft dieses unheilige, heimtückische Hasten; allmählich steigend, steigend, steigend wie eine steifgeblähte Wasserleiche in einem schleimigen, öligen Fluß hochsteigt, der unter endlosen Onyxbrücken einem schwarzen, faulenden Ozean zuströmt.

Irgendwas stieß gegen mich – etwas weiches, plumpes. Es müssen die Ratten gewesen sein; die bösartige, gallerthafte, hungrige Armee, die von den Toten wie von den Lebenden frißt ... Warum sollten die Ratten nicht einen de la Poer fressen – fressen doch auch de la Poers Verbotenes! ... Der Krieg fraß meinen Jungen, verdammt sollen sie sein ... alle! ... Die Yankees fraßen Carfax mit Flammen und verbrannten Großvater Delapore und das Geheimnis ... Nein, nein, ich sage euch, ich bin *nicht* der höllische Schweinehirt dieser Zwielichtgrotte! Es war nicht Edward

Norrys' Kopf auf jenem pilzüberwucherten Ding! Wer behauptet, daß ich ein de la Poer bin? Er lebte, aber mein Junge starb! ... Soll ein Norrys die Ländereien eines de la Poer besitzen? ... Das ist Vudu, sag ich euch ... die getupfte Schlange ... Verflucht sollst du sein, Thornton, ich werde dich lehren, in Ohnmacht zu fallen, beim Anblick dessen was meine Familie tut! ... Gotts Blut, du Hundsfott, ich will dir wohl Mores beibringen ... wolde ye swynke me thilke wys ...? *Magna Mater! Magna Mater! ... Atys ... Dia ad aghaidh 's ad aodann ... agus bás dunach ort! Dhonas 's dholas ort agus leat-sa! ... Ungl ... ungl ... rrlh ... chchch ...*

Das, behaupten sie, hätte ich gestammelt, als sie mich nach drei Stunden in der Finsternis über Captain Norrys halbaufgefressener Leiche kriechend fanden, wobei mir mein eigener Kater eingekrallt an der Kehle hing. Nun haben sie Exham Priory in die Luft gesprengt, mir meinen Nigger-Man fortgenommen und mich in Hanwell in ein vergittertes Zimmer gesperrt, wobei sie ängstlich über meine Erbanlagen und mein Erlebnis flüsterten. Thornton ist im Zimmer nebenan, aber sie wollen mich mit ihm nicht sprechen lassen. Sie versuchen auch das meiste über die Priorei zu unterdrücken. Wenn ich vom armen Norrys spreche, beschuldigen sie mich einer abscheulichen Sache, aber sie müssen doch wissen, daß ich es nicht war, der das getan hat. Sie müssen doch wissen, daß es diese Ratten waren, diese grauenhaften Ratten, die wie irrsinnig hinter der Polsterung dieses Zimmers rasen, die mich nicht schlafen lassen, die mich in dieses unendliche Grauen hinunterlocken wollen, in ein Grauen, das größer ist als alle anderen; diese Ratten, die nur ich allein hören kann; die Ratten, die Ratten, die Ratten im Gemäuer ...

Die Musik des Erich Zann

Mit größter Sorgfalt studierte ich Pläne und Karten der Stadt, fand jedoch nie wieder jene Rue d'Auseil. Und es waren nicht nur moderne Pläne, die ich untersuchte; ich weiß, daß Straßennamen häufig Veränderungen unterworfen sind. Ich ließ es mir, im Gegenteil, nicht entgehen, die seltensten und ältesten Karten dieser bizarren Stadt durchzuforschen, ich unterließ nichts, in dieser immerwährenden Dämmerung eine wenn auch noch so bescheidene Spur zu verfolgen, die mich vielleicht doch nach dieser verschollenen, traumversponnenen Straße hätte führen können; allein, was ich auch tat, meine Unternehmungen waren von Anfang an zum Mißlingen verurteilt, und es blieb mir nichts denn die demütige Erkenntnis, daß es für mich in aller Zukunft ein Ding der Unmöglichkeit sein würde, jemals dieses Haus, diese Straße, ja selbst die weitere Umgebung wiederzufinden, in der ich in den letzten Monaten meines Hungerlebens als Student der Metaphysik Erich Zanns Musik vernahm.

Es wundert mich keinesfalls, daß meine Erinnerung zerstört ist, denn meine Gesundheit, körperlich wie geistig, hatte während meines Aufenthaltes in der Rue d'Orsay schwer gelitten; auch entsinne ich mich nicht, jemals einen von den wenigen Bekannten, die ich hatte, dorthin mitgenommen zu haben. Daß ich jedoch diesen Ort nicht mehr aufzufinden vermag, erscheint mir einzig dastehend und verwirrend – war er doch keine halbe Stunde Wegs von der Universität entfernt, und außerdem gab es da einige besondere Einzelheiten, die einer, der die Gegend gesehen hatte, kaum mehr hätte vergessen können. Ich bin allerdings noch mit keinem Menschen zusammengetroffen, der die Rue d'Auseil gekannt hätte.

Die Rue d'Auseil lag jenseits eines finsteren, von uralten Lagerhäusern und Speichern begleiteten Flusses, der träge in ein nebeliges Nichts zog. Irgendwo überspannte eine wuchtige Brücke aus schwarzem Stein seine Wässer. Diese Gegend um den Fluß lag fast immerwährend in einem Gedämmer aus Schatten und dem Rauch trauriger Ausdünstungen. Die vielen Fabriken, die seine Nachbarschaft ausmachten, schienen die Sonne schon von vornherein ausgeschlossen zu haben. Der Fluß selbst war voll von übelriechendem Dunst, einem eigenartigen Gestank, der mir sonst noch nirgendwo begegnet ist – und vielleicht wird mir dieser Umstand einmal dienlich sein, die verlorene Straße wiederzufinden, da ich diesen eklen Geruch aus hundert anderen herauserkennen würde. Auf der anderen Seite der Brücke befanden sich enge, bucklig gepflasterte Straßen mit Eisengeländern; und bald darauf erreichte man einen Anstieg, der sich zuerst gemächlich hochzog, dann aber, kurz bevor man in die Rue d'Auseil kam, unglaublich steil wurde. Ich habe in meinem Leben noch keine so enge Straße gesehen! Sie war nahezu für alle Fahrzeuge gesperrt, eine Klippe, die aus mehreren durch Stufen verbundenen Plätzchen oder Etagen bestand, und sie wurde an ihrer höchsten Stelle von einer riesigen, mit grauem Efeu überwucherten Mauer abgeschlossen. Das Pflaster war unterschiedlich: hier breite Steinplatten, dort katzbuckeliges, festgefügtes Geröll, manchmal auch nur die bloße, von fahlgrünen, namenlosen Moosen und Gräsern bedeckte Erde. Die Häuser waren hoch, spitzgiebelig und unglaublich alt, hin und wieder beugten sie sich weit vor; man hätte meinen können, die Dachtraufen berührten einander, und man konnte den Himmel nicht mehr erkennen. Ja, man hatte sogar häufig das Gefühl, durch langgestreckte Torbögen zu gehen, ein Umstand, der das Licht nahezu verbannte, und wenn ich mich recht entsinne, so war diese traurige Region aus Dunkelheit und Schemen an verschiedenen Stellen von kleinen Brücken, die Haus mit Haus verbanden, überspannt.

Auch die Bewohner dieser Straße übten auf mich einen sonderbaren Eindruck aus. Zuerst glaubte ich, sie seien nur schweigsam und verschlossen; später aber kam ich darauf, daß ich es mit sehr, sehr alten Menschen zu tun hatte. Was mich ursprünglich bewogen hatte, in einer solchen Straße zu wohnen, habe ich vergessen; aber ich war, als ich dorthinzog, kaum mehr Herr meiner selbst. Ich hatte bereits in vielen, höchst elenden Vierteln gelebt, mein ständiger Geldmangel ließ mir keine andere Wahl, bis ich schließlich in diesem zerfallenden Haus in der Rue d'Auseil landete, das von Monsieur Blandot, einem halbgelähmten Greis, unterhalten wurde. Es war das dritte Haus von oben und bei weitem das höchste von allen.

Mein Zimmer lag im fünften Stock. Es war dort der einzige bewohnte Raum, das übrige Haus stand fast leer. In jener Nacht, in der ich einzog, vernahm ich vom Dachboden aus über mir seltsame Melodien und erkundigte mich am nächsten Morgen bei Blandot nach ihrer Bedeutung. Er sagte mir, daß über mir ein alter Violinspieler wohne, ein Deutscher namens Erich Zann, der Abend für Abend im Orchester eines drittklassigen Tingeltangels sein Brot verdiene. Die so hochgelegene Behausung habe er nur deshalb gemietet, weil er stets nach Beendigung der Vorstellung für sich selbst musiziere und dabei möglichst ungestört sein wolle. Das eine Giebelfenster, welches sein Raum besaß, war die einzige Stelle in dieser Gegend, von der aus man über die Mauer hinweg auf das dahinterliegende Panorama blicken konnte.

In der Folge hörte ich Zann jede Nacht spielen, und obgleich ich deshalb oft keinen Schlaf finden konnte, war ich von der Unheimlichkeit seiner Melodien begeistert. Ich verstehe kaum etwas von Musik, aber dennoch wurde mir bald bewußt, daß Zanns Musik auch nicht im geringsten mit den Kompositionen, die ich bisher gehört hatte, in Verbindung gebracht werden konnte. Dieses war der Grund, weshalb ich zu der Erkenntnis gelangte, daß Erich Zann ein Komponist von höchster Genialität sein müsse. Und je länger ich seinem Spiel lauschte, desto mehr war ich davon bezaubert. Nach einer Woche war ich so weit, daß ich mich entschloß, die Bekanntschaft des alten Mannes zu suchen.

Als er eines Nachts heimkehrte, hielt ich ihn im Treppenhaus an, sagte ihm, daß ich ihn gern kennenlernen wolle und bat ihn auch, einmal seinem Spiel zuhören zu dürfen. Er war ein kleiner, magerer, vornübergebeugter Mann, in schäbigen Kleidern, hatte blaue Augen, ein wunderliches Satyrsgesicht, und war nahezu kahl. Anfangs schienen ihn meine Worte zu verärgern und zu erschrecken, aber schließlich brach meine offensichtliche Freundlichkeit das Eis, und er bedeutete mir brummend, ihm über die knarrenden, quietschenden Dachbodentreppen zu folgen. Sein Zimmer — es gab deren nur zwei unter dem hochgiebeligen Dach des Hauses — lag an der Westseite, also jener hohen Mauer gegenüber, die das obere Ende der steilen Straße bildete. Es war äußerst geräumig und schien durch seine große Kahlheit und Verwahrlosung noch größer zu wirken. Die spärliche Einrichtung bestand aus einer schmalen, eisernen Bettstatt, einem verschmutzten Waschständer, einem Tischchen, einem hohen Bücherregal, einem Notenpult und drei altmodischen Stühlen. Stöße von Notenblättern waren über die Dielen verstreut, gestapelt, die Wände hatten wahrscheinlich nie einen Verputz gesehen, und die Unmenge von Spinnweben, die überall staubschwer herunterhingen, ließen diese Räumlichkeit eher verlassen als bewohnt erscheinen. Offensichtlich lag Zanns ästhetische Welt in irgendeinem unendlich fernen Kosmos seiner Imagination.

Der stumme Alte verschloß mit einem großen Holzriegel die Türe und gab mir ein Zeichen, mich zu setzen. Dann entzündete er ein Wachslicht, um genauer sehen zu können, wen er da mitgebracht hatte. Er nahm sein Instrument aus einem mottenzernagten Tuch, setzte es ans Kinn und ließ sich auf dem Stuhl nieder, der ihm von den dreien am wenigsten unbequem schien. Er spielte ohne Noten, fragte mich auch nicht nach meinen Wünschen, sondern improvisierte frei drauflos und unterhielt mich über eine Stunde lang mit der wunderseltsamsten Musik; Melodien, die er sich gerade ausgedacht haben mußte. Für den unerfahrenen Zuhörer, wie ich einer bin, ist die Eigenart dieser Harmonien nicht zu beschreiben. Es war eine Art Fuge, deren stets wiederkehrendes Thema durch seine unglaubliche Vollendung die Seele fesselte; allein in den Nächten zuvor, von meinem Zimmer aus, hatte ich noch ganz andere Klänge gehört – ich vermißte jetzt diese vollends unirdischen, unheimlichen Klänge, die der alte Mann in seiner Einsamkeit für sich selbst hervorzubringen pflegte.

Als nun der Geiger sein Instrument absetzte, bat ich
ihn, mir doch eines jener Stücke vorzuspielen, aus denen
ich bereits seit Tagen Stellen vor mich hinpfiff oder ganz
unbewußt summte. Bei diesen Worten verlor das runz-
lige Satyrsgesicht mit einem Male die dumpfe Gelassen-
heit, die ihm während des Spieles wie eine Maske an-
gelegen hatte, um einer ähnlichen Mischung aus Furcht
und Ärger Platz zu machen, wie ich sie zuvor im Treppenhaus an ihm beobachtet hatte. Ich dachte zuerst daran, ihm gut zuzureden; alte Leute, so schien es mir, sind
ziemlich leicht umzustimmen; auch überlegte ich, ob es
nicht angebracht sei, einige Fetzen dieser merkwürdigen
Musik zu pfeifen. Das allerdings gab ich sogleich wieder
auf, denn das Gesicht des stummen Musikers verzerrte
sich plötzlich zu einer unmöglich zu beschreibenden
Grimasse; seine lange, kalte, knochige Hand fuch-
telte mir vor dem Mund herum, um meine plumpe
Imitation zu ersticken. Gleichzeitig warf er einen angst-
erfüllten Blick nach dem verhängten Fenster, als
fürchte er irgendeinen Eindringling – ein Blick, der mir
doppelt absurd schien, da doch dieses Fenster so hoch
und unerreichbar über all den andern Giebeln und
Dächern lag und, wie mir der Hausmeister erzählt
hatte, selbst die ungeheure Mauer überragte.
Der verstohlene Blick des Alten rief mir wieder Blan-
dots Bemerkung ins Gedächtnis zurück, und in mir
wurde der Wunsch wach, selbst einmal über die mond-
überglänzten Dächer zu schauen. Ich trat auf das Fenster zu und hätte den Vorhang weggezogen, wäre mir
nicht Erich Zann mit noch größerem Zorn als zuvor in
den Arm gefallen. Und während er sich mühte, mich
mit beiden Händen vom Fenster wegzuzerren, deutete
er mit dem Kopf nach der Türe. Nun vollends ange-

widert vom Betragen meines Gastgebers, befahl ich ihm, mich loszulassen, da ich auf der Stelle gehen wolle. Sein knochiger Griff, der meine Handgelenke umspannte, ließ nach, und da er meines Ekels und meiner Betroffenheit gewahr wurde, verminderte sich sein eigener Zorn. Gleich darauf verstärkte er aber wieder seinen Griff, diesmal jedoch in einer herzlichen Art, und nötigte mich zum Sitzen; dann, mit einem Ausdruck leiser Traurigkeit, begab er sich an den unaufgeräumten Tisch, nahm einen Bleistift und schrieb in der ungelenken Art, wie sie Ausländern eigen ist, Sätze in Französisch auf ein Blatt Papier.

Die Mitteilung, die er mir schließlich hinschob, war eine Bitte um Nachsicht und Verzeihung. Zann brachte darin zum Ausdruck, daß er alt und einsam sei, von seltsamen Ängsten, Nervositäten befallen, die mit seiner Musik und gewissen anderen Dingen zusammenhingen. Er habe sich über mein Zuhören gefreut und sähe gerne, daß ich wiederkäme, wenn ich mich nicht zu sehr an seinem exzentrischen Benehmen störte. Die unheimlichen Melodien könne er jedoch unmöglich für einen anderen spielen, er könne es nicht ertragen, daß sie ein zweiter höre, noch litte er es, daß ein Fremder etwas in seinem Zimmer berühre. Zann hatte bis zu unserem Gespräch im Treppenhaus keine Ahnung davon gehabt, daß man sein Musizieren vernehmen könne, und fragte mich nun, ob mir Blandot nicht ein tiefergelegenes Zimmer beschaffen könne; er habe es nicht gerne, wenn man ihn bei seinem Spiel belausche. Für die Differenz der Miete, so schrieb er in seiner Mitteilung, würde er ohne weiteres aufkommen.

Als ich so dasaß und das jämmerliche Französisch zu entziffern versuchte, fühlte ich mich dem alten Manne gegenüber schon erheblich milder gestimmt. War er doch, wie ich, Opfer physischer Leiden und nervöser Bedrückungen! und meine metaphysischen Studien hatten mich gelehrt, tolerant zu sein. Vom Fenster her drang ein schwacher Laut durch die Stille – wahrscheinlich hatte sich ein Fensterladen im Nachtwind bewegt, und aus irgendeinem Grund fuhr ich fast ebenso heftig zusammen wie Erich Zann. Nachdem ich fertig gelesen hatte, schüttelte ich meinem Gastgeber die Hand und schied als Freund.

Tags darauf gab mir Blandot ein besseres Zimmer im dritten Stock. Es befand sich zwischen den Wohnungen eines Geldverleihers und eines achtbaren Tapezierers. Der vierte Stock war unbewohnt.

Es dauerte nicht lange, und ich fand heraus, daß Erich Zann gar nicht so sehr an meiner Gesellschaft gelegen war, wie es zuerst den Anschein gehabt hatte, als er mich überredete, aus dem fünften Stock auszuziehen. Er bat mich nicht mehr um meinen Besuch, und als ich dann doch zu ihm ging, spielte er unaufmerksam und eher verdrossen. Diese Besuche waren stets nur zur Nacht möglich – tagsüber schlief er und ließ niemanden zu sich. Dadurch wuchs meine Zuneigung zu ihm nicht gerade, aber dieses Dachzimmer und die unheimliche Musik übten immer noch eine seltsame Faszination auf mich aus. Ich hatte große Lust, einmal durch dieses Fenster zu blicken, über die hohe Mauer hinweg, hinter der, wie ich dachte, die Türme und Dächer der Stadt schimmern müßten. Einmal schlich ich mich hinauf – Zann war gerade im Theater –, aber ich fand die Türe abgeschlossen vor.

Mehr Glück hatte ich beim Belauschen des nokturnen Spiels. Auf Zehenspitzen tappte ich durch die zitternde Dunkelheit zu meiner früheren Wohnung hinauf, wurde aber bald kühn genug, über die knarrenden

Treppen bis vor das Zimmer des Alten zu steigen. Dort, in dem engen Vorraum, stand ich an der verriegelten, schlüssellochverhangenen Türe und lauschte den Klängen, die mich manchmal mit einer bizarren, unerklärbaren Furcht durchdrangen – mit einer Furcht aus nebelhaften Wundern und brütenden Geheimnissen. Nicht, daß die Musik an sich furchterregend gewesen wäre, das kann man wirklich nicht behaupten – aber irgend etwas lag in ihren Schwingungen, das nicht aus dieser Welt sein konnte. Ja, hin und wieder erreichte das Spiel symphonische Qualität, von der man sich nur schwer vorstellen konnte, daß sie von einem einzigen Musiker hervorgebracht wurde. Eines stand jedenfalls fest: Erich Zann war ein Genius von wilder Kraft. Im Laufe der folgenden Wochen wurde sein Spiel immer ungebärdiger, während er selbst in zunehmendem Maße körperlich verfiel, so daß es ein Jammer war, ihn anzusehen. Er wollte mich erst überhaupt nicht mehr zu sich lassen und wich mir aus, wenn wir einander auf der Treppe begegneten.

Als ich eines Nachts wieder an seiner Türe lauschte, türmten sich die Klänge der schrillenden Violine zu einem chaotischen Babel von Harmonien; an mein Ohr drang ein wahnwitziges Pandämonium, das mich an meinem eigenen Verstand hätte zweifeln machen können, hätte nicht plötzlich ein Schrei aus dem Zimmer des Alten bewiesen, daß dieser Horror kein Traum war – ein ungeheuerlicher Schrei in höchster Furcht und grausigstem Schrecken, unartikuliert, wie ihn nur ein Stummer hervorbringen kann. Ich trommelte mit den Fäusten gegen die Türfüllung, erhielt aber keine Antwort. Vor Grauen und Kälte zitternd wartete ich, ich weiß nicht wie lange, in der Dunkelheit des Vorraumes, bis ich endlich vernahm, wie sich drinnen der arme Musiker mit schwachen Kräften an einem Stuhl hochzuziehen versuchte. Da ich vermutete, daß er gerade aus einer Ohnmacht erwacht sei, pochte ich abermals und rief ihn beim Namen. Ich vernahm, wie Zann ans Fenster taumelte und es verschloß. Dann kam er an die Türe, um mich einzulassen. Diesmal war seine Freude, mich bei sich zu haben, aufrichtig; denn ein Ausdruck der Erleichterung leuchtete aus seinen verzerrten Gesichtszügen, und er klammerte sich wie ein Kind an meine Kleider.

Heftig zitternd drückte er mich auf einen Stuhl, setzte sich selbst auf einen anderen, neben dem achtlos hingeworfen Violine und Bogen lagen. Er verharrte untätig eine Zeitlang, es war mir aber dennoch, als lausche er bang in die Stille hinein. Nach und nach schien er sich zu fassen, schließlich wandte er sich zum Tisch und schrieb etwas auf einen Zettel. Seine kurze Notiz beschwor mich, um Gottes willen so lange zu warten – und sei es nur, um meine Neugier zu befriedigen –, bis er mir einen vollständigen Bericht über die Wunder und Schrecken, von denen er besessen sei, in deutscher Sprache abgefaßt habe. Ich wartete, und der Bleistift des Stummen flog über das Papier. Es war etwa eine Stunde später, und die fieberhaft bekritzelten Blätter des alten Musikers waren allmählich zu einem Stapel angewachsen, als ich bemerkte, wie Zann plötzlich hochfuhr, von eisigem Schreck durchzuckt. Seine Augen waren starr auf das Fenster gerichtet, er wand sich förmlich vor Schauder; dann war mir, als hörte ich ein feines Klingen, fand es aber keineswegs furchterregend – es war eher eine Harmonie, die mir unglaublich zart und endlos ferne schien. Ich hielt es für Geigenspiel in einem benachbarten Haus oder in irgendeiner Wohnung, die hinter dieser Mauer lag, über die ich noch niemals hatte blicken können. Auf Zann aber hatte es eine schreckliche Wirkung; er ließ seinen Bleistift fallen, erhob sich mit einem Ruck, griff nach Violine und Bogen und spielte die ganze Nacht so besessen und wild, daß ich diese Musik nur mit der von mir heimlich belauschten vergleichen konnte.

Es wäre ein vergebliches Unterfangen, das Spiel Erich Zanns in jener schrecklichenNacht beschreiben zu wollen. Es war grauenvoller als alles, was ich je in meinem Leben gehört habe, und ich sah zum ersten Mal den Ausdruck seines Gesichts während des Spiels, ein Antlitz, aus dem ich lesen konnte, daß diesmal blanke Furcht das Motiv war. Er versuchte etwas zu übertönen, das von draußen her einzudringen drohte – was es aber war, konnte ich mir nicht erklären, doch fühlte ich instinktiv seine Schrecklichkeit. Das Spiel wurde immer phantastischer, fiebriger und hysterischer, drückte aber bis ins kleinste Detail das Genie des alten Mannes aus. Nun erkannte ich auch die Melodie – es war eine wilde ungarische Zigeunerweise, und mir wurde für einen Augenblick bewußt, daß ich zum ersten Mal Zann das Werk eines anderen Komponisten spielen hörte.

Lauter und immer toller stieg das Schreien und Wimmern des vom Wahnsinn ergriffenen Instrumentes. Sein Spieler schien sich in unheimlichem Schweiße aufzulösen, verrenkte sich wie ein Affe und starrte in sich steigernder Panik nach dem verhängten Fenster. Ich sah in seinen irrsinnsnahen Klangfetzen förmlich bacchanalisch tanzende Satyrn, die in einem delirischen Reigen durch brodelnde, kochende Schlünde und Wolkenschluchten, durch Blitze infernalische Dämpfe wirbelten. Und dann war mir, als hörte ich dazwischen einen fremden, schrilleren Ton – langgezogen schwoll er an: ein ruhiger, wohlüberlegter, zweckbedingter, spöttischer Klang von fernher aus dem Westen.

In diesem Augenblick begannen die Fensterläden in einem heulenden Nachtsturm, der draußen unvermittelt eingesetzt hatte, wie irrsinnig zu rütteln, als wollten sie dem Geigenden damit antworten. Zanns Violine brachte nun Töne hervor, wie ich sie in einem solchen Instrument niemals vermutet hätte. Die Fensterläden klapperten immer lauter und wilder, rissen sich endlich los und schlugen mit aller Gewalt gegen die Scheiben. Dann zerbarst das Glas, und der frostige Sturm stieß in das Zimmer, brachte die Kerzenflamme fast zum Verlöschen und fuhr jaulend in die Blätter, auf die Zann sein furchtbares Geheimnis zu schreiben begonnen hatte. Ich blickte zu ihm hinüber und sah, daß er bereits die Grenzen des klaren Bewußtseins überschritten hatte. Seine wasserblauen Augen traten unnatürlich hervor, sie starrten glasig und trübe wie verfaulte Holzäpfel, sein aberwitziges Geigenspiel aber war in eine blinde, unkontrollierte mechanische Orgie übergegangen, die keine Feder wiederzugeben vermag.

Ein jäher Luftstrom, der alle vorhergegangenen übertraf, erfaßte die beschriebenen Blätter und trieb sie dem Fenster zu. Ich griff verzweifelt nach ihnen, aber noch ehe ich sie fassen konnte, waren sie durch die zerbrochenen Scheiben ins Freie gerissen. Wieder stieg in mir mein alter Wunsch hoch, einmal durch dieses Fenster zu spähen, durch das einzige Fenster, das von hier aus den Blick auf den Abhang hinter der Mauer, auf die sich ausbreitende Stadt freigeben mußte. Es war sehr dunkel draußen, aber die Lichter der Stadt würden immerhin brennen, jedenfalls hoffte ich sie durch

Wind und Regen zu sehen. Als ich aber durch dieses höchste aller Giebelfenster blickte, bot sich mir kein freundlich schimmerndes Licht, ich sah keine Stadt, die sich unter mir ausbreitete, sondern die Lichtlosigkeit eines unermeßlichen Alls, ein schwarzes unvorstellbares Chaos, das von einer völlig außerirdischen Musik erfüllt war. Ich stand da und blickte in namenlosem Grauen in die Nacht hinaus. Der Wind hatte nun die beiden Kerzen gelöscht, ich befand mich in einer tobenden, undurchdringlichen Finsternis: vor mir das dämonische Chaos, hinter mir der infernalische Wahnsinn der rasend gewordenen Violine. Ich tappte in die Dunkelheit zurück, Streichholz hatte ich keines, stieß gegen den Tisch, warf einen der Stühle um und erreichte schließlich die Stelle, wo die schreckliche Musik ertönte. Wenigstens mich und Zann aus dieser ungeheuren Bedrohung zu retten wollte ich nicht unversucht lassen! Plötzlich fühlte ich, wie mich eine schauerliche Kälte überrieselte, und ich schrie entsetzt auf, aber mein Schrei ging in diesem Pandämonium der irrsinnigen Geige unter. Da traf mich unversehens der wie toll sägende Geigenbogen aus der Dunkelheit. Ich wußte nun, daß ich neben dem Alten stand; ich griff aufs Geratewohl ins Ungewisse, berührte die Lehne von Zanns Stuhl, bekam ihn selbst an der Schulter zu fassen und schüttelte ihn, um ihn wieder zur Besinnung zu bringen. Er aber reagierte nicht, seine Violine schrillte unvermindert weiter. Ich hielt mit der Hand das mechanische Nicken seines kahlen Schädels an, dann schrie ich ihm ins Ohr, daß wir vor diesen unbekannten Dingen der Nacht fliehen müßten. Er aber antwortete nicht, ließ auch nicht im mindesten von seinem unaussprechlichen Musizieren ab, während durch das offene Fenster selt-

same Windströme fuhren und in diesem Tohuwabohu
aus Dunkelheit und Grauen zu tanzen schienen. Als
meine Hand zufällig sein Ohr berührte, durchzuckte
mich ein kalter Schauer, obgleich ich nicht wußte, warum – bis ich endlich sein eisiges, nicht atmendes Gesicht berührte, dessen hervorquellendes Augenpaar in
ein sinnloses Nichts starrte.

Und dann, wie durch ein Wunder, fand ich die Türe
und den großen Holzriegel. Von einer wilden Panik
gejagt, floh ich dieses glasäugige Etwas in der Dunkelheit, floh ich das ghoulische Geheule jener verfluchten
Violine, deren Wüten noch zunahm, als ich in das finstere Treppenhaus hinausstürzte.

Ich rannte, sprang, flog diese nicht endenwollenden
Stufen hinunter, durchquerte das verruchte Haus, raste
wie besinnungslos auf die enge Straße hinaus; stolperte
über das verkommene, buckelige Pflaster, lief den stinkenden Hafenkai entlang, hastete keuchend über die
große, finstere Steinbrücke – bis ich endlich die brei-
teren, gesünderen Straßen und Boulevards der Stadt
erreichte, die wir alle kennen.

Das sind die grauenhaften Eindrücke, die noch immer
meine Seele verfolgen und bedrängen. Und ich entsinne mich, daß es windstill war, ein schöner Mond
stand am Himmel, und die hellen Lichter der Stadt
flimmerten wie eh und je.

Trotz der sorgfältigsten Nachforschungen und Untersuchungen ist es mir nie wieder gelungen, jene Rue
d'Auseil wiederzufinden. Aber ich bin darüber nicht so
sehr betrübt; auch nicht darüber, daß jene engbeschrie-
benen Blätter, die allein Erich Zanns Musik hätten
erklären können, von den unträumbaren Abgründen
des schwärzesten Nichts verschlungen wurden.

Der leuchtende Trapezoeder

Robert Bloch gewidmet

I have seen the dark universe yawning
Where the black planets roll without aim—
Where they roll in their horror unheeded,
Without knowledge or luster or name.

Nemesis

Selbst diejenigen, die den Fall eingehend untersuchten, werden zögern, der Annahme, Robert Blake sei vom Blitz erschlagen worden, zu widersprechen. Es besteht sogar die Möglichkeit, daß die Todesursache nur ein Schock nach einer starken elektrischen Entladung gewesen war. Unbestreitbar bleibt, daß die Fenster seines Ateliers vollkommen intakt waren, aber die Natur hat dem Menschen schon oft bewiesen, welcher Überraschungen sie fähig ist. Der Ausdruck seines Gesichts läßt sich ohne weiteres als belangloser Muskelreflex erklären, der mit den Ereignissen kurz vor seinem Tode nichts zu tun haben muß, während die Eintragungen in seinem Tagebuch eindeutig die Resultate seiner bizarren Einbildungskraft sind, die durch gewisse abergläubische Vorstellungen und eigene Entdeckungen längst verschollener Dinge erregt worden waren. Und was die anomalen Zustände in der verlassenen Kirche von Federal Hill betrifft, so wird sie der gewiegte Analytiker als bewußte oder unbewußte Scharlatanerie abtun, an der Blake im geheimen nicht unbeteiligt gewesen sein mag.

Immerhin war das Opfer ein Schriftsteller und Maler gewesen, der sich ganz und gar auf die Darstellung von Mythen, Träumen, Monstruositäten und Aberglauben verlegt hatte, wobei er ständig auf der Suche nach phantastischen Szenen und Effekten aus dem Unwirklichen, Gespenstischen war. Ein früherer Aufenthalt in der Stadt, ein Besuch bei einem seltsamen alten Mann, der gleich ihm okkulten und verbotenen Wissenschaften ergeben war, hatte mit Tod und Flammen geendet, und es muß irgendein krankhafter Instinkt gewesen sein, der ihn immer wieder aus seiner Heimatstadt Milwaukee hierher zurückzog. Ungeachtet seiner Tagebucheintragungen, in denen er das Gegenteil zu behaupten suchte, besteht die Wahrscheinlichkeit, daß er verschiedene der alten Geschichten gekannt hat, und sein unzeitiger Tod mag vielleicht deren literarische Auswertung im Keim erstickt haben.

Unter denen, die alle Umstände dieses tragischen Falls gewissenhaft untersucht und miteinander in Beziehung gebracht haben, gibt es einige, die eine weniger rationale und herkömmliche Theorie vertreten. Sie neigen eher dazu, die Eintragungen für einen authentischen Beweis zu halten, und legen auf gewisse Tatsachen, wie etwa die unbezweifelbare Echtheit der alten Kirchenregister, die nachgewiesene Existenz des verhaßten und unorthodoxen Vorstehers der Starry Wisdom Sekte bis zum Jahre 1877, das Verschwinden eines allzu neugierigen Reporters namens Edwin M. Lillibridge, über das im Jahre 1893 die Zeitungen berichteten, und vor allem der Ausdruck jener grauenvollen Angst im Gesicht des jungen Schriftstellers, als ihn der Tod ereilte. Einer der Anhänger dieser Auffassung war es auch, der die seltsam geschmückte Metallschatulle mitsamt diesem facettierten Stein in der Bucht ins Meer warf, nachdem er sie in dem alten Kirchturm gefunden hatte, in dem schwarzen, fensterlosen Raum der Turmspitze, nicht aber im

Turm selbst, wo sie laut Blakes Tagebuch ursprünglich lag. Obwohl von offizieller wie inoffizieller Seite heftig angegriffen, erklärte dieser Mann – ein geachteter Arzt mit einer Vorliebe für abseitige Folklore – er habe durch sein Eingreifen die Erde von einem Ding befreit, das ihr gefährlich hätte werden können.

Es bleibt somit dem Leser überlassen, für welche der beiden Auffassungen er sich entscheiden will. Robert Blakes hinterlassene Papiere geben uns eine Schilderung der Vorkommnisse, wie er sie sah, zu sehen meinte oder wenigstens zu sehen vorgab, wogegen die Tageszeitungen alle greifbaren Details aus ihrer logischen Sicht heraus beschrieben haben. Wenn wir nun sein Tagebuch sorgfältig, leidenschaftslos und unvoreingenommen durchlesen, können wir die dunkle Kette der Vorkommnisse vom ausdrücklichen Standpunkt der Hauptperson rekonstruieren.

Der junge Blake kehrte im Winter des Jahres 1934/35 nach Providence zurück und mietete die obere Etage eines gediegenen Hauses in der Nähe von College Street. Es war ein gemütlicher und anziehender Ort, den ein kleiner Garten von altmodischer Dörflichkeit umschloß. Der georgianische Bau hatte ein Dach mit erhöhtem Mittelteil, dessen Seiten von niederen Fensterreihen gebildet wurden, ein klassizistisches Portal und all den anderen Merkmalen der Architektur des frühen 19. Jahrhunderts. Im Inneren befanden sich getäfelte Türen, breite Dielen, eine Wendeltreppe, weiße Kaminsimse aus der Aram-Periode und eine Reihe von Zimmern, die drei Stufen tiefer als das normale Niveau des übrigen Gebäudes lagen.

Blakes Arbeitsraum, ein großes Zimmer mit dem Blick nach Südwesten, lag so, daß er die Blumenbeete des

Vorgartens sah, während die Westfenster, vor denen sein Schreibtisch stand, einen prächtigen Ausblick auf die Dächer der Stadt und die mystischen Sonnenuntergänge, die dahinter manchmal flammten, boten. Am fernen Horizont leuchteten die purpurnen Hügel des offenen Landes. Vor diesen, etwa zwei Meilen entfernt, erhob sich geisterhaft Federal Hill mit seinen zahllosen Giebeln, Dächern und Türmen, deren ungewisse Umrisse sich geheimnisvoll verzogen und verzerrten, wenn der Rauch aus den Kaminen der Stadt aufzog und alle klaren Linien mit einem Dunstschleier verhüllte. Blake hatte das eigenartige Gefühl, irgendeine unbekannte, traumhaft ätherische Welt vor sich zu haben, die sich vielleicht – oder auch nicht – in ein formloses Schemen auflösen könnte, sollte er jemals den Versuch unternehmen, sie in eigener Person aufzusuchen oder zu betreten.

Nachdem er fast alle seine Bücher von zu Hause hatte schicken lassen, richtete er seine Wohnung mit den dazupassenden Möbeln ein und begann zu schreiben und zu malen. Er lebte allein und erledigte die einfacheren Hausarbeiten ohne fremde Hilfe. Sein Atelier lag in einem Dachzimmer, das durch die zahlreichen Fenster genügend Licht erhielt. Während des ersten Winters schrieb er vier seiner bekanntesten Kurzgeschichten – »Das Ding von unten«, »Der Wurm in der Krypta«, »Shaggai«, »Im Tal von Pnath«, sowie »Der Fresser aus dem All« – und malte sieben Bilder; Studien von namenlosen, unmenschlichen Monstren und unerhört fremden, außerirdischen Landschaften.

Oft saß er bei Sonnenuntergang gedankenverloren vor seinem Schreibtisch und betrachtete verträumt die dunklen Türme von Memorial Hall, die hohe Silhouette des georgianischen Gerichtsgebäudes, die spitzgiebeligen Dächerzüge der Altstadt und den in der Ferne schimmernden, türmegekrönten Hügel, dessen unbekannte Straßen und labyrinthische Dachfirste seine Phantasie so mächtig anregten. Von den wenigen Freunden, die er hier besaß, hatte er gehört, daß dieses eigenartige Viertel fast ausschließlich von Italienern bewohnt wurde, obwohl die meisten Häuser noch aus der Zeit der Yankees und Irländer stammten. Hin und wieder richtete er sein Fernglas nach dieser gespenstischen, unerreichbaren Welt, die dort drüben hinter dem quirlenden Rauch der Kamine liegen mußte, wählte einige Schornsteine, Türmchen und Dächer aus und bildete sich ein, welche bizarren und unerhörten Geschehnisse sie bergen müßten. Sogar durch das Fernglas gesehen wirkte Federal Hill irgendwie fremdartig, halb märchenhaft und mit den unwirklichen, unfaßbaren Wundern verwandt, die Blake in seinen Geschichten und auf den Bildern darstellte. Dieser Eindruck wirkte in ihm noch lange nach, selbst dann noch, wenn der Hügel bereits im violetten, lampengestirnten Zwielicht zu verschwimmen begann und die Scheinwerfer des Gerichtsgebäudes oder die roten Industriereklamen aufflammten.

Unter all den fernen Gebäuden auf Federal Hill faszinierte Blake eine riesige, düstere Kirche am meisten. Zu gewissen Tageszeiten traten ihre Umrisse besonders stark hervor, und bei Sonnenuntergängen zeichnete sich der wuchtige, spitze Turm wie eine schwarze Warnung am Himmel ab. Die Kirche stand, so schien es Blake, an der höchsten Stelle des Hügels, denn sie erhob sich weit über das giebelige, schiefe, krumme Dächergewirr, das sie schon ein gutes Jahrhundert oder sogar länger beherrscht haben mußte, wie man an ihren von

Ruß und Stürmen verheerten Steinmauern ablesen konnte. Soweit man das durch ein Fernglas zu erkennen vermochte, schien sie einer der ersten Versuche neugotischer Renaissance zu sein, welche der Upjohn-Periode gefolgt war, und noch einige Anklänge an Linie und Proportion des Georgianismus aufwies. Möglicherweise war sie zwischen 1810 und 1815 erbaut worden.

Während die ersten Monate dahingingen, beobachtete Blake dieses ferne und so abweisend wirkende Gebäude mit einem seltsam steigenden Interesse. Und da die riesigen Fenster nie erleuchtet waren, folgerte er daraus, daß die Kirche leerstehen mußte. Je länger er zu ihr hinüberblickte, desto mehr begann sich seine Phantasie zu entflammen, bis er sich endlich die absonderlichsten Dinge einbildete. Er glaubte, daß das düstere Gebäude von einer vagen Aura von Desolation umflossen sei, so daß selbst Tauben und Schwalben das rauchgeschwärzte Moos seiner Dachtraufen mieden. Um alle anderen Türme herum zeigte ihm sein Fernglas riesige Scharen von Vögeln, allein um diesen einen war es sonderbar leer. Das jedenfalls meinte er beobachtet zu haben, denn er gibt uns darüber in seinem Tagebuch Bericht. Einige Bekannte, denen er die Kirche durchs Fernglas zeigte, vermochten ihm nicht über diesen seltsamen Zustand Aufklärung zu geben, keiner von ihnen war je auf Federal Hill gewesen.

Im folgenden Frühling wurde Blake von einer starken Rastlosigkeit befallen. Er hatte mit der Niederschrift eines seit langem geplanten Romanes begonnen – er sollte von den ehemaligen Hexenkulten in Maine handeln, aber trotz aller Anstrengung kam er damit nicht recht weiter. Er verbrachte immer mehr und mehr seiner Zeit in dem Sessel vor dem Westfenster, starrte nach dem im diesigen Licht liegenden Hügel hinüber und betrachtete den dunklen, von allen Vögeln des Himmels gemiedenen Turm. Und als die ersten zarten Knospen aus den Zweigen der Gartenbäume hervorbrachen, füllte sich die Welt mit frischer Schönheit, allein Blakes Rastlosigkeit nahm noch mehr zu als zuvor. In diesen Tagen des Frühlings faßte er den Entschluß, noch heute oder morgen die Stadt zu durchqueren, um persönlich den märchenhaften Hügel bis in die dunstumkränzte Traumwelt hinaufzusteigen.

Es war schon gegen Ende April, als Blake zu seinem ersten Ausflug in das Unbekannte aufbrach. Er streifte durch endlose Straßen und Plätze, kam durch die verfallensten Viertel der alten Stadt und erreichte schließlich die steil in die Höhe führenden jahrhundertverwitterten Stufen, von denen er mit Sicherheit annehmen konnte, daß sie ihn in jene, nur durchs Fernrohr bekannte, unerreichbar scheinende Zauberwelt jenseits der dämmerfarbenen Nebelschleier führen mußten. Er schenkte den schmutzigen blauweißen Straßenschildern überhaupt keine Aufmerksamkeit, sie bedeuteten ihm nichts, aber er fühlte dennoch die fremdartigen Gesichter in der Menschenmenge und las die in unbekannten Sprachen abgefaßten Aufschriften an und über den Läden.

Ab und zu tauchte wohl die verkommene Fassade einer alten Kirche oder ein steiler zerbröckelnder Turm auf, aber nie die geschwärzte Masse des düsterragenden, vogelgemiedenen Bauwerkes, das er suchte. Als er einen Verkäufer, der vor seinem Laden stand, nach jener verlassenen Steinkirche befragte, antwortete ihm dieser, obgleich er ein normales Englisch redete, bloß mit einem Kopfschütteln und einem Lächeln. Und als Blake höher und höher stieg, veränderte sich seine Umgebung immer mehr, bis sie ihm schließlich unendlich abenteuerlich und fremdartig erschien. Er überquerte zwei bis drei breite Straßen, und einen Moment lang glaubte er, den ihm so vertrauten Turm erblickt zu haben. Wieder fragte er einen Ladeninhaber nach der wuchtigen Steinkirche, und dieses Mal hätte er schwören können, daß die Unwissenheit des Befragten nur gespielt war. Die dunklen Züge des Mannes bekamen einen plötzlichen Ausdruck von Furcht, die er vergeblich zu verbergen trachtete, und Blake merkte, wie er mit seiner rechten Hand ein eigenartiges Zeichen machte.

Dann erhob sich mit einem Male zu seiner Linken ein schwarzer Turm gegen den wolkenverhangenen Himmel, hoch über den Firsten der braunen Dächer, über das labyrinthische Gewirr von Gassen und Gäßchen, die sich nach Süden hinunterzogen. Blake erkannte ihn sofort und stürzte durch die kotigen, ungepflasterten Straßen auf ihn zu. Zweimal kam er vom Weg ab, wagte es aber merkwürdigerweise nicht, einen der alten Männer zu fragen, die an der Türschwelle hockten, auch nicht eines der Kinder, die in den dreckigen Gassen herumtollten.

Endlich sah er den Turm, der sich gegen Südwesten klar abhob. Dann stand er auf einem windigen, offenen Platz, der ganz wunderlich gepflastert war und an einer hohen Mauer endete. Er befand sich am Ziel seiner abenteuerlichen Suche; denn auf dieser eisengeländerumgebenen, unkrautüberwucherten Fläche, die sich etwa sechs Fuß über die Straßen erhob, ragte eine toddüstere, titanische Steinmasse auf, deren äußere Form trotz Blakes neuer Perspektive nicht zu verkennen war.

Die leere Kirche befand sich in einem äußerst beklagenswertem Zustand; einige der hohen Steinzinnen waren abgefallen, lagen unter dem Unkraut und Gras, das die Kirche reich umwucherte, halb verborgen. Die verrußten Spitzbogenfenster waren größtenteils unbeschädigt geblieben, obwohl einige der Steinfassaden Lücken aufwiesen. Blake wunderte sich, weshalb die seltsam bemalten Glasfenster noch intakt waren, denn er wußte wohl, wie gerne Kinder nach solch willkommenen Zielen mit Steinen werfen. Die schweren Türen blieben, was auch daran rüttelte, fest verschlossen; der mit breiten Steinplatten ausgelegte Weg, der bis an die Türen reichte, war von aschgrauen Kräutern völlig überwachsen. Verlassenheit und Verfall hing hier wie eine düstere Drohung über allem, und Blake fühlte die Berührung einer schattenhaften, unerträglich sinistren Bangigkeit auf sich lasten, die er jedoch nicht zu erklären vermochte.

Nur wenige Leute waren auf dem Platz. Blake sah einen Polizisten an der Ecke stehen und stellte ihm einige Fragen über die Kirche. Der Mann war ein großer rotbackiger Irländer, und Blake erschien es äußerst merkwürdig, daß dieser stämmige Riese erschrocken ein Kreuz schlug und dabei nur murmelte, daß die Leute hier nie über diese Kirche sprächen. Als sich Blake mit dieser kargen Antwort nicht zufriedengab, meinte der Polizist, die italienischen Priester hätten jeden vor ihr gewarnt, weil darin seinerzeit ein ungeheuerliches Wesen gehaust und seine Spuren hinterlassen habe. Er selbst habe schon von seinem Vater dunkle Andeutungen gehört und könne sich auch gewisser Gerüchte aus seiner Kindheit erinnern.

Früher habe hier irgendeine ungute Sekte ihre Zusammenkünfte gehalten – eine gottlose Gemeinschaft, die unsäglich verbotene Dinge aus unbekannten Tiefen heraufbeschwor. Schließlich und endlich habe ein Priester dieser Teufelei den Garaus gemacht. Wenn Pater O'Malley noch am Leben wäre, könnte er gewiß mehr darüber erzählen. Jetzt aber ließe man dieses unheimliche Gebäude lieber unangetastet, denn es täte keinem etwas zuleide. Die ehemaligen Besitzer seien längst gestorben oder irgendwo in der weiten Welt. Wie die Ratten seien sie 1877 davongelaufen, nachdem es damals nach dem ungeklärten Verschwinden mehrerer Leute aus der Nachbarschaft zu Ausschreitungen gekommen war. Wenn keiner Anspruch auf die Kirche erhebe, würde sie wohl eines Tages die Stadtgemeinde in Besitz nehmen, aber trotzdem wäre es besser, wenn sich keiner um sie scherte, damit keines der Dinge, die in ihren Gewölben vielleicht doch noch ruhen könnten, aufgestört werde.

Nachdem der Polizist weitergegangen war, starrte Blake den mürrischen, düsteren Turm an. Es erregte ihn, daß auch andere Menschen das Aussehen der Kirche als bedrückend empfanden, und er fragte sich, was wohl an Wahrheit hinter der Geschichte des Uniformierten liegen mochte. Höchstwahrscheinlich hatte er nur altes Gerede wiederholt, das von dem unheimlichen Ort inspiriert worden war; aber trotzdem war es ihm, als sei hier eine seiner eigenen Erzählungen seltsam zum Leben erwacht.

Die Nachmittagssonne brach aus den Wolken hervor, aber sie vermochte nicht, die wetterfleckigen, rauchverrußten Mauern des unheiligen Tempels, der dieses hochgelegene Plateau beherrschte, aufzuhellen. Es schien völlig der Natur zuwider, daß das frische Grün des

Frühlings die welke graue Vegetation des Kirchhofes berühren wollte. Fast gegen seinen Willen trieb es Blake gegen diesen eisenumgitterten Ort; er ertappte sich dabei, wie er den alten verrosteten Gitterzaun abschritt, bemüht, einen möglichen Einlaß in den verwahrlosten Hof zu finden. Es gab da eine unheimliche Lockung, deren er sich nicht erwehren konnte. An der Vorderseite hatte der Zaun keine Öffnung, aber hinten an der Nordseite fehlten einige Stäbe. Er stieg auf die schmale Einfassung und arbeitete sich an die Lücke heran. Wenn die Leute diese Stätte so sehr mieden, dachte er bei sich, würde ihn gewiß niemand an seinem Eindringen hindern.

Er befand sich schon fast innerhalb der Einfassung, als er bemerkt wurde. Als er herabschaute, wurde er gewahr, daß die Leute ein Zeichen machten, das bewußte Zeichen mit der Rechten, das schon der Mann vor dem Laden gemacht hatte. Verschiedene Fenster wurden plötzlich zugeschlagen, und eine dicke Frauensperson stürzte auf die Straße und zerrte einige kleine Kinder in ein baufälliges unverputztes Haus. Es war nicht schwer, durch die Lücke des Gitters zu schlüpfen, und gleich darauf fand sich Blake inmitten kniehohen, gilbvermoderten Gestrüppes. Hier und dort erinnerte ein windschiefer, geborstener Stein daran, daß sich an dieser Stelle einmal ein Friedhof befunden haben mußte, Begräbnisstätten, die längst vergessen und vermodert waren. Die unheilverkündende Steinmasse der Kirche wirkte, nun, da er so nah war, noch unerträglicher, doch Blake bezwang seine Beklommenheit und begann, die drei großen Türen an der Vorderfront zu untersuchen. Da sie jedoch fest verschlossen waren, machte er sich auf die Suche nach einem möglichen Einstieg und umschritt den monstruösen, zyklopischen Bau. Ein gähnendes Loch in der Kirchenmauer, etwa ein Fuß über dem Boden, das er schließlich entdeckte, mochte seinem Vorhaben dienen. Die Öffnung, durch die Blake hineinstarrte, – vielleicht war sie früher ein Kellerfenster gewesen – vermittelte einen Blick auf ein Chaos aus verstaubten Spinnweben und Gerümpel, das in den Strahlen der spärlich einfallenden Sonne schwach schimmerte. Schimmelpilzüberwucherter Schutt, alte zerbrochene Tonnen mit verrosteten Reifen, geborstene Möbelstücke bildeten dort unten ein graues Gewirr, über dem eine altersdicke Staubschicht wie ein schmutziges Leichentuch lag, die die Konturen der Kanten und Ecken völlig abgerundet, ganz weich erscheinen ließ. Die zerfressenen Reste eines alten Heißluftofens bewiesen, daß dieser Ort bis etwa in die Hälfte der viktorianischen Zeit benutzt worden war. Auch jetzt wußte Blake noch nicht recht, ob er wirklich eindringen wollte in diesen grauen Spuk aus Schatten und Verwesung, doch irgendeine unbekannte Macht, derer er sich nicht erwehren konnte, zog ihn wie ein Magnet an.

Ohne sich dessen recht bewußt zu sein, kroch Blake durch das Fenster und ließ sich auf den staubbedeckten, schuttüberstreuten Zementboden gleiten. Der große, gewölbte Keller war nicht unterteilt. Ganz weit hinten auf der rechten Seite, entdeckte er einen schwarzen Torbogen, der allem Anschein nach zu einer Treppe nach oben führen mußte. Ein eigenartiges Gefühl ungeheurer Bedrückung überkam ihn in diesem großen, gespenstischen Bauwerk, allein er ließ es nicht übermächtig werden, als er diese Dunkelheiten durchforschte. Er fand ein Faß und rollte es an das Fensterloch, um für seinen späteren Rückweg vorzusorgen.

Dann faßte er sich ein Herz und durchquerte den weitläufigen, von Spinnweben durchsetzten Raum. Halb erstickt von dem allgegenwärtigen Staub gelangte er endlich bis an die verwitterten, ausgetretenen Steintreppen, die in die Dunkelheit hinaufführten. Er besaß kein Licht, tastete sich aber vorsichtig mit den Händen hoch. Nach einer scharfen Biegung spürte er eine verschlossene Tür vor sich, deren uralten Riegel er nach einigem Suchen fand. Die Türe ging nach innen auf, und er erblickte einen zwielichtdurchflossenen Gang, dessen Wandtäfelung bereits den Holzwürmern anheim gefallen war.

Nachdem er auf diese Weise das untere Geschoß der Kirche erreicht hatte, schickte er sich an, die Räume rasch zu durchforschen – sämtliche Türen standen offen, es gab nichts, das ihn aufgehalten hätte. Das riesige Kirchenschiff wirkte wie ein ungeheurer grauer Spuk, die Bankreihen, der Altar, die Stundenglaskanzel sowie die Register der Orgel waren von einer unglaublich dicken Staubschicht bedeckt, während titanische Spinnwebgebilde von der Empore bis zu den Bodenfliesen reichten und die gedrängt stehenden gotischen Säulen miteinander verbanden. Über dieser lautlosen Verlassenheit lag ein grausiges bleiernes Licht, denn die sinkende Nachmittagssonne warf ihre Strahlen durch die seltsamen, halbgeschwärzten Spitzbogenfenster.

Die Malereien an diesen Fenstern konnte Blake bei bestem Willen nicht genau erkennen, sie waren wie geräuchert, aber aus dem wenigen, das er an ihnen sah, erwuchs ihm ein ungutes Gefühl. Die Darstellungen waren durchaus konventionell – und da er den obskuren Symbolismus nur zu gut kannte, war ihm sofort klar, um was es bei diesen alten Zeichen ging. Die dargestellten Heiligen, es waren ihrer nur wenige, zeigten durchwegs einen Ausdruck, der zur Kritik herausfordern mußte. Es gab auch ein Fenster, das nichts anderes als ein dunkles All mit seltsam leuchtenden Spiralen zeigte. Indem sich Blake von den Fenstern abwandte, fiel ihm auf, daß das spinnwebverhangene Kreuz über dem Altar nicht von der herkömmlichen Art war, sondern dem vorhistorischen *anch* oder *crux ansata* des ägyptischen Schattenreiches glich.

In der Sakristei neben der Apsis fand Blake ein altes wurmzerfressenes Schreibpult und bis an die Decke reichende Regale voll verschimmelter Bücher. Hier empfand er zum ersten Mal einen ausgesprochenen Schock, eine würgende Bangigkeit stieg ihm in den Hals; denn als er einige der Buchtitel las, war er sofort im Bilde, um welche Art von Literatur es sich hier handelte. Es waren jene grauenhaften verbotenen Schriften, die den meisten normalen Menschen nie oder nur ganz selten vor die Augen kommen, schwarze, verrufene Undinge, verruchte, ungeheuerliche Beschwörungen, Texte aus den urältesten Tagen der Menschheit und lichtscheues Wissen um Dinge aus der Zeit, da noch kein Mensch diese Erde betreten hatte, Botschaften aus den frühen chaotischen Schleimnebeln dieser Welt. Er selbst hatte manche dieser abscheulichen Bücher gelesen – eine lateinische Version des schrecklichen Necronomicon, das entsetzliche Liber Ivonis, das verabscheuenswerte Culte des Goules des Grafen d'Erlette, die Unaussprechlichen Kulte von Junzt und Ludvig Prinns De Vermis Mysteriis. Aber auch andere Werke, solche, von denen er bloß gehört hatte oder die er gar nicht kannte – darunter die Pnakotischen Manuskripte, das Buch von Dyzan und ein kaum noch lesbarer Band, der in einer Schrift abgefaßt war, die Blake nicht kannte, die aber gewisse Zeichen und Symbole enthielt, welche in jedem Erforscher des Okkulten eisige Schauder erregen mußten. Offensichtlich konnten die lokalen Gerüchte nicht gelogen haben: dieser Ort war einmal der Sitz eines Übels gewesen, eines Übels älter als die Menschheit und größer als das bekannte Universum!

Das alte Schreibpult barg ein kleines ledergebundenes Notizbuch, dessen Eintragungen in einer Art Geheimschrift abgefaßt waren. Ihre Elemente bestanden aus den traditionellen Zeichen und Schnörkeln, wie sie noch heute in der Astronomie gebräuchlich sind und es früher in der Astrologie, Alchymie und anderen zweifelhaften Wissenschaften waren – die Symbole für Sonne, Mond, Planeten und Konstellationen – nur daß sie hier en bloc angeordnet ganze Seiten füllten, woraus leicht zu erkennen war, daß jedes Zeichen einen bestimmten Buchstaben des Alphabets ersetzte.

Blake steckte das Buch in der Hoffnung, es später entziffern zu können, in die Manteltasche. Viele der voluminösen Bände faszinierten ihn so unaussprechlich, daß er sich mit dem Gedanken trug, ob er nicht später einige ausleihen solle. Allerdings vermochte er sich nicht zu erklären, wieso sie so lange Zeit unberührt geblieben waren. War er tatsächlich der erste, der dieses ungewisse Angstgefühl überwunden hatte, das diesen desolaten Ort nahezu sechzig Jahre lang vor Besuchern bewahrt hatte?

Nachdem er so das Erdgeschoß durchforscht hatte, schritt Blake durch den gespenstischen Staub des Kirchenschiffes zum Vorraum, wo er sich erinnerte, bei seinem Eintritt eine Türe und eine Wendeltreppe gesehen zu haben, die anscheinend auf den Turm führte –

der ihm ja bereits, wenngleich auch nur von ferne, so bekannt war. Der Aufstieg war unglaublich mühsam. Der dicke Staub ließ Blake kaum noch atmen, und die Spinnen hatten hier ihr Schlimmstes vollbracht. Wenn Blake hin und wieder an eines der schmalen Fensterchen der Wendeltreppe gelangte, konnte er einen Blick aus schwindelnder Höhe über die Dächer der Stadt werfen. Obwohl er keine Seile wahrgenommen hatte, erwartete er, oben im Turm eine Glocke und ein ganzes Geläute zu finden, in diesem Turm, dessen gotische Schallöcher er so oft durchs Fernglas betrachtet hatte. Diese Erwartung wurde jedoch enttäuscht, denn als er endlich die Turmstube erreichte, sah er, daß sie früher vollkommen andersgearteten Zwecken gedient haben mußte. Der etwa 15 Quadratfuß große Raum lag in einem ungewissen Licht, das durch die schmalen Fenster eindrang. Es waren auch schwarze Vorhänge angebracht, mit denen man die Fenster verschließen konnte, grause vermoderte Fahnen, die bei Berührung fast zerfielen. Im Mittelpunkt des Raumes erhob sich aus dem tiefen Staub ein etwa vier Fuß hoher viereckiger Steinsockel. Er war an allen Seiten mit roh eingemeißelten bizarren Hieroglyphen verziert, deren Sinn unmöglich zu entziffern war. Auf diesem Sockel ruhte eine Metallschatulle von merkwürdig asymmetrischer Form – ihr Deckel stand offen, so daß unter dem jahrzehntehohen Staub ein ungleichmäßig kugeliger Gegenstand zu erkennen war, dessen Durchmesser gut vier Zoll betragen mochte. Um den Sockel herum waren sieben guterhaltene gotische Lehnstühle zu einem Halbkreis aufgestellt, dahinter an den Wänden hingen sieben riesige Gipsplatten.

Die Darstellungen auf den schweren Platten erinnerten

Blake sofort an die geheimnisvollen Megalithe der Osterinseln. In einer Ecke des Raumes war eine Eisenleiter in die Wand eingelassen, die zu der geschlossenen Falltüre führte, durch die man den fensterlosen Turm erreichen konnte.

Nachdem sich Blake an das schwache Licht gewöhnt hatte, bemerkte er die eigenartigen bas-reliefs auf der gelblichen Metallschatulle, die offen dastand. Als er den Staub mit seinem Taschentuch fortgewischt hatte, sah er, daß die Darstellungen von einer fremdartigen, ja ungeheuerlichen Form waren, denn sie zeigten Wesen, die, obwohl sie fast lebendig schienen, keiner Lebensform ähnelten, die sich jemals auf dieser Erde entwickelt hatten. Der kugelige Gegenstand war ein fast schwarzer, rotdurchrieselter Polyeder voll unregelmäßiger Facetten oder irgendein künstlicher Gegenstand aus bearbeitetem und überaus glattpoliertem Mineral. Er berührte den Schatullenboden nicht, da er zwischen sieben Streben hing, die von den Wänden ausgingen und sich zu einem Ring vereinten. Blake stellte zu seinem Erstaunen fest, daß er die Augen kaum noch von dem Stein wenden konnte, nachdem er denselben vom Staub befreit hatte. Während er auf die schimmernden Facetten starrte, war es ihm fast, als seien sie durchsichtig und enthielten unvorstellbarste Wunderwelten, die aber noch nicht ganz Form angenommen hatten, noch im Werden begriffen waren.

Vor seinem inneren Auge erschienen schwimmende Bilder fremdartiger Planeten mit großen Steintürmen, und andere wieder mit titanischen Gebirgszügen ohne die geringste Spur von Leben, endlich sogar solche von noch entfernteren Räumen des Alls, in denen nur mehr ungewisse Bewegung in außerwirklichen Finsternissen davon zeugte, daß auch hier Bewußtsein und Wille gegenwärtig war.

Als er seinen Blick von dem Stein riß, gewahrte er in der Ecke, nicht weit von der Eisenleiter entfernt, einen Kehrichthaufen, der über und über von Staub bedeckt war und dessen Umrisse in seinem Bewußtsein eine vage Erinnerung wachriefen. Und wenige Sekunden später – er war auf den grauen Hügel zugetreten und hatte die staubigen Spinnweben fortgewischt – stieg ein entsetzliches Erkennen in ihm hoch. Sein eigenes Taschentuch hatte die grauenhafte Wahrheit zutage gebracht: in der Ecke kauerte ein menschliches Skelett, das bereits seit langer Zeit in dieser Stellung geruht zu haben schien. Die Kleidung war vollkommen vermodert, doch deuteten einige Knöpfe und Stoffetzen auf einen grauen Herrenanzug hin. Es gab auch noch andere Beweisstücke – Schuhe, große Manschettenknöpfe, eine längst aus der Mode geratene Krawattennadel, ein Reporterabzeichen des seinerzeitigen Providence Telegram und eine zerfallende Brieftasche. Blake untersuchte die letztere sorgfältig, fand einige Geldscheine mit alten Ausgabedaten, einen zelluloidenen Reklamekalender für das Jahr 1893 sowie mehrere Visitenkarten auf den Namen Edward M. Lillibridge und ein Blatt Papier mit Bleistiftnotizen. Dieses Blatt wirkte ziemlich rätselhaft; Blake ging deshalb an das zwielichternde Westfenster und las es langsam durch. Der unzusammenhängende Text enthielt Sätze wie die folgenden:

»Prof Enoch Bowen kommt Mai 1844 aus Ägypten zurück – erwirbt alte Free-Will-Church im Juli – Bowen sehr bekannt durch seine archäolog. Arbeiten und Stud. des Okkulten.«

»Dr. Drowne von den 4ten Baptisten warnt vor der Starry Wisdom Sekte in Predigt 29. Dez. 1844«

»Kongregation 97 gegen Ende '45«

»1846 – 3 verschwund. – erste Erwähnung des Leuchtenden Trapezoeders.«

»7 verschwinden 1848 – Gerüchte über Blutopfer.«

»Die Untersuchungen 1853 führen zu nichts – Geschichten über Geräusche.«

»Father O'Malley erzählt von Teufelsanbetung; Schatulle, die in großen ägyp. Ruinen entdeckt wurde – sagt, sie beschwören etwas, das Licht scheut, nicht in ihm bestehen kann. Flieht vor wenig Licht, wird durch großes gebannt. Muß dann wieder heraufbeschworen werden. Wahrscheinlich erfahren durch Beichte am Sterbebett des Francis X. Feeney, der '49 zur Starry Wisdom eintrat. Diese Leute behaupten, der Leuchtende Trapezoeder zeige ihnen Himmel & andere Welten, & daß das *Ding aus dem Dunkeln* irgendwie Geheimnisse sage.«

»Geschichte von Orrin B. Eddy 1857. Sie beschwören es durch Blick in den Kristall herauf & haben ihre eigene Geheimsprache.«

»200 Menschen in der Kongregat. Führende Personen nicht eingerechn.«

»Irische Burschen stürmen 1869 Kirche nach Patrick Regans Verschwinden.«

»Verschleierter Artikel in J. am 14. März '72, aber man redet nicht viel darüber.«

»6 verschwinden 1876 – geheimes Kommittee spricht bei Bürgermeister Doyle vor.«

»Maßnahmen zugesagt Feb. 1877 – Kirche April geschlossen.«

»Bande (Federal Hill-Burschen) bedrohen Doktor ... und Vestry-Leute im Mai.«

»181 Personen verlassen Stadt bis Ende '77 – keine Namen erwähnt.«

»Geistergeschichten tauchen um 1880 auf – versuche, Wahrheitsgehalt der Berichte zu überprüf., daß seit 1877 kein menschl. Wesen Kirche betreten.«

»Bitte Lanigan um photogr. Aufnahme d. Kirche aus dem Jahre 1851 . . .«

Blake legte das Blatt in die Brieftasche zurück und steckte sie, bevor er das Skelett weiter untersuchte, in seine Manteltasche zurück. Der Sinn dieser Notizen war klar genug, denn es bestand absolut kein Zweifel daran, daß dieser Mann vor 42 Jahren in die verlassene Kirche eingestiegen war, um eine Sensation aufzuspüren, an die sich noch kein anderer Reporter gewagt hatte. Vielleicht hatte niemand von seinem Plan eine Ahnung gehabt – was weiß man? Jedenfalls war er niemals in seine Zeitung zurückgekommen. Hatte ihn seine tapfer unterdrückte Angst schließlich doch noch überwältigt, so daß er einem Herzschlag erlegen war? Blake beugte sich über die mattschimmernden Gebeine des Toten und stellte an ihnen einen eigenartigen Zustand fest: einige Knochen waren arg zersplittert, während andere wieder an den Enden merkwürdig aufgefasert zu sein schienen. Wieder andere waren in ein seltsames Gelb übergegangen, wirkten hier und da verkohlt. Auch die Kleiderreste wiesen angesengte Stellen auf. Der Schädel war in einem höchst absonderlichen Zustand – dunkelgelb, angekohlt und mit einem unregelmäßig geformten Loch in der Basis, ganz so als habe sich dort eine hochkonzentrierte Säure durch den soliden Knochen gefressen. Was aber mit dem Skelett, das während dieser vier Jahrzehnte Grabesstille geschehen war, vermochte sich Blake nicht vorzustellen.

Ehe er sich dessen bewußt wurde, fiel sein Blick wieder auf den Stein und ließ die seltsame Ausstrahlung mit nebelhaften Prozessionen in seinen Geist dringen. Er sah endlose Züge kapuzenverhüllter Gestalten, deren Umrisse nichts Menschliches hatten, und ungeheure Ebenen, wüste Flächen, aus denen sich himmelhohe Monolithe erhoben, er sah Türme und Wälle in nachtdunklen unterseeischen Abgründen und die schwindelerregenden Schlünde des Alls, darin sich schwarze Nebelwände mit dünnen eisigen Purpurdämmerungen vermischten. Und jenseits all dieser Erscheinungen erblickte er eine ungeheure Schlucht grausigster Finsternisse, in der unbestimmbare Kräfte über ein Chaos zu walten schienen, Kräfte, die den Schlüssel zu allen Paradoxa und geheimen Wissenschaften dieser Welt besaßen.

Dann brach mit einem Male eine nagende, intensive panische Angst den Zauber. Blake wandte sich wie ein Erstickender von dem Stein ab, denn er spürte mit jeder Faser die nahe Gegenwart eines fremden formlosen Wesens, das ihn mit grauenhafter Intensität beobachtete. Er fühlte, daß ihn irgendetwas umlauerte – ein Ding, das, obgleich nicht im Stein selbst vorhanden, ihn dennoch durch diesen betrachtete; etwas, das ihm mit einem Erkenntnisvermögen nachjagen würde, das nichts mit physischem Sehen zu tun hatte. Offenbar hatte die Atmosphäre dieses Raumes seine Nerven angegriffen, was angesichts seines schaudervollen Fundes nicht wundernehmen konnte; zudem verdämmerte draußen bereits das Tageslicht – er mußte allmählich an den Rückweg denken, da er keine Lampe mitgenommen hatte.

In dem zunehmenden Zwielicht glaubte er die Facetten des wunderlichen Steines schwach von innen heraus glosen zu sehen. Er hatte fortzublicken versucht, aber irgendein dunkler Zwang richtete seine Augen immer wieder auf den fürchterlichen Gegenstand. Sollte das Ding eine gewisse Phosphoreszens von Radioaktivität besitzen? Hatte der tote Reporter in seinen Aufzeichnungen nicht den Leuchtenden Trapezoeder erwähnt? Von wo aus hatte dieses kosmische Unheil seinen Lauf genommen? Was war hier oben im Turm bereits geschehen? Und was mochte in diesen von allen Vögeln der Luft gemiedenen Schatten noch lauern? Der Raum war jetzt von einem schwachen, widerlichen Gestank erfüllt, dessen Ursprung nicht genau zu bestimmen war. Blake griff nach dem Deckel der offenen Schatulle und schloß ihn, um so den unheimlichen glosenden Stein zu verbergen.

Als sich der Deckel mit einem scharfen Klicken schloß, war es, als dränge aus der Dunkelheit des Turmhelms über der verriegelten Falltüre leises scharrendes Geräusch nach unten. Fraglos Ratten – die einzigen lebenden Wesen, deren Gegenwart Blake wahrgenommen hatte, seit er in das Innere dieses fluchbeladenen Steinhaufens getreten war. Aber trotzdem versetzte ihn dieses Geräusch in ein so maßloses Grauen, daß er über die spinnwebverheerte Treppe nach unten flüchtete, keuchend durch das grausige Kirchenschiff hetzte und erst vor dem Fensterloch anhielt, um einen Augenblick Atem zu sammeln. Dann ließ er, das ghoulische Schweigen wie eine Last im Nacken, so schnell wie möglich die spukigen Plätze und angstdunstenden Gassen von Federal Hill hinter sich und fühlte sich erst wieder erleichtert, als er die heimeligen Backsteinmauern der Universität vor sich sah.

In den darauffolgenden Tagen berichtete Blake niemandem von seiner Expedition. Statt dessen las er viel in gewissen Büchern, durchforschte alte Zeitungsausschnitte und arbeitete wie im Fieber an der Entzifferung der Geheimschrift des ledergebundenen Bändchens, das er zwischen den Spinnwebfahnen der Sakristei entdeckt hatte. Die Code, das stellte er bald fest, war alles andere als leicht zu entschlüsseln, und erst nach langen Bemühungen glaubte er mit Sicherheit zu wissen, daß der Text nicht in Englisch, noch in Latein, Griechisch, Deutsch, Französisch, Spanisch oder Italienisch abgefaßt war. Wahrscheinlich würde er, um sein Ziel zu erreichen, aus den tiefsten Quellen seines seltsamen Wissens schöpfen müssen.

Jeden Abend fühlte er wieder den unerklärlichen Drang, seine Blicke nach Westen zu richten, dort, wo der uralte dunkle Turm drohend aus dem Dachgewirr einer blaufernen und nicht mehr recht existenten Welt ragte. Jetzt aber empfand er bei diesem Anblick ein Gefühl würgender Bangigkeit, er wußte nun, welch ein Erbe unheiliger Wissenschaft sich darin verbarg, und in dieser Erkenntnis fing seine Phantasie an, immer tollere Sprünge zu machen.

Die Zugvögel waren zurückgekehrt, und wenn er ihren Flug im Licht der Sonnenuntergänge betrachtete, war es ihm, als mieden sie den dämmerschwarzen Turm mehr als je zuvor. Kam ein Schwarm einmal zufällig in seine Nähe, dann zerstreute er sich, Blakes Einbildung nach, in panischer Verwirrung – und er glaubte, ihr erregtes Flattern und Zwitschern zu vernehmen, obgleich doch einige Meilen zwischen ihm und jener sinistren Stelle lagen.

Es war im Juni, daß Blake in seinem Tagebuch über die Entzifferung der Geheimschrift berichtete. Der Text war, das hatte er schließlich herausbekommen, in der dunklen Aklo-Sprache abgefaßt, einem Idiom, das von gewissen grausigen Kulten der Vorzeit benutzt worden war. Das Tagebuch gibt sich jedoch darüber ziemlich zurückhaltend, läßt aber irgendwie erkennen, daß er die Entdeckungen offenkundig grauenerregend und schrecklich fand. Es gibt Hinweise über ein *Ding aus der Tiefe*, das durch einen Blick in den *Leuchtenden Trapezoeder* erweckt werde; und er stellte wahnsinnige Vermutungen über die schwarzen Schlünde und Strudel des Chaos an. Dieses *Ding* soll allwissend sein und monströse Blutopfer verlangen. Einige Notizen lassen erkennen, daß Blake fürchtete, das *Ding* könne eines Tages beginnen, umzugehen, nachdem es nun heraufbeschworen sei, fügte aber hinzu, daß die Straßenbeleuchtung der Stadt ein nahezu unüberwindliches Hindernis darstelle.

Von dem *Leuchtenden Trapezoeder* spricht Blake häufig und nennt ihn das Fenster nach Zeit und Raum, dessen Spuren bis in die Zeit zurückzuverfolgen sind, da es im *Dunklen Yuggoth* erschaffen worden war, bevor es die *Alten* auf die Erde brachten. Dort wurde es von den Haarsterngeschöpfen der Tiefsee in der Antarktis in einer Schatulle aufbewahrt und umhegt, später von den Schlangenmännern aus den Ruinen Valusias geborgen, bis schließlich, Äonen später, die ersten Menschen von seiner Existenz Kunde erhielten und ihn wieder anzustarren begannen. Er überquerte seltsame Länder und noch seltsamere Ozeane, versank mit Atlantis, wurde im Netz eines minoischen Fischers gefunden und an die dunkelhäutigen Händler des Dämmerlandes Chem verkauft. Der Pharao Nephren-Ka errichtete ihm einen Tempel mit einer fensterlosen Krypta, ehe er das beging, dessentwegen sein Name aus allen Monumenten und Chroniken gestrichen wurde. Dann schlief er in den Ruinen jenes unheiligen Bauwerks, das die Priester und der neue Pharao hatte zerstören lassen, bis ihn der Spaten des Ausgräbers zum Fluche der Menschheit ans Licht brachte.

Anfang Juli ergänzten einige Artikel in den Tageszeitungen die Aufzeichnungen Blakes Tagebuch, allerdings auf so kurze und allgemeine Weise, daß nur Blake selbst sie als Ergänzungen auffassen konnte. Es schien, daß die Bewohner von Federal Hill von einer neuen Angst ergriffen worden seien, nachdem ein Fremder in die gefürchtete Kirche eingedrungen war. Und die Italiener flüsterten von ungewohnten Geräuschen, von Gescharre und Getappe, das aus dem fensterlosen Turmhelm drang, und sie hatten ihre Pfarrer gebeten, sie sollten dieses Wesen, das bereits wie ein Nachtmahr durch ihre Träume kroch, bannen. Irgendetwas, so hieß es, stünde hinter den verschlossenen Türen und warte auf den Augenblick, in dem es finster genug sei, um hervorzusteigen. Diese kurzen Artikel erwähnten zwar, daß es sich hier um einen schon seit Jahrzehnten herrschenden Aberglauben handle, gingen jedoch nicht auf die Ursachen ein, die zu seiner Entstehung herbeigeführt hatten. Während er diese Dinge in sein Tagebuch schrieb, bedauerte Blake, daß er es nicht über sich bringen könne, den *Leuchtenden Trapezoeder* zu vergraben, um damit das von ihm Heraufbeschworene zu bannen. Nichtsdestoweniger erwähnt er das zunehmende gefährliche Verlangen — eine morbide Sehnsucht, die ihn bis in die Träume verfolgt — den verfluchten Turm wieder aufzusuchen und die kosmischen Geheimnisse des glosenden Minerals ein zweites Mal zu betrachten.

Am Morgen des 17. Juli versetzte eine Zeitungsmeldung den Tagebuchschreiber in eine wahrhafte Fieberattacke von Grauen. Eigentlich war es bloß eine Variante des mit leicht schmunzelnder Überlegenheit abgefaßten Artikels über die Beunruhigung in Federal Hill. Für Blake aber bedeutete diese karge Notiz irgendwie eine Woge von Horror. In der vergangenen Nacht war die Straßenbeleuchtung etwa eine Stunde lang ausgefallen; der Blitz hatte während eines Gewitters in das Elektrizitätswerk eingeschlagen, und in diesem Intervall von Dunkelheit waren die Italiener vor Furcht halb wahnsinnig geworden. Diejenigen, welche in der Nähe der verfluchten Kirche wohnten, schworen hinterher darauf, daß das *Ding aus dem Turm* den Ausfall der Straßenbeleuchtung dazu genutzt habe, in das Kirchenschiff hinabzusteigen, um dort auf die schrecklichste Weise zu tappen und zu poltern. Kurz bevor es wieder licht geworden war, habe es sich wieder in den Turm zurückgezogen, von wo aus ein Zersplittern von Glas zu hören gewesen sei.

Es vermöchte in der Dunkelheit überallhin zu gelangen, ergriffe jedoch beim schwächsten Lichtschein die Flucht. Als der Strom wieder funktionierte, erklang aus dem Turmhelm der Kirche ein grauenvolles Toben, denn selbst der kleinste Lichtschein, der durch die schmalen blinden Fenster eindrang, schien für das *Ding* zu viel zu sein. Es war gerade noch rechtzeitig in den dunklen Raum unter dem Dach geflüchtet — eine stärkere Dosis Lichts hätte es unweigerlich in die Schwärze des unirdischen Abgrundes zurückgeschickt, aus der es der aberwitzige Fremde heraufbeschworen hatte. Während der Stunde jener Dunkelheit versammelte sich eine betende Menschenmenge um die Kirche herum und harrte im Regen mit brennenden Kerzen und Lampen aus, die sie mühsam mit Regenschirmen vor dem Verlöschen bewahrten – eine Lichtwache, um die Stadt vor dem tappenden Alptraum zu schützen, der in der Finsternis erwacht. Einmal, so erklärten die, welche in nächster Nähe der Kirche gestanden hatten, rüttelte etwas Grauenvolles an der äußeren Türe.

Aber das war noch lange nicht das Schlimmste. Am selben Abend las Blake im *Bulletin*, was die Reporter in der Kirche entdeckt hatten. Zwei von ihnen hatten sich von den erregten Italienern nicht aufhalten lassen, sondern waren, da die Türen nicht nachgegeben hatten, durch das Fensterloch eingestiegen. Sie bemerkten, daß der Staub auf dem Fußboden des Vorraumes und des Kirchenschiffes aufgewirbelt war, während Fetzen vermoderter Kissen und die zerschlissenen Satinbezüge der Bänke wild verstreut herumlagen. Überall herrschte ein unaussprechlich ekler Gestank, an manchen Stellen zeigten sich widerlich gelbe Flecke und Brandmale. Die beiden Männer hatten die zum Turm führende Türe geöffnet, weil ihnen ein Rumoren aufgefallen war, und fanden die Wendeltreppe völlig von der Staubschicht leergefegt. Auch die Turmstube selbst war in einem halbgefegten Zustand. Die Reporter sprachen von dem heptagonalen Steinsockel, den gotischen Stühlen und den bizarren Gipsplatten an den Wänden, aber, seltsam genug, erwähnten sie in keiner Weise die Schatulle und das verstümmelte Skelett. Was Blake vor allem in Aufregung versetzte – abgesehen von den gelben Flecken, den verkohlten Stellen und dem ekelhaften Geruch – war die letzte Einzelheit des Berichts, die das zersplitterte Glas erklärte. Jedes der Turmfenster war eingeschlagen, und zwei von ihnen waren mit dem Stoff der

Kirchenbänke abgedichtet, den jemand in die Zwischenräume der außen angebrachten Schallbretter gestopft hatte, als sei jemand bei der Arbeit unterbrochen worden, den alten Zustand wiederherzustellen, der geherrscht haben mußte, als die Fenster noch mit schwarzen Vorhängen verschlossen waren. Außerdem lag noch eine Menge der Satinstoffetzen im Turmzimmer herum, geradeso, als wäre derjenige, welcher dem Turm seine absolute Finsternis wiedergeben wollte, bei der Arbeit gestört worden.

Gelbliche Flecken und verkohlte Stellen zeichneten sich auch auf der nach oben führenden Leiter ab. Als jedoch einer der Reporter hinaufkletterte, die Falltüre öffnete und den schwachen Strahl seiner Taschenlampe in die seltsame, übelriechende Dunkelheit richtete, sah er bloß Staub und einen Haufen formloser Fragmente. Der Zeitungsbericht schloß mit einer spitzen Bemerkung über diese offensichtliche Scharlatanerie. Irgendwer hatte sich einen Spaß erlaubt, um die abergläubischen Hügelbewohner zu schrecken; möglicherweise könnte es auch jemand gewesen sein, der Interesse daran hatte, diese alten Geschichten warm zu erhalten. Es gab auch noch ein amüsantes Nachspiel, als ein Polizist die Angaben der Reporter nachprüfen sollte. Drei Mann verstanden es, sich vor dieser Aufgabe zu drücken, der vierte übernahm sie nur sträubend und kehrte sehr bald zurück, ohne jedoch irgendetwas Neues zu berichten.

Von diesem Tag an zeigt Blakes Tagebuch eine steigende tückische Angst, zu der sich noch eine nervöse Vorahnung gesellte. Er stellte die tollsten Vermutungen über die möglichen Folgen eines neuen Stromausfalles an. Bei drei Gelegenheiten, jedesmal während eines Gewitters, rief er das Elektrizitätswerk an und bat ver-

zweifelt, alle Vorkehrungen zu treffen, um einen neu-
erlichen Stromausfall zu verhindern. Ab und zu
beweisen die Notizen aus dieser Zeit, wie sehr er darüber beunruhigt war, daß die Reporter weder Schatulle
noch Skelett gefunden hatten, als sie die nächtlichen
Schatten des Turmes durchsuchten. Er nahm an, daß
diese Dinge fortgebracht worden waren – wohin und
von wem, das zu überlegen widerstrebte ihm. Seine
aberwitzigsten Befürchtungen betrafen ihn jedoch
selbst, denn er fühlte nur zu deutlich, daß zwischen
ihm und dem lauernden Grauen eine Art unguter Verbindung bestand. Seine Willenskraft war unter ständiger Anstrengung, und Besucher, die ihn damals
beobachten konnten, erinnern sich noch daran, wie er gedankenverloren an seinem Schreibtisch saß und nach
dem Turm der Kirche hinüberstarrte, der sich auf dem
Hügel jenseits der Stadt düster und drohend erhob.
Seine Eintragungen beschäftigten sich immer wieder
mit gräßlichen Traumgesichtern und der erschrecken-
den Präsenz eines unsichtbaren Dinges, die nachts an
Intensität zunahm. Er erwähnte auch eine Nacht, in
der er plötzlich vollkommen angekleidet erwachte und
sich auf dem Weg nach dem Westen der Stadt fand.
Immer wieder drückte er die feste Überzeugung aus,
daß das blasphemische *Ding* aus dem Turm ihn überall zu greifen wisse.

In der Woche, die auf den 30. Juli folgte, kam es zu
einem nervlichen Zusammenbruch Blakes. Er kleidete
sich nicht an und beorderte seine Mahlzeiten per Telefon.
Als sich Besucher nach dem Zweck der Stricke, die an
seinem Bett angebracht waren, erkundigten, erklärte er,
daß er seit letzter Zeit zu Schlafwandel neige, so daß er
sich selbst festbinden müsse, um nicht aufzustehen.

In seinem Tagebuch berichtet er über ein grausiges Erlebnis, durch das der bereits erwähnte Kollaps akut wurde. Nachdem er sich am 30. Juli zu Bett begeben hatte, fand er sich plötzlich in einem dunklen Raum wieder. Er vermochte nur schwache bläuliche Streifen zu erkennen, verspürte aber einen überwältigenden Gestank und hörte über sich leise schleppende Geräusche, die jeden seiner stolpernden Schritte begleiteten – ein weiches verstohlenes Knarren, das sich mit Lauten mischte, als riebe man Holz gegen Holz. Einmal berührten seine Hände einen leeren Steinsockel, dann merkt er wieder, wie er auf den Sprossen einer Eisenleiter, die in die Wand eingelassen war, mühsam hochkletterte, bis ihn ein noch grauenhafterer Gestank und ein Strom glühend heißer Zugluft überkam. Vor seinen Augen tauchten die kaleidoskopischen Bilder phantasmagorischer Szenerien auf, die alle eine unendliche, schwarzströmende Nacht, einen gähnenden, noch schwärzeren Schlund darstellten, darin Sonnen und Welten wirbelten. Er dachte an die alten Sagen über das unaufhörliche Chaos, in dessen Zentrum der blinde, hirnlose Gott Azatoth, der Herr aller Dinge, sich räkelte, während ihn eine wüste Horde idiotisch-amorpher Tänzer zu den einschläfernden Klängen einer von namenlosen Klauen umklammerten Dämonenflöte bewachte.

Dann durchbrach ein scharfer Knall, der aus der äußeren Welt zu ihm drang, die Betäubung, deren Opfer er gewesen war, und brachte ihm das Grauen seiner gegenwärtigen Lage zum Bewußtsein. Was es war, erfuhr er zwar nie, wahrscheinlich ein Feuerwerkskörper, wie ihn die Italiener zu Ehren ihrer zahlreichen Schutzheiligen abschießen. Wie dem auch sei, er ließ sich mit einem Aufschrei von der makabren Eisenleiter fallen und stolperte blindlings durch den nahezu lichtlosen, gerümpelübersäten Raum, der ihn umgab.

Er wußte sofort, wo er sich befand, und stürzte die Wendeltreppe hinunter, was nicht ohne Prellungen und blaue Flecken abging. Es war keine Flucht mehr, eher ein Alptraum. Hastig durchquerte er das weite, spinnenverwobene Kirchenschiff, dessen gotische Bogen bis in die hämisch lauernden Schatten einer unsäglichen Stille wuchsen, eine augenlose Kühle umfing ihn, in dem unflatverwucherten Keller; er kletterte durch das Loch in die freie Luft, unter die schaukelnden Lichter der Straßen und Gassen, flüchtete aus dem Gewirr von vermodernden Häusern und Spitzgiebeln einer grimmigen, dunklen, schwarzgetürmten Stadt, rannte, keuchte, hetzte, bis er vor dem vertrauten Portal seines eigenen Hauses stand.

Als er am nächsten Morgen wieder das Bewußtsein erlangte, lag er völlig angekleidet vor seinem Schreibtisch. Schmutz und Spinnweben bedeckten seinen Anzug, und überall am Körper trug er blaue Flecke und schmerzende Stellen. Als sein Blick in einen Spiegel fiel, merkte er, daß sein Haar angesengt war. Seine Jacke trug noch immer die Spuren jenes grauenhaften Geruches. In diesem Augenblick erlitt er einen Nervenzusammenbruch. Von da an saß er völlig erschöpft, nur mit einem Morgenmantel bekleidet, am Westfenster seines Arbeitszimmers, zu nichts anderem mehr fähig, als nach dem unheimlichen Horizont zu starren, die Seiten seines Tagebuches mit aberwitzigen, phantastischen Sätzen vollzukritzeln und am ganzen Leibe zu beben, wenn nur die leiseste Ahnung eines Gewitters in der Luft lag.

Der große Sturm brach am 8. August kurz vor Mitternacht los. Der Blitz schlug ununterbrochen in allen Teilen der Stadt ein, zwei besonders starke elektrische Entladungen wurden beobachtet. Ein ungeheurer Wolkenbruch setzte ein, während die ständige Kanonade des Donners Tausenden den Schlaf raubte. Blake war vor Sorge um die Straßenbeleuchtung fast wahnsinnig; er versuchte gegen ein Uhr die Elektrizitätswerke anzurufen, obgleich zu diesem Zeitpunkt alle Telefonleitungen aus Sicherheitsgründen bereits stillgelegt worden waren. Er trug alles in sein Tagebuch ein – in großen, nervösen, teilweise unleserlichen Schriftzeichen, die seine ständig wachsende Furcht, seine Hoffnungslosigkeit ahnen lassen: Eintragungen, die er auch dann noch fortsetzte, als er bereits das Licht abgeschaltet hatte, um außerhalb des Fensters etwas sehen zu können – die Ansammlung entfernter Lichter auf Federal Hill. Ab und zu machte er Eintragungen, fragmentarische Sätze wie etwa: »Die Lichter dürfen nicht ausgehen«, »Es weiß genau, wo ich mich befinde«, »Ich muß es vernichten«, »Es ruft nach mir, aber vielleicht will es mich diesmal noch nicht fassen«...

Dann verlöschten sämtliche Lichter der Stadt. Nach Berichten des Elektrizitätswerkes geschah das um 2 Uhr 12, aber in Blakes Tagebuch befindet sich keine genaue Zeitangabe. Die Eintragung lautet nur: »Lichter aus – Gott steh mir bei!«

Auf Federal Hill gab es Beobachter, die gleich ihm von einem namenlosen Grauen befallen waren – regendurchnäßte Menschen versammelten sich in den Straßen und Plätzen um die verfluchte Kirche, wobei sie unter Regenschirmen Kerzen, Taschenlampen und Öllaternen mitbrachten, Kruzifixe und obskure Amulette vor sich hinhielten, wie das unter Süditalienern üblich ist. Sie bekreuzigten sich bei jedem Blitzstrahl und machten kryptische Zeichen, um ihrer maßlosen Furcht zu begegnen; es wurde laut gebetet, daß der Sturm mit seinen Blitzen abnehmen möge. Ein besonders heftiger Windstoß blies die Überzahl der mitgebrachten Wachs- und Öllichter aus, so daß ein bedrohliches Dunkel entstand. Jemand hatte Pater Merluzzo aus dem Bett geholt, der nun aus der Kirche Spirito Santo herbeigeeilt kam, um vor der Menge, die sich, vom Regen völlig durchweicht, in panischer Angst wand, helfensollende Segnungen zu stammeln, deren Silben jedoch der wütend fegende Sturm fast zur Gänze verschluckte. Unterdessen konnte es keinen Zweifel mehr daran geben, daß sich irgend etwas, im nachtschwarzen Inneren des Turmes, rastlos hin und herbewegte.

Über die um 2 Uhr 35 eingetretenen Ereignisse liegen uns die Augenzeugenberichte aller Beteiligten vor – des Pfarrers, eines jungen, intelligenten, gebildeten Mannes; des Polizisten William J. Monohan, eines zuverlässigen Beamten vom Hauptrevier, der seinen Streifengang unterbrochen hatte, um die Menge im Auge zu behalten; und die der 87 Männer, die sich um die Kirche herum versammelt hatten. Sicherlich geschah nichts, das erwiesenermaßen den Gesetzen der Natur widersprochen hätte, denn wer könnte schon mit Gewißheit sagen, welche chemische Prozesse in einem alten ungelüfteten Gebäude voll moderndem Gerümpels stattfinden? Durch Fäulnis hervorgebrachte Gase – Selbstentzündung – Staubexplosionen – eine Vielzahl von Phänomenen dieser Art könnte dafür als Ursache anzusehen sein. Jedenfalls ging der gesamte Vorfall rasch vor sich und war innerhalb drei Minuten abgeschlossen, wie wir von diesem Pater wissen, der zu wiederholten Malen auf seine Uhr sah.

Es fing damit an, daß das scharrende, schlurfende Geräusch, das bereits seit geraumer Zeit aus den Eingeweiden des dunklen Turms erklang, deutlich lauter wurde, während sich der fremdartige, grausige Geruch des unseligen Tempels zur Unerträglichkeit steigerte. Dann vernahm man das Zersplittern von Holz – ein dumpfer Krach folgte, als sei ein schwerer Gegenstand aus der Düsterkeit der östlichen Fassade zur Erde gestürzt. Es war die rauchgeschwärzte Holzverkleidung eines Schallochs von der Ostseite des Turmes.

Unmittelbar darauf strömte aus dieser unsichtbaren Öffnung des Turmes ein derart infernalischer Gestank, daß die Männer auf dem Platz halb erstickt, vom Brechreiz befallen, zurückwichen. Zur gleichen Zeit erzitterte die Luft wie unter den Schwingen eines ungeheuren Vogels; ein plötzlicher Windstoß aus dem Osten, der alle vorhergegangenen übertraf, riß den Beobachtern die Hüte vom Kopf und drehte ihnen die Schirme um. In dieser nun vollkommen lichtlosen Nacht konnte man kaum mehr etwas erkennen, aber dennoch behaupteten einige nachher, sie hätten einen Augenblick lang, als sie zum Himmel blickten, einen riesigen, sich ausbreitenden Schatten wahrgenommen, der sich gegen die tintenschwarzen Wolken abhob – irgendeine gestaltlose Rauchsäule, die meteorenhaft schnell in östlicher Richtung davonschoß.

Das war alles. Die Beobachter waren halb gelähmt vor Angst, Ekel und Entsetzen, man war völlig ratlos, keiner wußte sich zu helfen. Da sich niemand erklären konnte, was sich vor seinen Augen abgespielt hatte, setzten sie ihre nächtliche Wache fort und schickten einige Augenblicke lang, als ein verspäteter Blitz den Himmel durchzuckte, ein Gebet hoch. Ein gewaltiges Donnergrollen folgte. Etwa eine halbe Stunde darauf ließ der Regen nach, eine Viertelstunde später flammte die Straßenbeleuchtung wieder auf und sandte die übernächtigen, verwirrten Beobachter nicht ohne Erleichterung in ihre Häuser zurück.

Am nächsten Morgen erwähnten die Tageszeitungen die Vorgänge an der Kirche eher flüchtig und in Verbindung mit Berichten über die Sturmschäden. Anscheinend hatte der gewaltige Blitz und der ohrenbetäubende Donner, der auf die Ereignisse von Federal Hill folgte, die Bewohner der östlicher gelegenen Stadtviertel noch mehr erschreckt. Am deutlichsten wurde das Phänomen auf College Hill beobachtet, obgleich nur wenige der aus dem Schlaf Gerissenen den anomal gleißenden Lichtschein sahen, der auf der Höhe des Hügels fast die Blätter von den Bäumen und Sträuchern der Gärten fraß. Übereinstimmend war man der Meinung, daß der Blitz irgendwo in der nächsten Nachbarschaft eingeschlagen haben müsse, doch konnten nirgends Spuren gefunden werden. Ein junger Mann im Tau Omega-Gebäude vermeinte eine ebenso groteske wie ekelerregende Rauchwolke am Himmel gesehen zu haben, bevor der Blitz zur Erde fuhr, aber es gab außer ihm niemanden, der sie ebenfalls wahrgenommen haben wollte. Die verschiedenen Berichte gehen in Einzelheiten zwar beträchtlich auseinander, allein in allen ist von einem plötzlichen Windschwall aus dem Westen und einer wahren Flut unerträglichsten Gestankes die Rede, die dem Blitzschlag vorausgingen, während der später einen Augenblick lang herrschende Geruch als brandig angegeben wird.

Alle diese Aspekte wurden aufs sorgfältigste untersucht und eingehend besprochen, da eine Möglichkeit, sie mit Blakes seltsamem Ableben in Verbindung zu bringen, nicht ohne weiteres von der Hand zu weisen war. Studenten aus dem Psi Delta-Gebäude, dessen hintere Zimmerfenster Blakes Studio gegenüberlagen, entdeckten am Morgen des 9. August hinter den Scheiben des westlichen Fensters das kalkweiße Gesicht und waren über dessen merkwürdigen Ausdruck ziemlich verwundert. Als sie gegen Abend das gleiche Gesicht in völlig unveränderter Haltung wiedersahen, wurden sie unruhig und warteten, daß irgendwann in der Wohnung Licht gemacht würde; später läuteten sie am Portal des Hauses, und da niemand öffnete, ließen sie von einem Polizisten die Türe aufbrechen.

Der bereits erstarrte Leichnam saß kerzengerade hinter seinem Schreibtisch vor dem Fenster, und als die Eindringenden die hervorquellenden toten Augen und die konvulsiv, in grauenhafter Angst verzerrten Glieder des Unglücklichen sahen, war ihnen, als müßten sie erbrechen. Kurze Zeit später traf der Leichenbeschauer ein, stellte einen Sterbeschein aus, auf dem als Todesursache trotz der heilgebliebenen Fensterscheiben »Elektrischer Schlag« oder »Durch elektrische Entladung herbeigeführter nervöser Schock« festgestellt wurde. Den entsetzlichen Gesichtsausdruck ignorierte der Arzt vollkommen, denn er war anhand der vorgefundenen Bücher und Bilder der Meinung, daß dieser möglicherweise eine Folge der zu intensiven Beschäftigung mit dieser makabren Materie sei – was bei Menschen mit solch anomaler Phantasie und unausgeglichenem Gemütszustand keineswegs verwunderlich ist. Nicht zuletzt war er durch Blakes Tagebuch zu dieser Auffassung gekommen, der seine Aufzeichnungen bis zu seinem Tode fortgesetzt hatte – ein abgebrochener Bleistift wurde noch in seiner verkrampften Hand gefunden.

Die Eintragungen, die Blake nach dem Stromausfall gemacht hatte, waren nur unzusammenhängend und schwer leserlich. Einige von denen, die den Fall untersuchten, hatten Schlüsse gezogen, die von der wissenschaftlich offiziellen Darstellung erheblich abwichen. Dergleichen Spekulationen wurden jedoch als Hirngespinste abgetan. Mit Gewißheit kann jedenfalls gesagt werden, daß der abergläubische Dr. Dexter der Sache dieser phantasievollen Theoretiker wenig dienlich war, als er die merkwürdige Schatulle mit dem fazettierten Stein – man hatte sie in dem fensterlosen dunklen Turm aufgefunden – an der tiefsten Stelle der Narragansett Bay ins Wasser warf. Blakes exzessive Einbildungskraft und neurotische Unausgeglichenheit, verschärft durch die Kenntnis eines unseligen, längst verschollenen Kultes, dessen haarsträubende Spuren er entdeckt hatte, ergeben die vorherrschende Deutung, die man diesen im Wahn hingekritzelten Sätzen beilegen kann. Hier die Eintragungen – oder das, was von ihnen zu entziffern war:

»Lichter noch immer aus – muß jetzt schon 5 Minuten her sein. Alles hängt von den Blitzen ab. Möge Yaddith geben, daß es nicht nachläßt! ... Irgendein Einfluß scheint sich durchzusetzen ... Regen, Donner und Wind machen mich taub ... Das *Ding* nimmt von meinem Verstand Besitz ...«

»Schwierigkeiten mit dem Gedächtnis. Ich sehe Dinge, von deren Existenz ich zuvor nie gewußt ... Andere Welten, andere Milchstraßen ... Dunkel ... Das Blitzen erscheint dunkel, das Dunkel blitzend hell ...«

»Es ist unmöglich die wirkliche Kirche, die ich in dieser pechigen Dunkelheit zu sehen glaube. Muß eine Einwirkung des Blitzes sein, die auf der Netzhaut zurückgeblieben ist. Gebe der Himmel, daß die Italiener mit ihren Kerzen da sind, wenn das Blitzen aufhört ...«

»Wovor fürchte ich mich? Ist es nicht das avatar der Nyarlahothep, der in Chem sogar als Mensch erschienen ist? Ich erinnere mich an Yuggoth, an das ferne Shaggai und an die ultimate Leere der schwarzen Planeten ...«

»Der lange beschwingte Flug durch die Leere ... Kann das Universum des Lichtes nicht durchqueren ... Auferstanden aus dem Leuchtenden Trapezoeder ... Schicke es durch die infernalischen Schlünde des Lichts ...«

»Mein Name ist Blake .. Robert Harrison Blake, 620 East Knapp Street, Milwaukee, Wisconsin .. Ich lebe auf diesem Planeten ...«

»Erbarmen, Azathoth! – Die Blitze haben aufgehört .. Grauenhaft .. Ich sehe alles mit einer fürchterlichen Klarheit, die nichts mit Sehen zu tun hat .. Licht ist dunkel und Dunkel ist licht ... Die Menschen auf dem Hügel ... Man hält Wache .. Kerzen und Amulette .. Ihre Priester ...«

»Entfernungssinn verloren! ... Fern ist nah und nah ist fern ... Kein Licht .. Kein Fernglas .. Sehe Turm .. O dieser Turm .. Fenster .. Kann hören .. Roderick Usher .. Bin verrückt oder werde es gleich .. Das Ding kriecht und tappt im Turm .. Ich bin Es und Es ist ich .. Ich will hinaus .. Hinaus und Kräfte sammeln .. Es weiß, wo ich bin! ...«

»Ich bin Robert Blake, aber ich sehe den Turm in der Finsternis .. Ein ungeheuerhafter Geruch .. Sinne ver-

wandelt .. Lehnt gegen das Fenster, kracht, gibt nach ..
Iä-ngai .. ygg ..«
»Ich sehe Es .. kommt hierher .. Höllenwind .. Titanische Wolke .. Schwarze Flügel .. Yog Sothoth, rette
mich .. Das dreigelappte flammende Auge ...«

Das Grauen von Dunwich

Gorgonen und Hydras und Chimären – schlimme Ge-
schichten von Celaeno und den Harpyen – können
sich im abergläubischen Gehirn reproduzieren – aber
sie waren vorher da. *Sie sind Transkripte, Typen –*
die Archetypen sind in uns, und ewig. Wie könnte uns
sonst die Erzählung von etwas, von dem wir bei wa-
chem Bewußtsein wissen, daß es nicht stimmt, über-
haupt berühren? Kommt das daher, daß wir ganz
selbstverständlich von derlei Gegenständen Schrecken
gewärtigen, indem wir sie für fähig halten, uns
körperlichen Schmerz zuzufügen? O durchaus nicht!
Diese Schrecken sind anderer Herkunft. Sie gehen über
den Körper hinaus – *denn ohne Körper wären sie*
dieselben gewesen ... Daß die Art von Angst, von
der hier die Rede ist, rein geistiger Natur ist – daß
sie, je gegenstandsloser sie auf Erden ist, um so stär-
ker ist, daß sie in der Zeit unserer sündelosen Kind-
heit dominiert – sind Schwierigkeiten, deren Lösung
uns einen probablen Einblick in unsern vor-mundanen
Zustand zu geben und wenigstens ein Guckloch ins
Schattenreich der Präexistenz zu eröffnen vermag.
Charles Lamb: Wiches and Other Night-Fears

I

Der Reisende, der durch Massachusetts kommt und an
dem Kreuzweg unterhalb der Aylesbury-Ranges die
falsche Abzweigung einschlägt, gerät in eine merkwürdige verlassene Gegend. Das Gelände steigt an, und
die mit wilden Rosen bewachsenen Steinwälle am
Rand der staubigen, gewundenen Landstraße rücken
immer näher zusammen. Die Bäume in den dichten
Waldgürteln erscheinen übernatürlich hoch, und die
verhext wirkenden Sträucher, Büsche und Gräser wu-
chern in einer Üppigkeit, wie man sie nur höchst selten
in von Menschen besiedelten Gegenden findet. Gleich-

zeitig aber sieht man kaum bebaute Felder, und die wenigen scheinen unfruchtbar und dürr zu sein; einzelne verstreute Gebäude sind alle gleichermaßen von Alter, Schmutz und Verfall gezeichnet. Ohne zu wissen, warum, scheut man sich, eine dieser knorrigen einsiedlerischen Gestalten nach dem Weg zu fragen, die man hier und da auf einer halbzerfallenden Türschwelle oder auf einer der abschüssigen, mit Felsgeröll besäten Wiesen erblickt. Die Leute hier haben etwas so verschlossenes, ja verstohlenes, daß man sich unbewußt verbotenen Dingen gegenüber fühlt, mit denen man lieber nichts zu tun hat. Wenn die Straße noch mehr ansteigt und die Berge über den dichten Wäldern in den Blick kommen, verstärkt sich das ungute Gefühl. Die Gipfel sind zu rund und symmetrisch, als daß sie beruhigend und natürlich wirken könnten, und dann und wann zeichnen sich am Himmel mit überdeutlicher Klarheit die sonderbaren Umrisse der großen Felssäulen ab, von denen die meisten gekrönt sind.

Schluchten und Felsspalten von gefährlicher Tiefe durchschneiden den Weg, und die rohgezimmerten Holzstege scheinen von nur fragwürdiger Sicherheit. Senkt sich die Straße wieder, so gelangt man in eine weite Sumpflandschaft, gegen die man instinktiv Widerwillen empfindet; der man beinahe mit Furcht begegnet, wenn gegen Abend Ziegenmelker – dem Auge verborgen – schreien und Feuerfliegen in ganz unnatürlichen Schwärmen hervorschwirren, um zu den heiseren, seltsam eindringlichen Rhythmen der hohlknarrenden Ochsenfrösche zu tanzen. Das schmale, glänzende Band des Miscatonic läßt in unheimlicher Weise an eine nasse Natter denken, wie es sich nicht am Fuße der Berge entlangwindet, in denen es entspringt.

Wenn die Hügel näherrücken, richtet man seinen Blick unwillkürlich auf die dunkel bewaldeten Hänge, nicht mehr auf die steingekrönten Gipfel. Diese Wälder sind so finster und drohend, daß man wünschte, sie blieben in der Entfernung; aber es gibt keine Straße, auf der man vor ihnen fliehen könnte. Hinter einer überdachten Brücke entdeckt man ein kleines Dorf, eingezwängt zwischen den Fluß und die senkrechte Wand des Round Mountain, und man sieht mit Verwunderung den Haufen verfaulender Walmdächer, der auf eine frühere architektonische Periode schließen läßt als die der benachbarten Gegenden. Es ist nicht gerade beruhigend, wenn man beim näheren Hinsehen merkt, daß die meisten Häuser verlassen und halbverfallen sind, und daß die Kirche mit dem eingestürzten Turm die einzige merkantile Niederlassung in diesem gottfernen Flecken beherbergt. Man mißtraut dem finsteren Tunnel der Brücke, aber es führt kein Weg daran vorbei. Hat man sie im Rücken, so kann man sich kaum des Eindrucks erwehren, ein kaum spürbarer, unheilvoller Geruch wie von aufgetürmten Moder und der Verwesung von Jahrhunderten liege über der Dorfstraße. Auf jeden Fall ist man erleichtert, wenn man diesen Ort hinter sich läßt und der schmalen Straße um den Fuß der Hügel herum in die Ebene folgt, bis sie wieder auf die Aylesbury-Ranges stößt. Hinterher erfährt man dann, man sei in Dunwich gewesen.

Fremde besuchen Dunwich so selten wie möglich, und seit einer gewissen Zeit des Grauens sind alle Wegweiser entfernt worden. Die Landschaft, an normalen ästhetischen Maßstäben gemessen, ist überaus schön; und doch wird sie kaum von Künstlern oder Touristen besucht. Zweihundert Jahre zuvor, da man noch nicht

mit Hexenblut, Satansverehrung und seltsamen Wald-
wesen Spott trieb, wußte man noch die Gründe, warum man diesen Ort mied. In unserem rationalistischen
Jahrhundert – seit das Grauen von Dunwich von denen
vertuscht wurde, denen das Wohl der Ortschaft und der
Welt am Herzen lag – weichen die Leute ihm aus, ohne
genau zu wissen, warum. Vielleicht mag ein Grund der
sein – obwohl er nicht für uneingeweihte Fremde gelten
kann –, daß die Einheimischen heute in widerwärtiger
Weise dekadent und weit den Weg des Rückschritts gegangen sind, wie man das so häufig in den Brackwässern
Neuenglands findet. So hat sich schließlich eine eigene
Rasse mit allen charakteristischen, geistigen und physi-
schen Merkmalen von Degeneration und Inzucht heraus-
gebildet. Ihre durchschnittliche Intelligenz ist kläglich
gering, und ihre Annalen sind voll der offensten Bösar-
tigkeiten halb verheimlichter Morde, Inzeste und Hand-
lungen von nahezu unnennbarer Gewalttätigkeit und
Perversität. Ein wenig über dem üblichen Grad des Ver-
falls hielten sich die zwei oder drei wappenführenden
Familien von niederem Adel, die 1692 aus Salem hier-
hergekommen waren; obwohl auch der größere Teil
von ihnen tief im Schmutz versunken ist und nur noch
der Name an ihre Herkunft erinnert, die sie so schänd-
lich entehrt haben. Einige der Whateleys und Bishops
schicken auch heute noch ihre ältesten Söhne nach Harvard oder Miscatonic, obwohl diese kaum wieder zu
den geschnitzten Walmdächern zurückkehren, darunter ihre Vorfahren einst geboren wurden.
Niemand, auch der nicht, der Näheres über das grauenhafte Geschehen weiß, könnte sagen, was es eigentlich
mit Dunwich auf sich hat, obgleich alte Sagen von unheiligen Riten und geheimnisvollen Zusammenkünften

der Indianer berichten, während der sie verbotene dunkelschattige Gestalten aus den gewaltigen Hügelkuppen beschworen und wilde orgiastische Gebete ausstießen, die durch lautes Poltern und Rumpeln aus dem Erdinneren beantwortet wurden. Im Jahre 1747 hielt der Reverend Abijah Hoadley, der seit kurzem an der Congregational Church in Dunwich wirkte, eine denkwürdige Predigt über die nahe Gegenwart Satans und seiner Mitwesen; in ihr sagte er:

Man muß zugeben, daß dieses Heraufbeschwören und Verehren einer höllischen Gefolgschaft grausiger Dämonen ein Ding von zu gemeinem Wissen sind, als daß es einfach geleugnet werden könnte; die fluchbeladenen Stimmen von *Azazel* und *Buzrael,* von *Beelzebub* und *Belial* in der Finsternis der Tiefe sind hier oben von einer Anzahl glaubwürdiger Zeugen gehört worden. Ich selbst belauschte vor nicht weniger als zwei Wochen mit eigenen Ohren einen Disput der Unterirdischen vom Hügel hinter meinem Haus, der von solchem Röcheln und Brausen, Seufzen, Kreischen, Knistern und Zischen begleitet war, wie es nicht von dieser Welt sein konnte und zweifelsohne aus diesen Höhlen stammte, die nur schwarze Magie auffinden kann und der Satan allein öffnet.

Mr. Hoadley verschwand kurz nachdem er diese Predigt gehalten hatte; aber ihr Wortlaut, der in Springfield gedruckt wurde, ist noch erhalten. Von Jahr zu Jahr wird über fortgesetztes Rumoren in den Hügeln berichtet, und weder Geologen noch Geomorphologen haben das Rätsel lösen können.

Andere Überlieferungen erzählen von fauligen Gerüchen um die Felssäulen oben auf den Hügeln und von rauschenden Luftwesen, die zu gewissen Stunden an bestimmten Stellen auf dem Grund der tiefen Schluchten schwach zu vernehmen seien; während wieder andere von dem »Tanzplatz des Teufels« reden – einem öden, versengten Hang, darauf weder Baum, Strauch noch Grashalm wächst. Überdies haben die Einheimischen auch tödliche Furcht vor den Ziegenmelkern, die ihren Ruf an lauen Abenden hören lassen. Man schwört, sie lägen auf der Lauer und warteten auf die Seelen der Sterbenden, und sie stießen ihre schauerlichen Schreie in Einklang mit dem keuchenden Atem des Dahinscheidenden aus. Glückte es ihnen, die fliehende Seele im Augenblick einzufangen, da sie den Körper verläßt, so flatterten sie auf der Stelle unter dämonischem Gekreische davon; mißlänge es, verblaßten ihre Stimmen vor Enttäuschung.

Diese Geschichten klingen natürlich heutzutage lächerlich; immerhin sind sie aus uralten Zeiten überliefert. Dunwich ist tatsächlich erstaunlich alt – viel älter als irgendeine der Gemeinden im Umkreis von dreißig Meilen. Südlich des Dorfes kann man noch die Kellermauern und den Kamin des alten Pfarrhauses sehen, das vor 1700 errichtet wurde; und die Ruinen der Mühle am Hang, die 1806 gebaut wurde, sind das modernste, was Dunwich aufzuweisen hat. Industrie hat es hier kaum gegeben, und Ansätze dazu im 19. Jahrhundert erwiesen sich als kurzlebig. Am ältesten von allem sind die großen Kreise grobbehauener Steinsäulen oben auf den Bergen, aber sie werden eher den Indianern als den weißen Ansiedlern zugeschrieben. Schädel- und Knochenfunde innerhalb dieser Kreise und um den mächtigen tafelähnlichen Felsen auf Sentinel Hill bestärken den Volksglauben, diese Plätze seien einst die Begräbnisstätten der Pocumtucks gewesen; Ethnologen aber halten diese Auslegung für absurd und bleiben bei ihrer Überzeugung, die Reste seien kaukasischen Ursprungs.

II

In der Gemeinde Dunwich, in einer großen, nur zum Teil bewohnten Farm unterhalb eines Hügels, von wo aus es zum Dorf vier Meilen waren und zum nächsten Hof eine und eine halbe Meile, wurde Wilbur Whateley am 2. Februar 1913 an einem Sonntag um fünf Uhr in der Frühe geboren. Man erinnerte sich an dieses Datum, weil Lichtmeß war, – was die Bewohner von Dunwich aber sonderbarerweise mit einem anderen Namen benennen – und weil die Geräusche in den Bergen erklungen waren und alle Hunde der Umgebung die Nacht davor ununterbrochen gebellt hatten. Weniger erwähnenswert war die Tatsache, daß die Mutter eine der dekadenten Whateleys war, eine irgendwie entstellt wirkende, wenig anziehende Frau von albinohaftem Aussehen, 35 Jahre alt, die mit ihrem alten halbverrückten Vater zusammenlebte, über den in seiner Jugend die schrecklichsten Geschichten von Hexenkunst und Zauberei gemunkelt wurden. Niemand wußte, wer der Vater des Kindes war, aber Lavinia Whateley machte, da das in dieser Gegend nicht als Schande galt, keinen Versuch, das Kind zu verleugnen; im Gegenteil, sie schien merkwürdig stolz auf den dunklen, ziegenbockähnlichen Säugling zu sein, der zu ihrem eigenen widerwärtigen rosaäugigen Albinotyp so einen Kontrast bildete, und man hörte sie lauter rätselhafte Prophezeiungen über seine ungewöhnlichen Kräfte und seine ungeheuerliche Zukunft verkünden.

Es sah Lavinia ähnlich, solche Andeutungen zu machen; denn sie war ein einsames Geschöpf, das dazu neigte, bei Stürmen in den Bergen umherzuwandern und versuchte, in den großen pfeffrig riechenden Büchern zu lesen, die seit zwei Jahrhunderten im Besitz der Whateleys waren und die ihr Vater geerbt hatte; die beinahe vor Alter und Wurmstich zerfielen. Sie hatte niemals eine Schule besucht, aber sie war angefüllt mit unzusammenhängenden Brocken uralten überlieferten Wissens, das sie der alte Whateley gelehrt hatte. Die einsam gelegene Farm war immer gemieden worden, da der alte Whateley im Rufe schwarzer Hexenkünste stand; und der unaufgeklärte gewaltsame Tod von Mrs. Whateley zu der Zeit, da Lavinia zwölf Jahre alt war, hatte auch nicht gerade dazu beigetragen, den Ort populär zu machen. Von der Umwelt isoliert, liebte Lavinia wilde und grandiose Tagträume und ungewöhnliche Beschäftigungen; und ihre Muße wurde auch nicht im geringsten durch Pflichten in einem Hause eingeschränkt, in dem seit langem Ordnung oder Sauberkeit unbekannt waren.

Das schauderhafte Gekreische in der Nacht, als Wilbur geboren wurde, übertönte sogar das Lärmen in den Bergen und das Heulen der Hunde. Niemand wußte von einem Arzt oder einer Hebamme, die seiner Geburt assistiert hätten. Nachbarn erfuhren erst eine Woche später von ihm, als der alte Whateley seinen Schlitten durch den Schnee nach Dunwich zog und unvermittelt ein paar Leute ansprach, die vor Osborns Store herumlungerten.

Mit dem alten Mann schien eine Veränderung vorgegangen zu sein – eine plötzliche Spur von Verschlagenheit hinter der umwölkten Stirn, die ihn fast unbemerkt von einem Objekt in ein Subjekt der Furcht verwandelten – obwohl er nicht von der Sorte war, die sich durch ein ganz gewöhnliches Familienereignis aus der Ruhe bringen läßt. Vor allem zeigte er denselben Stolz, den man später bei seiner Tochter bemerkte, und was er über die Vaterschaft des Kindes äußerte, das wußten einige der Zuhörer noch Jahre danach.

»Ich scher mich nicht drum, was die Leute sagen – wenn Lavinnys Junge wie sein Vater ausschauen würde, dann würde er gewiß nicht so ausschauen, wie ihr euch das erwartet. Ihr braucht gar nicht glauben, daß ihr die einzigen Leute in dieser Gegend da seid. Lavinny hat allerhand gelesen und gesehen, wovon andere nur mit der Hand vor dem Mund reden. Ich schätze, ihr Mann ist genauso gut wie irgendeiner auf dieser Seite von Aylesbury; und wenn ihr so viel über die Berge wüßtet wie ich, dann würdet ihr drauf kommen, daß ihre Hochzeit mindestens so gut wie eine in der Kirche war. Laßt euch was sagen – *eines Tages werdet ihr Leute hören, wie 'n Kind von meiner Lavinny den Namen seines Vaters von Sentinel Hill herunterruft!*«

Die einzige Person, die Wilbur wähend seines ersten Lebensmonats erblickte, waren der alte Zechariah Whateley, von den nicht dekadenten Whateleys, und Earl Sawyers Lebensgefährtin Mamie Bishop. Der Grund für Mamies Besuch war, ganz unverhüllt, reine Neugierde; Zechariah aber kam mit einem Paar von Alderney-Kühen, die der alte Whateley seinem Sohn Curtis abgekauft hatte. Das war der Beginn einer Reihe von Viehkäufen der Familie des kleinen Wilbur, die erst im Jahre 1928 endete, als das Grauen von Dunwich kam und wieder verschwand; und doch schien der baufällige Stall der Whateleys zu keiner Zeit mit

Vieh überfüllt zu sein. Es gab eine Zeit, in der die Leute sich aus Neugier die Herde zählten, die an dem gefährlich steilen Abhang über dem alten Farmgebäude graste, und nie konnten sie mehr als zehn oder zwölf anämische, blutleer aussehende Tiere ausmachen. Seltsame Verletzungen, Wunden, die beinahe wie Einschnitte aussahen, schienen das Vieh zu quälen; und ein- oder zweimal innerhalb der ersten Monate glaubten manche Besucher, ähnliche Wunden am Hals des grauhaarigen, unrasierten alten Mannes und seiner schlampigen, kräuselhaarigen Albinotochter zu entdecken.

Im Frühling nach Wilburs Geburt nahm Lavinia ihre üblichen Streifzüge durch die Berge wieder auf, und in ihren mißproportionierten Armen schleppte sie dabei das dunkelhäutige Kind mit herum. Das Interesse der Öffentlichkeit an den Whateleys nahm ab, als die meisten der Landbewohner das Kind gesehen hatten, und niemand schenkte der schnellen Entwicklung Aufmerksamkeit, die der Neuankömmling von Tag zu Tag durchmachte. Wilburs Wachstum war in der Tat phänomenal; innerhalb der drei Monate nach seiner Geburt entwickelte er eine Größe und Muskelkraft, wie man sie für gewöhnlich nicht bei Kindern unter einem Jahr findet. Seine Bewegungen und selbst seine Laute zeigten eine derartige Beherrschung und Bedachtsamkeit, die bei einem Kleinkind höchst merkwürdig erscheint, und eigentlich war niemand unvorbereitet, als er mit sieben Monaten ohne jede Hilfe mit stolpernden Schritten zu laufen begann und nach einem weiteren Monat imstande war, sich fortzubewegen.

Ein wenig später – am Abend vor Allerheiligen – wurde ein großer Lichtschein um Mitternacht auf dem Gipfel des Sentinel Hill gesehen, wo der tafelähnliche Stein inmitten der Begräbnisstätte mit den uralten Knochen steht. Erhebliches Gerede begann, als Silas Bishop – von den nicht dekadenten Bishops – erzählte, er habe den Jungen zielsicher vor seiner Mutter her den Berg hinauflaufen sehen, etwa eine Stunde, bevor das Leuchten bemerkt worden sei. Silas war gerade dabei, seine herumirrenden Färsen zusammenzutreiben, aber er hätte beinahe sein Vorhaben vergessen, als er schemenhaft die beiden Gestalten im trüben Licht ihrer Laternen erblickte. Sie glitten fast geräuschlos durch das Unterholz, und der erstaunte Beobachter vermeinte zu sehen, daß sie völlig unbekleidet waren. Später war er nicht mehr ganz sicher, was den Jungen anging; es war auch möglich, daß er einen ausgefransten Gürtel und ein Paar dunkle halblange oder lange Hosen getragen hatte. Wilbur wurde in der Folge niemals lebend oder bei Bewußtsein angetroffen, ohne daß sein Anzug bis zum Halse zugeknöpft war, und es versetzte ihn in Angst und Aufregung, wenn er glaubte, irgend etwas daran sei in Unordnung. In diesem Punkt unterschied er sich ganz beträchtlich von seiner schlampigen Mutter und seinem schmutzigen Großvater, wie man glaubte – bis das Grauen im Jahre 1928 eine nur zu plausible Erklärung ergab.

Der Klatsch im nächsten Januar war nur wenig daran interessiert, daß »Lavinnys schwarze Brut« nun, im Alter von nur elf Monaten, zu sprechen begonnen hatte. Seine Art zu reden war darum interessant, weil sie zum einen nicht den üblichen Akzent der Gegend hatte und zum anderen das kindliche Gestammel vermissen ließ, das man doch normalerweise bei Drei- bis Vierjährigen antrifft. Der Junge war nicht gerade redselig; wenn er jedoch sprach, so zeigte er irgendein unbestimmbares Element, das Dunwich und seinen Bewohnern völlig fremd war. Das Befremdliche lag nicht darin, was er sagte noch in den einfachen Ausdrücken, die er verwendete; schien aber mit seiner Intonation zusammenzuhängen oder mit den inneren Organen, die den gesprochenen Laut hervorbrachten. Auch sein Gesichtsausdruck war wegen seiner Reife bemerkenswert; aber obwohl er von seiner Mutter und seinem Großvater das fliehende Kinn hatte, gaben ihm seine gerade und ausgeprägte Nase zusammen mit dem Ausdruck der großen, dunklen, fast römischen Augen eine Miene von Quasi-Erwachsensein und frühreifer Klugheit. Er war jedoch trotz seiner intelligenten Züge außerordentlich häßlich; es lag etwas Bocksähnliches, auf jeden Fall Animalisches um seine wulstigen Lippen, in seiner großporigen, gelblichen Haut, dem borstigen Kräuselhaar und den seltsam lang herunterhängenden Ohren. Er wurde bald entschieden mehr gehaßt als seine Mutter und sein Großvater, und Mutmaßungen über ihn wurden mit Anspielungen auf die Zauberkünste des alten Whateley gewürzt; damit, wie die Berge einst erbebten, als er den fürchterlichen Namen *Yog-Sothoth* inmitten eines Kreises aus Steinen in die Nacht schrie, mit einem großen geöffneten Buch vor sich in den Händen. Hunde verabscheuten den Jungen, und er war gezwungen, stets auf der Hut zu sein, um sich gegen ihre kläffende Bedrohung zu verteidigen.

III

In der Zwischenzeit kaufte der alte Whateley weiterhin Vieh, ohne daß sich jedoch seine Herde sichtbar vergrößerte. Auch schlug er Holz und begann, die bisher unbenutzten Teile des Hauses zu reparieren – Räume unter dem Spitzdach, dessen hinteres Ende direkt auf den felsigen Abhang stieß, dessen drei am wenigsten zerstörten Räume zu ebener Erde bis jetzt für ihn und seine Tochter ausgereicht hatten. Erstaunliche Kraftreserven müssen in dem alten Mann gesteckt haben, die es ihm ermöglichten, so schwere Arbeit auszuführen; und obwohl er, wie immer, wirres Zeug daherredete, so zeigte doch seine Zimmerei kluge Überlegung. Er hatte schon damit begonnen, kurz nachdem Wilbur zur Welt gekommen war; damals hatte er einen der vielen Werkzeugschuppen plötzlich zusammengeflickt, mit Schindeln gedeckt und ihm ein solides, neues Aussehen gegeben. Nun, da er das vernachlässigte obere Stockwerk des Hauses in Angriff nahm, bewies er sich als nicht weniger gründlicher Handwerker. Seine Besessenheit zeigte sich, als er alle Fenster in dem verbesserungswürdigen Teil des Hauses mit Brettern vernagelte – obwohl viele erklärten, daß die ganze Renovierung überhaupt ein Wahnsinnsunternehmen sei. Weniger unerklärlich war, daß er noch einen weiteren Raum im Parterre für seinen Enkel ausbaute – dieses Zimmer sahen einige Beobachter, niemand jedoch durfte je einen Blick in das festverschlossene obere Stockwerk werfen. Diese Kammer stellte er mit hohen, schweren Regalen voll, in denen er mit der Zeit, allem Anschein nach sorgsam geordnet, die modrigen alten Bücher aufstellte, die vorher in wilder Unordnung in irgendwelchen Ecken in den verschiedenen Räumen aufgestapelt waren.

»Ich hab sie gebraucht«, murmelte er vor sich hin, als er ein zerrissenes schwarzes Blatt mit einem Brei zu kleben versuchte, den er auf dem rostigen Küchenherd angerührt hatte, »aber der Junge wird sie jetzt besser brauchen können. Er muß sie um sich haben, denn aus ihnen soll er lernen.«

Als Wilbur – im September 1914 – ein Jahr und sieben Monate alt war, waren seine Größe und seine Fähigkeiten fast alarmierend. Er war nun so groß wie normalerweise ein vierjähriges Kind, und er sprach fließend und unglaublich klug. Er trieb sich auf den Feldern und Hügeln umher und begleitete seine Mutter auf all ihren Streifzügen. Zu Hause brütete er über den merkwürdigen Bildern und Karten in den Büchern seines Großvaters, und der alte Whateley unterrichtete ihn lange, geheimnisvolle Abende hindurch. Zu dieser Zeit war die Restaurierung des Hauses abgeschlossen, und wer daran vorbeikam, sah mit Erstaunen, daß eines der oberen Fenster in eine solide Plankentür verwandelt worden war. Das Fenster lag am hintersten Ende des östlichen Giebels und führte direkt auf den Hügel; und niemand konnte sich vorstellen, wozu in aller Welt ein hölzerner Steg daran angebaut war, der zum Boden führte. Als diese Arbeit erledigt war, bemerkten die Leute, daß der alte Geräteschuppen, der seit Wilburs Geburt fest verschlossen war, wieder vernachlässigt wurde. Die Tür schwang hin und her, und als Earl Sawyer einmal aus Zufall hineingeriet – nachdem er den alten Whateley wegen eines Viehverkaufs aufgesucht hatte – war er ganz fassungslos über den Geruch, den er dort antraf – einen Gestank, so behauptete er, wie er ihn nur ein einziges Mal in seinem Leben kennengelernt hatte, und zwar in der Nähe der indianischen Kreise oben auf den Hügeln, und der nicht von dieser Welt oder von irgend etwas gesundem, heilen stammen könne. Aber schließlich haben die Häuser und Schuppen der Bewohner von Dunwich noch nie als besonders wohlriechend gegolten.

In den nächsten Monaten geschah nichts Ungewöhnliches, außer daß jeder beschwor, daß die rätselhaften Geräusche in den Bergen langsam, aber beständig zunahmen. Im Mai 1915 waren es Erschütterungen, die selbst die Bewohner in Aylesbury bemerkten, und am Abend vor Allerheiligen darauf vernahm man ein unterirdisches Grollen, das in merkwürdiger Weise mit Flammenerscheinungen – »das Treiben dieser Hexen-Whateleys« – auf dem Gipfel des Sentinel Hill parallellief. Wilbur wuchs weiterhin so ungeheuerlich, daß er zu Beginn seines vierten Jahres das Aussehen eines Zehnjährigen hatte. Er las begierig, jetzt ohne jede Hilfe; sprach aber immer weniger. Er war in Schweigen gehüllt, und zum erstenmal begannen die Leute, den dämmernden Ausdruck von Bösem in seinem bocksähnlichen Gesicht festzustellen. Zuweilen stieß er Worte in unverständlichem Kauderwelsch hervor oder sang in bizarren Rhythmen, die den Zuhörer mit unerklärlichem Grauen erfüllten. Die Abneigung der Hunde ihm gegenüber hatte so weit geführt, daß er gezwungen war, eine Pistole bei sich zu tragen, wenn er ungeschoren die Gegend durchqueren wollte. Sein gelegentlicher Gebrauch der Waffe vergrößerte nicht gerade seine Beliebtheit bei den Besitzern von Wachhunden.

Die wenigen Besucher des Hauses fanden meist Lavinia alleine im Erdgeschoß, während aus dem vernagelten ersten Stock seltsame Schreie und Fußtritte zu hören waren. Sie wollte nie verraten, was ihr Vater und der Junge dort oben eigentlich taten, und einmal wurde sie blaß und zeigte unnatürliche Angst, als ein Fischhändler aus Spaß an der verschlossenen Tür rüttelte, die zum Treppenhaus führte. Dieser Händler erzählte im Ort, er glaubte, er habe ein Pferd über der Decke trampeln gehört. Die anderen überlegten, dachten an die Tür und den hölzernen Steg und an das Vieh, das so schnell verschwand; und sie schauderten, als sie sich an Geschichten aus der Jugend des alten Whateley erinnerten und an die merkwürdigen Dinge, die aus dem Erdinneren hervorgerufen werden, wenn ein Ochse zum richtigen Zeitpunkt gewissen heidnischen Göttern geopfert wird. Seit kurzem hatte man beobachtet, daß die Hunde jetzt die ganze Whateley-Farm genauso haßten und fürchteten wie sie zuerst nur die Person des jungen Wilbur gehaßt und gefürchtet hatten.

Der Krieg im Jahre 1917 kam, und Squire Sawyer Whateley hatte Schwierigkeiten, eine Anzahl junger Burschen in Dunwich zu sammeln, die für eine militärische Ausbildung geeignet gewesen wären. Die Regierung, die über diese Dekadenz einer ganzen Region entsetzt war, entsandte etliche Offiziere und Psychologen, um den Fall näher zu untersuchen; es folgte ein Gutachten, an das sich die Leser der Neu-England-Zeitungen vielleicht noch erinnern werden. Das Aufsehen, das diese Untersuchung verursachte, führte die Reporter auf die Spur der Whateleys und veranlaßte den *Boston Globe* und den *Arkham Advertiser*, großaufgemachte Sensationsartikel über die Frühreife des jungen Wilbur zu schreiben; über die schwarze Magie des alten Whateley; über die Regale voll der seltsamen Bücher, das verriegelte Obergeschoß des Farmgebäudes und das Unheimliche der ganzen Gegend und der Geräusche in den Bergen. Wilbur war nun viereinhalb Jahre alt, sah aber aus wie ein Junge von fünfzehn.

Seine Lippen und Wangen waren von dunklem Flaum bedeckt, und er befand sich gerade im Stimmbruch. Earl Sawyer führte die Reporter und Kameraleute hinaus zur Whateley-Farm und lenkte ihre Aufmerksamkeit auf den schauerlichen Gestank, der jetzt von dem verschlossenen oberen Stockwerk herabzusickern schien. Es war derselbe Geruch, sagte er, den er in dem verlassenen Geräteschuppen festgestellt habe, und er gleiche den schwachen Dünsten, die er schon manches Mal im Bereich der Steinkreise auf den Bergen wahrgenommen habe. Die Bewohner von Dunwich lasen diese Berichte, sobald sie erschienen, und machten sich über offensichtliche Fehler lustig. Sie fragten sich auch, warum die Journalisten der Tatsache so viel Bedeutung zumaßen, daß der alte Whateley sein Vieh stets mit Goldstücken aus längst vergangenen Zeiten bezahlte. Die Whateleys hatten die Besucher mit schlechtverhohlenem Mißfallen empfangen, aber sie wollten nicht durch gewaltsamen Widerstand oder Weigerung zu reden noch mehr das Interesse der Öffentlichkeit auf sich lenken.

IV

Für die nächsten zehn Jahre versinkt die Geschichte der Whateleys im täglichen Leben einer morbiden Gemeinde, die sich mit ihrer sonderbaren Lebensweise und ihren Orgien in Mainächten und zu Allerheiligen abgefunden hatte. Zweimal im Jahr pflegten sie große Feuer auf dem Gipfel von Sentinel Hill anzuzünden, wobei das dumpfe Grollen in den Bergen mit immer größerer Gewalt wiederkehrte; und das ganze Jahr hindurch geschah Merkwürdiges und Unheilvolles auf der einsamen Farm. Im Lauf der Zeit erklärten Beobachter, sie hörten selbst dann Laute aus dem verschlossenen oberen Stockwerk, wenn die ganze Familie sich unten aufhielt, und man wunderte sich, wie schnell eine Kuh oder ein Ochse für gewöhnlich geopfert wurde. Man sprach schon davon, bei der »Gesellschaft zur Verhütung von Grausamkeiten an Tieren« Beschwerde einzureichen; aber daraus wurde nichts, weil die Bewohner von Dunwich noch nie besonders darauf aus waren, die Aufmerksamkeit der Außenwelt auf sich zu lenken.

Ungefähr im Jahre 1923, als Wilbur ein Junge von zehn Jahren war, dessen Intelligenz, Stimme, Statur und Bartwuchs alle Anzeichen von Reife zeigten, mußte das alte Farmgebäude einen zweiten Angriff von Restaurierung über sich ergehen lassen. Diesmal ging es um das Innere des festverriegelten ersten Geschosses, und aus den Holzteilen, die herumlagen, schloß man, daß der Junge und sein Großvater alle Zwischenwände und sogar den Boden zum Dach herausgenommen und so einen riesigen Raum zwischen dem Erdgeschoß und dem Spitzdach geschaffen hatten. Sie hatten selbst den großen Kamin entfernt und statt dessen ein dürftiges eisernes Herdrohr an der Außenseite angebracht.

Im Frühling nach diesem Ereignis bemerkte der alte Whateley die zunehmende Zahl der Ziegenmelker, die aus der Cold-Spring-Schlucht kamen, um Abend für Abend vor seinem Fenster zu schreien. Er schien dem große Bedeutung zuzumessen und sagte den herumlungernden Dorfbewohnern vor Osborns, daß er glaube, seine Zeit sei gekommen.

»Sie schrein jetzt im Takt mit meinem Atem«, sagte er, »und ich wette, sie lauern bloß drauf, sich meine

Seele zu schnappen. Sie wissen, daß ich bald dran bin, und sie wollen sie sich nicht entwischen lassen. Ihr wißt schon, Jungs, wenn ich nicht mehr da bin, ob sie sie gekriegt haben oder nicht. Wenn ja, dann singen sie und lachen sich eins bis zum Morgen. Wenn nicht, dann werden sie ganz still. Oh ja, ich glaube schon, daß sie und die Seelen, denen sie nachjagen, manchmal ganz schön harte Kämpfe austragen.«

Am 1. August 1924 in der Nacht wurde Dr. Houghton aus Aylesbury von Wilbur Whateley dringend verlangt, der mit seinem letzten Pferd durch die Dunkelheit galoppiert war und ihn von Osborns Store aus angerufen hatte.

Der Arzt fand den Zustand des alten Whateley sehr bedenklich; ein unregelmäßiger Herzschlag und sein rasselnder Atem deuteten auf ein nahes Ende hin. Die mißgestaltete Albinotochter und der seltsam behaarte Enkel standen an seinem Bett, während über ihren Köpfen aus der leeren Halle ein beunruhigendes gleichmäßiges Schleifen oder Schwingen zu hören war, als ob Wellen an einen Strand schlügen. Dem Doktor grauste jedoch noch mehr vor den schreienden Nachtvögeln draußen; anscheinend ein unendliches Heer von Ziegenmelkern, die unablässig ihre endlose Botschaft wiederholten, wobei sie in teuflischer Weise mit dem keuchenden Atem des Sterbenden Takt hielten. Es war unheimlich und unnatürlich, dachte Dr. Houghton, wie dieses ganze Gebiet, das er nur widerstrebend betreten hatte, da er so dringend gerufen worden war.

Gegen ein Uhr erlangte der alte Whateley das Bewußtsein wieder, und zwischen sein Keuchen mischten sich mühsam hervorgestoßene Worte an seinen Enkel.

»Mehr Platz, Willy, bald noch mehr Platz. Du wächst
– und *das* wächst schneller. Es wird dich bald retten
können, mein Junge. Öffne Yog-Sothoth mit dem langen Gesang von Seite 751 die Tore, du findest ihn in
der vollständigen Ausgabe, und steck dann das Gefängnis an. Kein Feuer aus dem Diesseits kann ihm jetzt
noch schaden.«

Offensichtlich hatte er vollständig den Verstand verloren. Nach einer Pause, während der die Ziegenmelker draußen ihre Schreie dem geänderten Rhythmus anglichen und Andeutungen von fernen Geräuschen aus den Bergen herüberdrangen, fügte er einen
oder zwei Sätze hinzu.

»Gib ihm regelmäßig zu essen, Willy, aber paß auf,
wieviel; laß es nicht zu groß werden; denn wenn es
rausbricht, bevor du Yog-Sothoth aufgemacht hast,
war alles umsonst. Nur sie von drüben können machen,
daß es sich vermehrt und daß alles klappt ... Nur sie,
die *Alten*, die darauf warten, wiederzukommen ...«

Aber wieder löste Keuchen seine Worte ab, und Lavinia stieß einen Schrei aus, als die Ziegenmelker den
Wechsel mitmachten. Eine Stunde lang veränderte sich
nichts, dann kam der letzte rasselnde Atemzug. Dr.
Houghton zog schrumpfige Lider über die glasigen
grauen Augen, als das Lärmen der Vögel unmerklich in
Schweigen erstarb. Lavinia schluchzte, aber Wilbur
kicherte bloß, während die Berge in der Ferne schwach
grollten.

»Sie haben ihn nicht gekriegt«, stieß er mit seiner rau-
hen tiefen Stimme hervor.

Wilbur war zu dieser Zeit ein Schüler von erstaunlicher, allerdings absolut einseitiger Bildung; und er
war durch seinen Briefwechsel vielen Buchhändlern

an fernen Orten bekannt, wo seltene und verbotene Bücher aus alten Tagen aufbewahrt werden. Immer mehr wurde er in der Umgebung von Dunwich gehaßt und gefürchtet; man hatte ihn in Verdacht, daß er etwas mit dem Verschwinden mehrerer Jugendlicher zu tun habe, er aber konnte stets alle Untersuchungen zum Schweigen bringen, sei es durch die Furcht, die er verbreitete, sei es, daß er Gebrauch von den antiken Goldstücken machte, die wie zu Zeiten seines Großvaters trotz der Viehkäufe nie ausgingen. Er hatte nun ein erschreckend reifes Aussehen und sein Körper schien, da er die Größe eines normalen Erwachsenen besaß, noch über dieses Maß hinauswachsen zu wollen. Im Jahre 1925, als ein mit ihm korrespondierender Student der Miscatonic University ihn einmal aufsuchte und bleich und verwirrt wieder abreiste, war er ganze sechs dreiviertel Fuß groß.

All die Jahre hindurch hatte Wilbur seine verwachsene Albinomutter mit zunehmender Verachtung behandelt, verbot ihr, ihn in der Mainacht und zu Allerheiligen in die Berge zu begleiten; und im Jahre 1926 gestand das arme Geschöpf Mamie Bishop, sie habe Angst vor ihm.

»Mit ihm ist mehr als ich dir sagen kann, Mamie«, meinte sie, »und heute komm ich selbst nicht mehr mit. Ich schwör bei Gott, ich weiß nicht, was er will oder worauf er aus ist.«

An diesem Abend vor Allerheiligen waren die Geräusche in den Bergen lauter als je zuvor, und das Feuer brannte wie jedes Jahr auf Sentinel Hill; aber die Leute achteten mehr auf das rhythmische Schreien der von der Nacht überraschten Ziegenmelker, die sich um die unbeleuchtete Whateley-Farm gesammelt zu haben schienen. Nach Mitternacht gingen ihre schrillen Laute in ein pandämonisches Gelächter über, das die ganze Gegend erfüllte, und erst gegen Morgen beruhigten sie sich. Dann verschwanden sie, flogen südwärts und wurden für einen ganzen Monat nicht gehört. Was das zu bedeuten hatte, wußte man erst einige Zeit später. Niemand von den Landbewohnern schien gestorben zu sein – aber die arme Lavinia, der mißgestaltete Albino, wurde niemals wiedergesehen.

Im Sommer 1927 reparierte Wilbur zwei Schuppen auf dem Hof und schaffte alle seine Bücher und seine Sachen hinüber. Kurz danach erzählte Earl Sawyer bei Osborns, daß schon wieder in der Whateley-Farm gezimmert werde. Wilbur vernagelte alle Türen und Fenster im Erdgeschoß und schien die Zwischenwände herauszunehmen, wie er und sein Großvater es schon vier Jahre zuvor im oberen Stockwerk getan hatten. Er lebte nun in einem der Schuppen, und Sawyer hielt ihn für ungewöhnlich bedrückt und nervös. Die Leute glaubten fest, er wisse etwas über das Verschwinden seiner Mutter, und sie mieden ihn, wo sie nur konnten. Er war jetzt über sieben Fuß groß, und nichts deutete darauf hin, daß sein Wachstum abgeschlossen sei.

V

Im nächsten Winter verließ Wilbur zum erstenmal die Gegend von Dunwich. Seine Korrespondenz mit der Widener Library in Harvard, der Bibliotheque Nationale in Paris, der Universität von Buenos Aires und der Bibliothek der Miscatonic University in Arkham war unbefriedigend verlaufen; es gelang ihm nicht, das Buch zu bekommen, das er so verzweifelt suchte. So machte er sich schließlich persönlich auf den Weg, abgerissen, schmutzig, bärtig und einen seltsamen Dialekt sprechend, um in eine Ausgabe in Miscatonic Einblick zu erhalten, das von ihm aus am wenigsten weit entfernt war. Fast acht Fuß groß, mit einem neuen billigen Handkoffer aus Osborns Store erschien diese dunkle bocksähnliche Chimäre eines Tages in Arkham und verlangte den schaudervollen Band, der in der College-Bibliothek hinter Schloß und Riegel aufbewahrt wurde – das grauenhafte *Necronomicon* des wahnsinnigen Arabers Abdul Alhazred in Olaus Wormius' lateinischer Ausgabe, die im siebzehnten Jahrhundert in Spanien gedruckt worden war. Er hatte nie zuvor eine Großstadt gesehen, fand aber sicher zum Universitätsgelände; hier ging er tatsächlich achtlos an dem großen scharfzähnigen Wachhund vorbei, der mit unnatürlicher Wut hinter ihm her bellte und wie wild an seiner Kette zerrte.

Wilbur hatte die unschätzbare, aber nicht vollständige Ausgabe von Dr. Dees englischer Version bei sich, die sein Großvater ihm hinterlassen hatte, und er hielt kaum die lateinische Kopie in seinen Händen, als er auch schon die beiden Texte verglich, um eine gewisse Passage zu entdecken, die in seinem eigenen unvollständigen Band auf Seite 751 hätte stehen müssen. So viel konnte er sich nicht enthalten, dem Bibliotheksleiter zu erzählen – eben demselben Gelehrten Henry Armitage (A. M. Miscatonic, Ph. D. Princeton, Litt. D. John Hopkins), der früher auf der Farm gewesen war und der ihn nun mit Fragen bedrängte. Er suche, gestand Wilbur, nach einer Art Formel oder Beschwörung, die den unheilvollen Namen *Yog-Sothoth* betreffe, und er sei verwirrt durch die Diskrepanzen und Zweideutigkeiten, die ihm die Suche alles andere als leicht machten. Als er die Beschwörungsformel abschrieb, die er schließlich wählte, warf Dr. Armitage unfreiwillig einen Blick über seine Schulter auf die offenen Seiten, die so furchtbare Bedrohungen auf den Frieden und die Gesundheit unserer Welt enthielten.

Man glaube auch nur nicht, (so hieß es im Text, den Armitage für sich aus dem Lateinischen übersetzte) der Mensch sei der älteste oder der letzte der Weltbeherrscher, oder Leben und Substanz könnten aus sich heraus bestehen. Die *Alten* waren, die *Alten* sind und die *Alten* werden sein. Nicht in den Räumen, die uns bekannt sind, sondern *zwischen* ihnen gehen sie gelassen und unbeirrt umher, ohne Dimension und für unsere Augen unsichtbar. *Yog-Sothoth* kennt das Tor. *Yog-Sothoth* ist das Tor. *Yog-Sothoth* ist Schlüssel und Wächter des Tores. Vergangenheit, Gegenwart, Zukunft, alles ist *Yog-Sothoth.* Er weiß, so einst die *Alten* herausbrachen und wo *Sie* wieder herausbrechen werden. Er weiß, wo *Sie* die Felder der Erde beschritten haben, wo *Sie* sie noch heute beschreiten und warum niemand ihre Schritte wahrnehmen kann. An ihrem Geruch kann der Mensch *Sie* zuweilen um sich wissen, aber *Ihr* Aussehen kann kein Mensch kennen, *nur in den Zügen derer, die Sie auf Erden gezeugt haben;* diese besitzen mannigfache Gestalt vom Ebenbild des Menschen bis zu jener unsichtbaren Masse ohne Anblick und ohne Substanz, die *Sie* ist. Unsichtbar und üble Gerüche verbreitend wandern *Sie* an verlassenen Orten umher, wo die *Worte* ausgesprochen und die *Riten* in *Ihre* Zeiten herübergerufen wurden. Der Wind heult mit *Ihren* Stimmen, und die Erde grollt durch *Ihr* Bewußtsein.

Sie beugen Wälder und zermalmen Städte, wenn auch weder Wald noch Stadt die Hand wahrnimmt, die zuschlägt. Kadath in der kalten Einöde hat *Sie* gekannt, und welcher Mensch kennt Kadath? Die Eiswüsten im Süden und die versunkenen Inseln des Ozeans besitzen Steine, in die *Ihr* Siegel eingegraben ist, wer aber hat je die tiefe eisige Stadt oder den versiegelten Turm erblickt, der mit Seetang und Entenmuscheln geschmückt ist? Der *Große Cthulu* ist *Ihr* Vetter, doch kann er *Sie* nur schemenhaft erkennen. *Iä! Shub-Niggurath!* An ihrem Geruch sollt ihr *Sie* erkennen. *Ihre* Hand ist an eurer Kehle, und doch seht ihr *Sie* nicht; und *Ihre* Wohnung ist selbst hinter eurer behüteten Türschwelle. *Yog-Sothoth* ist der Schlüssel zu dem Tor, an dem sich die beiden Sphären begegnen. Der Mensch herrscht nun, wo *Sie* einst herrschten; *Sie* werden bald herrschen, wo der Mensch jetzt herrscht. Auf den Sommer folgt der Winter, und auf den Winter der Sommer. *Sie* warten geduldig und stark, denn hier sollen *Sie* wieder herrschen.

Dr. Armitage, der sich beim Lesen an das erinnerte, was er über Dunwich und seine brütenden geheimnisvollen Wesen, über Wilbur Whateley und seine dunkle, schauerliche Aura gehört hatte, die sich, bei einer rätselhaften Geburt angefangen, bis zu einem Gerücht möglichen Muttermordes verdichtete, fühlte, wie eine Woge von Furcht ihn wie ein Luftzug aus der klammen Kälte eines Grabes erfaßte. Der gebeugte, bocksgesichtige Riese vor ihm schien wie das Gezücht eines anderen Planeten oder einer anderen Dimension; wie etwas, das nur zum Teil der Menschheit angehört und mit schwarzen Abgründen eines Daseins verbunden ist, das titanischen Trugbildern gleich über alle Sphären von Kraft und Materie, Raum und Zeit hinausreicht. Da hob Wilbur den Kopf und begann in dieser seltsam resonanten Art zu sprechen, die auf einen besonderen widernatürlichen Bau seiner Stimmbänder schließen ließ.

»Mr. Armitage«, sagte er, »ich glaube, ich muß das Buch mit nach Hause nehmen. Da stehen Dinge drin, die ich unter bestimmten Bedingungen ausprobieren muß, die ich hier nicht habe, und es wäre ein verdammtes Verbrechen, wenn Sie sich an die pedantische Vorschrift halten. Lassen Sie es mich mitnehmen, Sir, und ich schwöre Ihnen, niemand wird es merken. Ich brauche Ihnen nicht zu sagen, daß ich gut drauf aufpassen werde. Meine Dee-Ausgabe ist nicht durch meine Schuld so ramponiert.«

Er unterbrach sich, als er die entschiedene Ablehnung auf dem Gesicht des Bibliothekars sah, und seine ziegenähnlichen Züge nahmen einen listigen Ausdruck an. Armitage, der eben im Begriff war, ihm anzubieten, er könne doch die Passagen herausschreiben, die er benötige, dachte plötzlich an die möglichen Konsequenzen und hielt sich zurück. Die Verantwortung war einfach zu groß, einer derartigen Kreatur den Schlüssel zu so blasphemischen äußeren Sphären zu übergeben. Whateley sah, was in dem anderen vorging, und er versuchte, leichthin zu antworten.

»Naja, schön, wenn Sie meinen. Harvard stellt sich vielleicht nicht so an wie Sie.« Und ohne ein weiteres Wort erhob er sich und verließ mit großen Schritten das Gebäude, wobei er in jeder Tür den Kopf einziehen mußte.

Armitage hörte das wilde Bellen des großen Wachhundes und verfolgte Whateleys gorillaähnlichen Gang, als er den Teil des Hofes überquerte, den er von seinem Fenster aus sehen konnte. Er dachte an die phantastischen Geschichten, die er gehört hatte, und erinnerte sich an die alten Sensationsartikel im *Advertiser*; daran und an die alte Sage, die er während seines Besuches in Dunwich bei Bauern und Dorfbewohnern gehört hatte. Unsichtbare Dinge, die nicht von dieser Welt waren, – zumindest nicht von unserer dreidimensionalen Welt – überfluteten übelriechend und schaurig Neu-Englands Täler und brüteten in widerlichen Haufen auf den Gipfeln der Berge. Geahnt hatte er es schon längst. Nun schien er dicht vor der nahen Gegenwart eines schrecklichen hereinbrechenden Grauens zu sein und einen Blick auf ein höllisches Vorrücken der schwärzesten Herrschaftsbereiche uralter Nachtmahre zu werfen. Er schloß das *Necronomicon* mit einem Gefühl des Ekels weg. Der Raum war von einem unheiligen und undefinierbaren Gestank erfüllt. »An ihrem Geruch sollt ihr sie erkennen!« zitierte er. Ja – der Geruch war der gleiche, der ihm schon vor etwas weniger als drei Jahren auf der Whateley-Farm übelwerden ließ. Noch einmal dachte er an Wilbur, den bocksgestaltigen, rätselhaften, und lachte voller Hohn über die Dorfgerüchte um seine Abstammung.

»Inzucht?« murmelte er halblaut vor sich hin. »Großer Gott, was für Dummköpfe! Zeige ihnen Arthur Machens *Großen Gott Pan,* und sie werden es für einen gewöhnlichen Dunwich-Skandal halten! Aber was für ein Ding – was für eine verfluchte Einwirkung auf oder außerhalb dieser dreidimensionalen Erde – war Wilbur Whateleys Vater? Zu Lichtmeß geboren – neun Monate nach der Mainacht im Jahre 1912, als das

Gerede über die merkwürdigen Geräusche in der Erde bis Arkham gelangte – was ging in dieser Mainacht auf den Bergen umher? Welches Roodmas-Grauen wurde in halbmenschlichem Fleisch und Blut auf die Welt losgelassen?

Während der folgenden Wochen machte sich Dr. Armitage daran, alle möglichen Tatsachen über Wilbur Whateley und die gestaltlosen Erscheinungen um Dunwich zu sammeln. Er setzte sich mit Dr. Houghton aus Aylesbury in Verbindung, der dem alten Whateley in seinen letzten Stunden beigestanden war; und die letzten Worte des Alten, die der Arzt ihm zitierte, gaben ihm viel zu denken. Ein Besuch in Dunwich war enttäuschend; er konnte nicht viel Neues erfahren. Aber eine genauere Betrachtung der Kapitel des *Necronomicon,* in denen Wilbur so gierig gesucht hatte, schienen neue und schreckliche Hinweise auf Natur, Methoden und Verlangen der üblen Mächte zu geben, die so nebelhaft diesen Planeten bedrohten. Gespräche mit einigen Studenten der Urgeschichte in Boston und Briefe an alle möglichen Stellen ließen in ihm ein Erstaunen wachsen, das sich durch alle Grade der Bestürzung zu äußerster seelischer Furcht steigerte. Als der Sommer weiter vorschritt, fühlte er dunkel, daß wirklich etwas getan werden müsse, was den lauernden Terror im oberen Miscatonic-Tal und dieses Monstrum anging, das der menschlichen Welt als Wilbur Whateley bekannt war.

VI

Das Grauen von Dunwich trat in der Zeit zwischen dem ersten August und der Tag- und Nachtgleiche des

Jahres 1928 auf, und Dr. Armitage war einer von denen, die das furchtbare Vorspiel bezeugen konnten. Er hatte in der Zwischenzeit von Whateleys grotesker Reise nach Cambridge gehört und von seinen wahnsinnigen Anstrengungen, das *Necronomicon* aus der Widener Library zu entleihen oder wenigstens Teile daraus abzuschreiben. Diese Bemühungen waren vergeblich, da Armitage alle Bibliothekare, die den schauerlichen Band besaßen, mit äußerster Eindringlichkeit gewarnt hatte. Wilbur hatte sich in Cambridge entsetzlich nervös gezeigt; begierig auf das Buch, doch fast in gleicher Weise unruhig, wieder nach Hause zu reisen, so als fürchte er irgendwelche Konsequenzen, wenn er zu lange abwesend war.

Zu Anfang des Monats trat ein, was Armitage halb erwartet hatte; in den frühen Morgenstunden des 3. August wurde er plötzlich durch das wilde, grimmige Bellen des wütenden Wachhundes auf dem College-Hof geweckt. Tiefes, furchtbares, halbwahnsinniges Grollen und Knurren folgte darauf; es steigerte sich, aber mit gräßlich bedeutungsvollen Pausen dazwischen. Dann erscholl ein Schrei aus einem ganz anderen Rachen – ein Schrei, der fast alle Schläfer in Arkham aufstörte und noch Wochen danach ihre Träume heimsuchte; ein solcher Schrei, der nicht von einem Lebewesen dieser Erde, überhaupt nicht von dieser Erde stammen konnte.

Armitage, der sich hastig etwas überwarf und über die Straße und den Rasen zum College-Gebäude hinübereilte, sah, daß andere noch vor ihm da waren; und er hörte die Alarmglocke in der Bibliothek schrillen und bemerkte ein offenes Fenster schwarz und gähnend im Mondlicht. *Was* es auch war, es hatte sich jedenfalls

Eintritt verschafft; denn das Bellen und Kläffen, das nun in ein schwaches Knurren und Stöhnen überging, kam zweifellos von drinnen. Irgendein Instinkt warnte Armitage, daß das, was hier vor sich ging, nichts für unvorbereitete Augen war, und er schob autoritär die Menge zurück, als er die Tür zur Vorhalle aufschloß. Er entdeckte Prof. Warren Rice und Dr. Francis Morgan, denen er beiden von seinen Vermutungen und bösen Ahnungen erzählt hatte; ihnen winkte er, ihm zu folgen. Die Laute da drinnen waren bis auf ein monotones Jaulen des Hundes fast gänzlich verstummt; aber Armitage nahm nun mit plötzlichem Stutzen den lauten Chor der Ziegenmelker im Gebüsch wahr, deren abscheuliches rhythmisches Kreischen wie im Gleichklang mit den letzten Atemzügen eines Sterbenden ertönte.

Das Gebäude war von einem fürchterlichen Gestank erfüllt, den Dr. Armitage nur zu gut kannte, und die drei Männer eilten durch die Halle auf den kleinen Lesesaal zu, aus dem das Jaulen kam. Für eine Sekunde wagte niemand, das Licht anzuknipsen; dann raffte Armitage seinen ganzen Mut zusammen und griff nach dem Schalter. Einer der drei – wer, ist nicht gewiß – schrie laut auf vor dem, was sich da zwischen umgestoßenen Tischen und Stühlen vor ihnen ausbreitete. Prof. Rice erklärt, daß er für einen Augenblick ganz das Bewußtsein verlor, obwohl er weder taumelte noch stürzte.

Das Ding, das gekrümmt in einer übelriechenden Lache grünlich-gelben Bluts und teeriger Ekligkeit lag, war fast neun Fuß groß; der Hund hatte ihm alle Kleider und Teile der Haut heruntergerissen. Es war nicht tot, sondern zuckte schweigend und in Krämpfen, während seine Brust sich in schauerlichem Einklang mit den wahnsinnigen Schreien der wartenden Ziegenmelker draußen senkte und hob. Teile von Schuhleder und von Kleidung waren im ganzen Raum verstreut, und direkt unter dem Fenster lag ein leerer Segeltuchsack, der offensichtlich dort fallengelassen worden war. Neben dem Tisch in der Mitte lag ein Revolver, der nicht abgefeuert worden war, auf dem Boden. Das Ding selbst jedoch verdrängte im Augenblick alle anderen Bilder. Es wäre übertrieben und nicht ganz richtig, wollte man sagen, daß keine menschliche Feder es beschreiben könne; aber man kann guten Gewissens behaupten, daß derjenige sich kein lebendiges Bild davon machen kann, dessen Begriffe von Aussehen und Kontur zu eng mit den herkömmlichen Lebensformen dieses Planeten und der drei uns bekannten Dimensionen verknüpft sind. Es war ohne jeden Zweifel zum Teil menschlich, mit den Händen und dem Kopf eines Mannes, und das bocksähnliche, kinnlose Gesicht trug den Stempel der Whateleys. Aber der Rumpf und die unteren Teile des Körpers waren so ungeheuerlich mißgebildet, daß nur reichliche Kleidung ihm ermöglicht haben konnte, ungeschoren auf dieser Erde zu existieren.

Oberhalb der Taille war es halb-menschlich; obwohl seine Brust, auf der noch immer die aufgerissenen Klauen des Hundes wachsam ruhten, die lederähnliche, netzartige Haut eines Krokodils oder Alligators besaß. Der Rücken war gelb und schwarz gescheckt und erinnerte schwach an gewisse schuppige Schlangen. Unterhalb der Gürtellinie wurde es jedoch ganz grauenhaft; hier endete jede menschliche Verwandtschaft. Die Haut war dicht von zottigem schwarzem Fell bedeckt, und aus dem Unterleib hingen schlaff unzählige grünlichgraue Tentakeln mit roten schmatzenden Mündern. Sie waren seltsam angeordnet und schienen den Gesetzen einer kosmischen Geometrie zu folgen, die auf der Erde oder im Sonnensystem unbekannt ist. Auf jedem der Hüftknochen saß in einer mit Wimpernhärchen besetzten Höhle so etwas wie ein rudimentäres Auge, während anstelle eines Schwanzes eine Art Rüssel oder Fühler mit blutroten Ringmarkierungen herabhing, mit allen Anzeichen eines unterentwickelten Mundes oder Halses. Die Glieder ähnelten, abgesehen von ihrer schwarzen Behaarung, im groben den Hinterpranken prähistorischer Riesensaurier und endeten in furchigen dickadrigen Pfoten, die weder Hufe noch Klauen waren. Wenn das Ding atmete, wechselten der Schwanz und die Tentakeln rhythmisch ihre Farbe, was im Nicht-Menschlichen der gründlichen Tönung des Blutes begründet lag; während das Gelbliche des Schwanzes sich mit einem blassen Grau-Weiß in den Zwischenräumen der roten Kerben ablöste. Wirkliches Blut war nichts von allem; nur eine stinkende grünlich-gelbe Flüssigkeit, die klebrig auf den gestrichenen Boden tropfte und ihn seltsam entfärbte.

Als die Gegenwart der drei Männer das sterbende Ding aufstörte, begann es zu murmeln, ohne den Kopf zu wenden oder zu heben. Dr. Armitage schrieb nicht mit, was es sagte, versichert aber glaubhaft, es sei nichts Englisches gewesen. Anfangs schienen die Silben fern von jeder Verwandtschaft mit irgendeiner Sprache der Erde, gegen Ende aber verstand man unzusammenhängende Fetzen, die offensichtlich aus dem *Necronomicon* stammten; dieser monströsen Blasphemie, auf deren Suche das Ding verendet war. Diese Fragmente, soweit Armitage sich erinnert, hießen etwa folgendermaßen: »*N'gai, n'ha'ghaa, bugg-shoggog, y'hah; Yog-Sothoth, Yog-Sothoth ...*« Sie endeten im Nichts, als die Ziegenmelker in rhythmischem Crescendo unheiliger Vorwegnahme kreischten.

Dann brach das Keuchen ab, und der Hund hob seinen Kopf in einem langgezogenen, traurigen Jaulen. Eine Veränderung ging mit dem gelben Bocksgesicht des gebrochenen Dings vor, die großen schwarzen Augen fielen in schrecklicher Weise ein. Vor dem Fenster waren die Schreie der Ziegenmelker plötzlich erstorben, und durch das Murmeln der wartenden Menge drang panisches Flattern und Flügelschlagen. Gegen das Mondlicht zeichneten sich große Wolken dieser Vögel ab, die vor dem, was sie sich als Beute erhofft hatten, in Todesfurcht flohen.

Plötzlich sprang der Hund mit einem Satz auf, gab ein erschrecktes Bellen von sich und stürzte durch das Fenster, durch das er hereingekommen war. Ein Schrei erhob sich aus der Menge, und Dr. Armitage rief den Männern zu, daß bis zum Eintreffen der Polizei oder eines Arztes niemand eingelassen werden dürfe. Er war erleichtert, daß die Fenster zu hoch waren, als daß man von draußen hätte hereinsehen können, und zog sorgfältig die Vorhänge zu. In der Zwischenzeit waren zwei Polizisten erschienen; und Dr. Morgan, der ihnen in der Vorhalle entgegenkam, bat sie dringend in ihrem eigenen Interesse, so lange nicht den gestankerfüllten Lesesaal zu betreten, bis der Arzt kam und das ausgestreckte Ding zugedeckt werden konnte.

Währenddessen gingen grauenvolle Veränderungen auf dem Boden vor sich. Es ist an dieser Stelle überflüssig zu beschreiben, in welchem *Maß* und *Verhältnis* das Ding vor den Augen von Dr. Armitage und Prof. Rice schrumpfte und sich auflöste; aber so viel sei gesagt, daß, von der äußeren Gestalt von Gesicht und Händen abgesehen, das menschliche Element in Wilbur Whateley tatsächlich sehr gering gewesen sein muß.

Als der Arzt kam, war bloß noch eine ekle weiße Masse am Boden, und der monströse Geruch hatte sich fast ganz verflüchtigt. Anscheinend hatte Whateley weder eine Schädeldecke noch ein Skelett besessen; zumindest nicht im wahren und unveränderlichen Sinn. Er war mehr seinem unbekannten Vater nachgeraten.

VII

Doch war all das nur der Prolog zu dem Grauen von Dunwich. Die Formalitäten wurden von verwirrten Beamten erledigt, abnorme Details wurden streng vor Presse und Öffentlichkeit geheimgehalten, und man entsandte Männer nach Dunwich und Aylesbury, die nach seinem Besitz sehen und etwaige Erben des verstorbenen Wilbur Whateley feststellen sollten. Sie trafen die Gegend in großer Aufregung an, zum einen wegen des zunehmenden Rumorens in den kuppelartigen Bergen, zum anderen wegen des ungewöhnlichen Gestanks und den schwingenden, schleifenden Lauten, die ohne Ende aus dem großen leeren Gehäuse drangen, Whateleys vernageltem Farmgebäude. Earl Sawyer, der während Wilburs Abwesenheit nach dem Pferd und dem Vieh gesehen hatte, war von einer bedauerlich ernsten Nervenkrisis befallen. Die Beamten ersannen alle möglichen Entschuldigungen, um nicht diesen geräuschvollen verriegelten Ort betreten zu müssen; und sie waren erleichtert, als sie die Untersuchung der Wohnräume des Verstorbenen, der reparierten Schuppen, auf einen einzigen Besuch beschränken konnten. Sie schickten einen schwerfälligen Bericht an den Gerichtshof in Aylesbury, und noch heute werden im oberen Miscatonictal zwischen den zahllosen Whateleys, den Dekadenten wie den Nichtdekadenten, Prozesse um die Erbschaft geführt.

Ein fast endloses Manuskript in seltsamen Zeichen, das in ein großes Hauptbuch geschrieben war und wegen der Zwischenräume und der verschiedenartigen Tinten und Schrift auf etwas wie ein Tagebuch schließen ließ, stellte für die, die es auf dem Schreibtisch fanden, ein verwirrendes Rätsel dar. Nach einer Woche sandte man es gemeinsam mit der Sammlung der merkwürdigen Bücher an die Miscatonic University, um es untersuchen und nach Möglichkeit übersetzen zu lassen; aber selbst die besten Linguisten sahen bald, daß es kein Leichtes sein würde, es zu entschlüsseln. Von dem alten Gold, mit dem Wilbur und der alte Whateley regelmäßig ihre Schulden bezahlt hatten, ist noch immer keine Spur entdeckt worden.

Am Abend des 9. Septembers brach das Grauen los. Die Geräusche in den Bergen waren ganz deutlich zu hören, und die Hunde bellten die Nacht durch wie toll. Frühaufsteher nahmen am 10. einen ganz speziellen Gestank in der Luft wahr. Gegen sieben Uhr wetzte Luther Brown, George Coreys gemieteter Viehbursche, wie vom Teufel gehetzt von der Ten-Acre-Wiese weg, wo er die Kühe gehütet hatte. Er war von Furcht verzerrt, als er in die Küche stolperte; und im Hof draußen brüllte und muhte die um nichts weniger erschreckte Herde erbärmlich, die dem Jungen in Panik gefolgt war. Unter Keuchen und Stammeln versuchte Luther seine Geschichte Mrs. Corey beizubringen.

»Da oben auf der Straße hinter dem Tal – da ist was gewesen, Mrs. Corey. Es riecht wie Schwefel, und die ganzen kleinen Bäume und Büsche sind zur Seite gedrückt, wie wenn dort ein Haus entlanggerutscht wäre. Aber das ist lang nicht das Schlimmste. Da sind Abdrücke auf dem Weg, Mrs. Corey – große runde Abdrücke, wie von Fässern, alle eingedrückt wie die Spuren von einem Elefanten – nur viel mehr, als ein Tier mit vier Füßen hinterlassen haben könnte! – Ich sah eine oder zwei, bevor ich wegrannte, und jede war von Linien bedeckt, die alle von einem Punkt ausgingen, wie wenn Fächer aus Palmblättern – aber zwei- oder dreimal so groß – in den Weg gedrückt worden wären. Und der Gestank war fürchterlich, wie auf der Farm vom Hexenwhateley ...«

Hier stockte er und schien aufs Neue unter der Furcht zu erschauern, die ihn in die Flucht gejagt hatte. Mrs. Corey, die nichts mehr aus ihm herausholen konnte, begann die Nachbarn anzutelefonieren; so eröffnete sie das Vorspiel zu jener Panik, die das Grauen begleiten sollte. Als sie Sally Sawyer an den Apparat bekam, die Haushälterin von Seth Bishop, der Nachbarfarm der Whateleys, war es an ihr zuzuhören anstatt zu erzählen; denn Sallys Junge Chauncey, der einen leichten Schlaf hatte, war auf dem Hügel hinter der Whateley-Farm gewesen und war zu Tode erschreckt zurückgerannt, nachem er einen Blick auf die Weide geworfen hatte, auf der Mr. Bishops Kühe die ganze Nacht gewesen waren.

»Ja, Mrs. Corey«, kam Sallys zitternde Stimme durch den Draht, »Chauncey ist grade nach Hause gekommen und hat vor Angst kaum ein Wort herausgebracht! Er behauptet, das Haus vom alten Whateley sei auseinandergeborsten und Balken lägen rundherum, wie wenn eine Ladung Dynamit drinnen hochgegangen wäre; nur der Fußboden im Erdgeschoß sei noch ganz; der sei von so was wie Teer bedeckt, der furchtbar stinkt und von oben heruntertropft. Und im Hof sollen Spuren sein – riesig runde Spuren, größer als ein Hundekopf, und klebrig sind sie, vom selben Zeug, das auch im gesprengten Haus war. Chauncey sagt, sie führen auf die Weide, und dort sei das Gras in den Boden gestampft und die Steinmauern seien eingedrückt, wo die Spuren entlanggingen.

Und, Mrs. Corey, er sagt, daß er nach Seths Kühen sehen wollte, erschrocken, wie er war; und daß er sie auf der oberen Weide, gleich daneben, *wo der Teufel tanzt,* in einem schrecklichen Zustand gefunden habe. Die Hälfte von ihnen ist einfach verschwunden, und beinah der ganze Rest hat Wunden und Verletzungen, als sei ihnen das Blut ausgesaugt worden; genau wie das Vieh vom Whateley, seit Lavinias schwarze Brut auf die Welt gekommen war. Seth ist jetzt gerade draußen, aber ich wette, er geht nicht zu nah an die verfluchte Hexenfarm heran! Chauncey hat nicht genau gesehen, wohin die Spuren nach der Weide gehen, aber er glaubt, daß sie zur Straße durch die Schlucht zum Dorf führen.

Ich sag Ihnen, Mrs. Corey, da draußen ist etwas, das es eigentlich gar nicht geben dürfte, und, wenn Sie mich fragen, ich glaube, daß der verfluchte Wilbur Whateley, der nur das Ende gefunden hat, das er verdient hat, die Ursache dazu war. Er war ja selbst kein richtiger Mensch, das sag ich immer wieder; und ich glaub jetzt wahrhaftig, er und der alte Whateley haben in dem zugenagelten Haus etwas aufgezogen, das noch weniger menschenähnlich ist als er. Es hat schon immer um Dunwich unsichtbare Dinge gegeben – lebende Dinge –, die nicht menschlich und für den Menschen nicht gut sind.

Letzte Nacht hat es wieder in den Hügeln rumort, und Chauncey konnte gar nicht schlafen, so laut haben die Ziegenmelker geschrien. Dann glaubte er, er höre ein entferntes Geräusch, aus der Richtung der Hexen-whateleys – ein Splittern und Krachen von Holz, als würde dort eine große Kiste geöffnet. Das war's, und er konnte die ganze Nacht nicht schlafen; und kaum war er heute morgen auf, hat er sich gleich auf den Weg zur Whateley-Farm gemacht, um zu sehen, was da los war. Er hat genug gesehen, das sage ich Ihnen, Mrs. Corey! Das bedeutet nichts Gutes, und ich finde, unsere Männer sollten sich zusammentun und etwas unternehmen. Ich bin sicher, daß etwas Schreckliches dort lauert – Gott allein weiß, was es sein mag – und daß meine Zeit gekommen ist!

Hat Ihr Luther bemerkt, wohin die Spuren führen? Nein? Wenn sie auf der Straße zur Schlucht waren und noch nicht bei Ihnen sind, Mrs. Corey, dann wette ich, daß sie in die Schlucht selbst hineingehen. Ja, das glaube ich bestimmt; ich sag ja immer, daß es in der Cold-Spring-Schlucht nicht mit rechten Dingen zugeht. Die Ziegenmelker und die Feuerfliegen kommen mir nicht so vor, als wären sie von Gott geschaffen, und man munkelt, man könne seltsames Umherhuschen und Murmeln in der Luft hören, wenn man an der richtigen Stelle zwischen dem Felsabhang und Bears Den steht.«

Bis Mittag waren drei Viertel der Männer und Burschen von Dunwich auf den Wiesen zwischen der Whateley-Farm und der Schlucht versammelt und betrachteten voller Grauen die monströsen Abdrücke, das verstümmelte Vieh, das merkwürdige ekle Wrack des Farmgebäudes und die geknickte verfilzte Vegetation auf den Feldern und an den Straßenrändern. Was immer auf die Welt losgebrochen war, es hatte sicherlich seinen Weg in die große finstere Schlucht genommen; denn auf dem Weg dahin waren die Bäume abgebrochen oder umgestürzt, und eine gewaltige Spur war in das Unterholz am Rande des Abgrunds eingedrückt. Es war, als wäre ein Haus, wie eine Lawine durch das Pflanzengewucher die fast senkrechte Böschung hinabgerutscht. Kein Laut drang von unten hoch, nur ein schwacher unbestimmbarer Gestank; und es ist nicht weiter zu verwundern, daß die Männer lieber am Rand der Schlucht haltmachten und sich berieten als hinunterstiegen und dem unbekannten zyklopischen Schrecken auf seinem Lager entgegentraten. Die drei Hunde, die die Männer begleiteten, hatten anfangs wütend gekläfft, wurden aber immer stiller, je mehr sie sich der Schlucht näherten. Irgend jemand rief die *Aylesbury Transcript* an und berichtete über die Vorfälle, aber der Herausgeber, der unglaubliche Stories aus Dunwich gewohnt war, verfaßte nur ein paar ironische Zeilen darüber; eine Notiz, die kurze Zeit später von der Associated Press übernommen wurde.

Am Abend trennten sie sich, und jeder verbarrikadierte so fest wie nur möglich sein Haus und seine Scheunen. Überflüssig zu erwähnen, daß das Vieh nicht auf den Weiden gelassen wurde. Gegen zwei Uhr morgens schreckte ein furchtbarer Gestank und das wilde Kläffen der Hunde die Bewohner von Elmer Fryes Farm auf, die am östlichen Rand der Schlucht liegt, und alle waren sich einig, draußen ein dumpfes Schwingen oder Schleifen zu vernehmen. Mrs. Frye schlug vor, die

Nachbarn anzurufen, und Elmer wollte gerade zustimmen, als das Krachen von splitterndem Holz ihre Überlegungen abschnitt. Es kam offensichtlich von der Scheune; und gleich darauf folgte ein schreckliches Muhen und Stampfen des Viehs. Die Hunde geiferten und drängten sich an die schreckensstarren Familienmitglieder. Frye zündete ganz gewohnheitsmäßig eine Laterne an, aber er wußte, daß es den Tod bedeutete, ginge er auf den dunklen Hof hinaus. Die Kinder und Frauen wimmerten leise vor sich hin; hüteten sich zu schreien aus irgendeinem dunklen Urinstinkt, der ihnen sagte, daß ihr Leben im Augenblick von Stillschweigen abhing. Schließlich ging das Schreien des Viehs in ein jämmerliches Stöhnen über, dann hörte man ein furchtbares Knacken, Knistern und Krachen. Die Fryes hockten eng aneinandergedrängt im Wohnzimmer und wagten nicht sich zu rühren, bis die letzten Echos weit hinten in der Cold-Spring-Schlucht erstarben. Dann wankte Selina Frye unter dem elenden Jammern des Viehs und den dämonischen Schreien der Ziegenmelker in der Schlucht zum Telefon und verbreitete, was sie wußte, über die zweite Phase des Schreckens.

Am nächsten Tag befand sich die ganze Gegend in Panik; und die Leute betrachteten erschreckt den Ort, wo das teuflische Ding gewütet hatte. Zwei titanische Pfade der Zerstörung erstreckten sich zwischen der Schlucht und der Frye-Farm, monströse Spuren bedeckten den nackten Erdboden, und die eine Seite der alten roten Scheune war vollkommen eingedrückt. Von dem Vieh fand man nur ein Viertel, einen Teil davon in grauenhaftem Zustand, und die Tiere, die noch lebten, mußten erschossen werden. Earl Sawyer schlug vor, um Hilfe aus Aylesbury oder Arkham zu bitten, aber die anderen hielten das für zwecklos. Der alte Zebulon Whateley, aus einer Seitenlinie, die zwischen Gesundheit und Dekadenz schwankte, machte dunkle phantastische Andeutungen über Riten, die man oben auf den Hügeln praktizieren müsse. Er kam aus einem Zweig, in dem Tradition sehr stark war, und wenn er sich an Gesänge innerhalb der großen Steinkreise erinnerte, so war das unabhängig von Wilbur und seinem Großvater.

Dunkelheit senkte sich auf das Land, und die Menschen waren zu gelähmt, um wirkliche Verteidigungsmaßnahmen zu treffen. In einigen Fällen sammelten sich verwandte Familien unter einem Dach und wachten gemeinsam im Dunkeln; aber sonst beschränkte man sich darauf, wie in der Nacht zuvor alles zu verbarrikadieren und geladene Flinten und Mistgabeln bereitzulegen, obgleich jeder wußte, wie hilflos und ohne Wirkung das sein würde. Bis auf leises Rumoren in den Hügeln, ereignete sich jedoch nichts; und als der Tag anbrach, gab es viele, die hofften, der Schrecken sei ebenso schnell wieder verschwunden wie er aufgetaucht war. Einige Beherzte machten sogar den Vorschlag, in die Schlucht hinabzusteigen, wagten dann aber nicht angesichts der widerstrebenden Majorität, das in die Tat umzusetzen.

Als der Abend wieder nahte, verbarrikadierten die Farmer abermals ihre Häuser; nur wenige suchten bei Verwandten Schutz. Am nächsten Morgen berichteten die Fryes und die Bishops über Unruhe unter den Hunden, seltsame Laute und entfernten Gestank, und die Männer entdeckten voll Grauen eine neue Fährte der monströsen Abdrücke auf der Straße, die um Sentinel Hill herumführt. Wie zuvor waren die grasbewachsenen Straßenränder von dem blasphemischen massiven Grauen gezeichnet; und die gewaltige Schleifspur nach zwei Richtungen ließ vermuten, daß der wandelnde Berg aus der Cold-Spring-Schlucht gekommen war und denselben Weg wieder zurück genommen hatte. Am Fuß des Hügels führte ein 30 Fuß breiter Pfad niedergemähten Gesträuchs und zerdrückter Schößlinge geradewegs in die Höhe, und die Männer waren starr vor Entsetzen, als sie sahen, daß selbst allersteilste Abhänge nicht von der unerbittlichen Spur verschont wurden. Was immer das Grauen sein mochte, es war imstande, eine glatte, fast senkrechte Felswand hinaufzusteigen; und als die Männer auf gefahrloseren Wegen zum Gipfel gelangten, sahen sie, daß die Spur dort endete – oder vielmehr umkehrte.

Hier hatten die Whateleys gewöhnlich ihre teuflischen Feuer entzündet und ihre satanischen Rituale um den tafelähnlichen Felsen vollzogen. Nun bildete eben dieser Stein den Mittelpunkt einer von dem gebirgigen Grauen niedergewalzten Fläche, und seine leicht konkave Oberfläche nahm eine zähe übelriechende Masse von derselben teerigen Klebrigkeit auf, wie man sie auf dem Boden der zerstörten Farm bemerkt hatte, von wo das Grauen seinen Ausgang genommen hatte. Die Männer blickten einander an und murmelten. Dann schauten sie den Hang hinunter. Offensichtlich hatte das Grauen fast den gleichen Weg wieder zum Abstieg genommen, auf dem es sich hinaufbewegt hatte. Überlegungen waren sinnlos. Verstand, Logik und die üblichen Begriffe von Motivierung waren auf den Kopf gestellt. Allein der alte Zebulon, der nicht mit dabei war, hätte die Situation annähernd begreifen oder eine plausible Erklärung liefern können.

Die Nacht zum Freitag fing an wie alle anderen, endete aber weitaus weniger glücklich. Die Ziegenmelker in der Schlucht hatten mit so ungewöhnlicher Eindringlichkeit gerufen, daß viele nicht in den Schlaf finden konnten, und gegen drei Uhr morgens schrillten plötzlich alle Telefone, die einen gemeinsamen Anschluß hatten. Die den Hörer abhoben, hörten eine vor Angst wahnsinnige Stimme schreien »Hilfe! O mein Gott...«, und einige glaubten, ein lautes Krachen vernommen zu haben, bevor die Stimme abbrach. Nichts darauf folgte. Niemand wagte etwas zu unternehmen, und bis zum Morgen rätselte man, woher der Anruf gekommen sein mochte. Dann telefonierten diejenigen, die ihn gehört hatten, einen Teilnehmer nach dem anderen an, und sie stellten fest, daß als einzige die Fryes nicht antworteten. Die grauenhafte Wahrheit stellte sich eine Stunde später heraus, als eine in aller Eile zusammengestellte Schar bewaffneter Männer zur Farm am Rand der Schlucht hinauseilte. Es war furchtbar, allein kaum eine Überraschung. Wieder gab es Schleifspuren und monströse Abdrücke, aber von einem Gebäude konnte keine Rede mehr sein. Es war eingedrückt wie eine Eierschale, und inmitten der Ruinen war nichts Lebendes oder Totes zu entdecken. Nichts als ekler Gestank und teerige Klebrigkeit. Die Elmer Fryes waren aus Dunwich ausgelöscht.

VIII

In der Zwischenzeit hatte sich hinter den verschlossenen Türen eines Arbeitszimmers in Arkham eine stillere, aber noch beunruhigendere Phase des Grauens gezeigt. Das merkwürdige Protokoll oder Tagebuch Wilbur

Whateleys, das man der Miscatonic University übergeben hatte, um es übersetzen zu lassen, verursachte unter den Gelehrter alter wie neuerer Sprachen Aufregung und Verblüffung; denn obwohl die Buchstaben eine gewisse Ähnlichkeit mit einem groben Arabisch aufwiesen, das in Mesopotamien gebräuchlich war, wußten selbst Autoritäten auf diesem Gebiet nichts mit ihnen anzufangen. Schließlich einigten sich die Linguisten darauf, daß der Text in einem künstlichen Alphabet geschrieben sei, also eine Geheimschrift darstelle; aber keine der gewöhnlichen Methoden cryptographischer Entzifferung lieferte ein positives Ergebnis, selbst wenn man die verschiedensten Sprachen annahm, die der Verfasser möglicherweise benutzt hatte. Auch die alten Bücher aus Whateleys Besitz konnten kein Licht in die Angelegenheit bringen, obwohl sie äußerst interessant waren und in einigen Fällen neue, furchtbare Aspekte in der Forschung der Philosophen und Wissenschaftler zu eröffnen versprachen. Eines von ihnen, ein gewichtiger Band mit einer eisernen Klammer, war wieder in einem unbekannten Alphabet verfaßt – diesmal einem ganz anderen; es glich am ehesten noch dem Sanskrit. Das alte Tagebuch wurde schließlich Dr. Armitage anvertraut, nicht nur, weil er besonderes Interesse an dem Whateley-Fall hatte, sondern weil er auch im Rufe linguistischer Gelehrsamkeit und der Kenntnis mystischer Formeln aus früheren Zeiten stand.

Armitage kam der Gedanke, das Alphabet werde ausschließlich und geheim von gewissen verbotenen Kulten benutzt, die aus früheren Zeiten zu uns herabgestiegen sind und die die verschiedenartigsten Formen und Traditionen von den Hexenmeistern der sarazenischen

Welt übernommen haben. Das jedoch hielt er gar nicht für wesentlich. Was sollte er mit dem Ursprung der Symbole, wenn sie, wie er vermutete, den Code einer modernen Sprache darstellten? Er war angesichts der Länge des Textes überzeugt, daß der Verfasser die Mühe gescheut haben würde, eine andere Sprache als seine eigene zu benutzen, von gewissen besonderen Formeln und Beschwörungen vielleicht abgesehen. Daher ging er an das Manuskript mit der Voraussetzung heran, daß der Hauptteil in Englisch verfaßt sei.

Dr. Armitage wußte nun, da seine Kollegen mehrfach gescheitert waren, daß das Rätsel äußerst schwierig und komplex war; und daß kein simpler Lösungsweg auch nur einen Versuch lohnte. Den ganzen August hindurch beschäftigte er sich mit nichts anderm als mit cryptographischer Kunde; er schöpfte die Quellen seiner Bibliothek bis aufs letzte aus und arbeitete sich Nacht für Nacht durch die Geheimnisse der *Poligraphia* des Trithemius, *De Furtivis Literarum Notis* von Giambattista Porta, De Vigénères *Traite des Chiffres,* Falconers *Cryptomenysis Patefacta,* Davys und Thickness' Abhandlungen aus dem 18. Jahrhundert und solcher neueren Autoritäten wie Blair, von Marten und Klüber; und er gelangte immer mehr zu der Überzeugung, er habe es mit einem jener scharfsinnigen, kunstvoll erdachten Cryptogramme zu tun, in denen viele verschiedene Listen einander entsprechender Buchstaben wie in einer Multiplikationstabelle angeordnet sind und bei dessen Entzifferung man eines willkürlichen Schlüsselwortes bedarf, das nur Eingeweihte kennen. Die älteren Werke erwiesen sich als nützlicher für sein Problem, und Armitage schloß daraus, daß der Code uralt sein müsse und zweifellos durch eine Kette von mystischen Benutzern weitergegeben worden war. Schon einige Male glaubte er sich kurz vor der Lösung, wurde dann aber durch irgendein unvorhergesehenes Hindernis wieder zurückgeworfen. Schließlich begannen sich Anfang September die Wolken zu lichten. Gewisse Buchstaben aus gewissen Stellen des Manuskripts traten klar und unmißverständlich hervor; und es wurde offenbar, daß der Text tatsächlich in Englisch verfaßt war.

Am Abend des 2. September war die letzte Schranke überwunden, und Dr. Armitage las zum erstenmal einen längeren Abschnitt aus den Annalen Wilbur Whateleys. Es handelte sich tatsächlich, wie alle vermutet hatten, um ein Tagebuch; und es war in einem Stil geschrieben, der deutlich die verwirrte okkulte Bildung und die allgemeine Unwissenheit des seltsamen Wesens zeigte, das es geschrieben hatte. Schon die erste lange Passage, die Armitage entzifferte – datiert vom 26. November 1916 –, war aufs äußerste erregend und beunruhigend. Sie war von einem dreieinhalbjährigen Kind geschrieben, das, wie sich der Gelehrte erinnerte, das Aussehen eines Zwölf- oder Dreizehnjährigen besaß.

»Heute den Aklo für Sabaoth gelernt«, hieß es. »Den ich nicht mag, weil die Antwort von dem Hügel kommt und nicht aus der Luft. Das Ding oben ist mir mehr voraus, als ich geglaubt hätte, und es sieht nicht so aus, als besäße es viel menschliches Gehirn. Elam Hutchins Collie Jack erschossen, als er mich beißen wollte. Elam hat gesagt, er würde mich töten, wenn ich es wagte. Ich wette, er wird es nicht tun. Großvater ließ mich letzte Nacht die Dho-Formel aufsagen, und ich habe, glaube ich, die innere Stadt mit den zwei magnetischen Polen gesehen. Ich werde diese Pole aufsuchen, wenn die Erde befreit ist und ich nicht mit der Dho-Hna-Formel durchkommen kann. Die aus der Luft haben mir am Sabbat gesagt, es werde noch Jahre dauern, bevor ich die Erde befreien kann, und ich wette, Großvater wird dann tot sein; so muß ich alle Winkel der Ebenen und alle Formeln zwischen dem Yr und dem Nhhngr auswendig lernen. Die von draußen werden mir helfen, aber sie können nicht ohne menschliches Blut Form annehmen. Das Ding oben sieht aus, als würde es die richtige Gestalt bekommen. Ich kann es schon erkennen; wenn ich das Voorish-Zeichen mache oder das Pulver des Ibn Ghazi darüberblase, dann schaut es beinahe aus wie *Sie* auf dem Hügel zu May Eve. Das andere Gesicht wird sich vielleicht noch abnutzen. Ich wüßte zu gerne, wie ich aussehen werde, wenn die Erde befreit ist und es keine menschlichen Wesen mehr darauf gibt. Der mit Aklo Sabaoth kam, sagt, ich bekomme vielleicht eine andere Gestalt.«

Der Morgen fand Dr. Armitage in kaltem Angstschweiß und dem Wahnsinn überwacher Konzentration. Er war die ganze Nacht nicht von dem Manuskript gewichen, sondern hatte an seinem Tisch unter dem elektrischen Licht mit zitternden Fingern Seite um Seite gewendet, und, so schnell er nur konnte, den kryptischen Text entziffert. Nervös hatte er seiner Frau telefoniert, er käme diese Nacht nicht heim, und als sie ihm von zu Hause ein Frühstück brachte, konnte er kaum einen Bissen herunterbringen. Den ganzen Tag hindurch las er, unterbrach sich nur dann und wann, wenn eine andere Anwendung des Schlüssels notwendig war. Man brachte ihm Lunch und Dinner, aber er stocherte daran nur herum. Gegen Mitternacht nickte er vor Erschöpfung ein, erwachte aber bald aus einem Gewirr von Nachtmahren, die beinahe so schauderhaft wie die Realität und die Bedrohungen der menschlichen Existenz waren, die er aufgedeckt hatte. Am Morgen des 4. September bestanden Professor Rice und Dr. Morgan darauf, ihn zu sprechen, und aschgrau und zitternd verließen sie ihn. Diese Nacht legte er sich nieder, schlief aber nur unruhig. Am nächsten Tag – einem Mittwoch – war er schon wieder über dem Manuskript und machte sich Notizen über den entzifferten wie über den noch nicht entschlüsselten Text. In den frühen Morgenstunden dieser Nacht schlief er ein bißchen in seinem Arbeitsstuhl, machte sich aber noch vor dem Morgengrauen wieder an die Arbeit. Kurz vor Mittag kam sein Arzt, Dr. Hartwell vorbei, und bestand darauf, daß er aufhöre und sich ausruhe; er wies das weit von sich und gab ihm zu verstehen, daß es für ihn von äußerster Wichtigkeit war, das Tagebuch bis zum Ende zu lesen; er würde ihm später die Gründe dafür erklären. Noch an diesem Abend, als die Dämmerung anbrach, beendete er seine furchtbare Lektüre und sank erschöpft in den Stuhl zurück. Seine Frau, die ihm sein Dinner brachte, fand ihn in halbkomatischem Zustand; aber er war noch genug bei klarem Bewußtsein, sie mit einem Schrei zu warnen, als er sah, daß ihre Blicke auf seine Notizen fielen. Mühsam erhob er sich, sammelte die beschriebenen Blätter und steckte sie in einen großen Umschlag, den er sogleich in seiner inneren Jackentasche verbarg. Er hatte noch genügend Kräfte, nach Hause zu wanken, bedurfte aber offensichtlich sofortiger ärztlicher Hilfe, daß nach Dr. Hartwell gerufen wurde. Als der Arzt ihn zu Bett brachte, murmelte er nur immer wieder vor sich hin. »Aber was, um Himmels willen, können wir nur tun?«

Dr. Armitage schlief, befand sich aber am nächsten Tag teilweise im Delirium. Er gab Hartwell keinerlei Erklärung, sagte aber in ruhigeren Augenblicken, er müsse dringend mit Rice und Morgan sprechen. Seine wilden Phantasien waren in der Tat erschreckend; sie handelten von einem Wesen in einem vernagelten Farmgebäude, das um jeden Preis vernichtet werden müsse, und von irgendeinem Plan, nach dem die ganze menschliche Rasse mitsamt allem tierischen und pflanzlichen Leben durch eine schreckliche uralte Rasse aus anderen Dimensionen ausgelöscht werden solle. Er schrie auf, die Welt sei in Gefahr, weil die uralten Dinge sie von allem Menschlichen entkleiden und aus dem Sonnensystem und dem Kosmos der Materie in eine andere Ebene oder Phase der Unendlichkeit zerren wollten, aus der sie einst vor Vigintillionen von Äonen gestürzt sei. Dann rief er auch nach dem gefürchteten *Necronomicon* und der *Daemonolatreia* des Remigius, in denen er irgendeine Formel zu finden hoffte, die die Gefahr bannen sollte, von der er phantasierte:

»Haltet sie auf, haltet sie auf!« rief er. »Diese Whateleys wollten sie hereinlassen, und das Schlimmste von allen lebt noch! Sagt Morgan und Rice, daß wir etwas unternehmen müssen – es ist nicht ganz aussichtslos, ich weiß, wie man das Pulver herstellt ... Es ist seit dem 2. August nicht mehr gefüttert worden, als Wilbur hier den Tod fand, und unter diesen Umständen ...«

Aber trotz seiner 73 Jahre besaß Armitage eine kräftige Konstitution, und in der nächsten Nacht überschlief er seine Krankheit, ohne irgendein Fieber zu entwickeln. Am Freitagnachmittag erwachte er mit klaren Sinnen und fühlte grauenhafte Angst und eine furchtbare Verantwortung. Am Samstag fühlte er sich imstande, zur Bibliothek hinüberzugehen und Rice und Morgan zu einer dringenden Unterredung zu bitten, und den ganzen Nachmittag und Abend zermarterten sich die Männer ihr Hirn mit wildesten und verzweifeltsten Überlegungen. Seltene und schreckliche Bücher wurden bändeweise aus den Regalen und sicheren Schränken gezerrt, Diagramme und Formeln von verwirrender Menge in fieberhafter Eile herausgeschrieben. Zweifel konnte es keine geben. Alle drei hatten den Körper Wilbur Whateleys gesehen, wie er in einem Raum dieses Gebäudes auf dem Boden gelegen hatte, und danach konnte keiner mehr von ihnen auch nur im geringsten das Tagebuch für die phantastische Ausgeburt eines Wahnsinnigen ansehen.

Zunächst gingen die Meinungen darüber auseinander, ob man die Massachusetts State Police einschalten solle, aber dann hielten sie es für besser, das nicht zu tun. Es ging hier um Dinge, die andere, die nicht Zeugen ihrer Auswirkungen gewesen waren, unmöglich glauben konnten; das sollte sich noch im Verlauf der folgenden Untersuchungen zeigen. Spät in der Nacht trennten sich die drei, ohne einen bestimmten Plan entwickelt zu haben. Den ganzen Sonntag über war Armitage damit beschäftigt, Formeln zu vergleichen und Chemikalien zu mischen, die er sich aus dem Laboratorium der Universität beschafft hatte. Je mehr er über das teuflische Tagebuch nachsann, desto mehr neigte er dazu, zu zweifeln, ob man mit materiellen Kräften dieses Wesen vernichten könne, das Wilbur

Whateley zurückgelassen hatte – dieses erdbedrohende Ding, von dem er noch nicht wußte, daß es in einigen Stunden hervorbrechen und sich als Grauen von Dunwich einen Namen machen würde.

Am Montag wiederholte sich das gleiche wie am Sonntag, denn das Problem erforderte unermüdliche Versuche und endloses Experimentieren. Weiteres Studieren in dem monströsen Tagebuch veranlaßte ihn, seinen Plan mehrfach zu ändern, und er wußte genau, daß bis zum Ende alles ungewiß sein würde.

Bis Dienstag hatte er einen sorgfältigen Plan ausgearbeitet, wie vorzugehen sei, und er glaubte, in einer Woche die Reise nach Dunwich wagen zu können. Dann, am Mittwoch, kam der große Schock. Unauffällig in einer Spalte des *Arkham Advertiser* stand ein kurzer Artikel der Associated Press, der sich darüber lustig machte, was für ein alle Phantasie übersteigendes Ungeheuer der geschmuggelte Whiskey in Dunwich hervorgerufen hatte. Armitage fand halbbetäubt zum Telefonhörer und verständigte Rice und Morgan. Sie berieten sich bis in die Nacht, und der nächste Tag war ein Wirbel von Vorbereitungen. Armitage wußte, mit was für schrecklichen Mächten er sich da einließ, sah aber keinen anderen Weg, die entsetzlichen und unheilvollen Wirren aufzuhalten, die andere vor ihm in die Welt gerufen hatten.

IX

Am Freitag morgen machte sich Armitage, Rice und Morgan auf den Weg nach Dunwich und kamen etwa gegen 1 Uhr Mittag im Dorf an. Es war ein angenehmer Tag, aber selbst im strahlendsten Sonnenlicht schien versteckte Bedrohung und Unheil über den verfluchten Hügeln und den tiefen schattendunklen Schluchten der heimgesuchten Gegend zu lasten. Hier und da zeichneten sich auf einem Berggipfel unheimliche Kreise steinerner Säulen gegen den Himmel ab. Aus den Mienen versteckter Furcht bei Osborns schlossen sie, daß sich etwas Furchtbares ereignet hatte, und sie erfuhren nur zu bald von der Vernichtung der Elmer Frye-Farm und seiner Bewohner. Den ganzen Nachmittag fuhren sie im Ort umher; sie fragten die Einheimischen über alles aus, was vorgefallen war, und immer quälender wurde ihre Angst, als sie mit eigenen Augen die düsteren Ruinen der Frye-Farm sahen, die teerigen, klebrigen Spuren, die blasphemischen Abdrücke im Hof, die Verletzungen des verendeten Viehs und die gewaltigen Pfade niedergewalzter Vegetation an allen möglichen Stellen. Die Spur den Sentinel Hill hinauf und wieder hinunter hatte für Armitage unerhörte Bedeutung, und lange Zeit verbrachte er vor dem altarähnlichen Felsen auf dem Gipfel.

Nachdem die Besucher erfahren hatten, daß einige Polizisten diesen Morgen aus Aylesbury herübergekommen waren, um dem Verschwinden der Fryes nachzugehen, von dem sie durch Telefonanrufe wußten, beschlossen sie, die Beamten aufzusuchen und ihre Aufzeichnungen mit den ihren zu vergleichen, soweit das von Nutzen sein konnte. Das war jedoch leichter geplant als ausgeführt; denn nirgends war eine Spur der Polizisten zu entdecken. Sie waren zu fünft gewesen. Nun stand ihr Auto verlassen zwischen den Ruinen der Frye-Farm. Die Einheimischen, die alle mit den Beamten gesprochen hatten, waren zuerst genauso ratlos wie Armitage und seine Begleiter. Dann kam dem alten Sam Hutchins plötzlich ein schrecklicher Gedanke; er wurde blaß, stieß Fred Farr an und deutete auf die dumpfe, dunkle Höhle, die da unter ihnen gähnte.

»O Gott«, stieß er hervor, »ich habe sie doch gewarnt, in die Schlucht zu gehen; ich hätte nie geglaubt, daß es jemand tun würde – bei den Spuren, diesem Gestank und den Ziegenmelkern, die da unten Tag und Nacht kreischen ...«

Kalte Furcht überlief die Männer aus dem Dorf und die Besucher, und jeder schien instinktiv, unbewußt in die gleiche Richtung zu lauschen. Armitage, der sich nun dem Grauen selbst und seinen monströsen Auswirkungen gegenüber sah, schauderte unter der Verantwortung, die er auf sich fühlte. In wenigen Stunden würde die Nacht hereinbrechen, und die blasphemische Masse würde sich wieder in Bewegung setzen. *Negotium perambulans in tenebris* ... der alte Bibliothekar wiederholte bei sich die Formel, die er auswendig wußte, und seine Finger krampften sich um den Zettel, auf dem die Gegenformel notiert war. Er prüfte noch einmal, ob seine Taschenlampe in Ordnung war. Rice an seiner Seite holte aus einem kleinen Koffer einen metallenen Zerstäuber, wie er zur Insektenvertilgung benutzt wird; und Morgan packte seine Elefantenbüchse aus, auf die er trotz aller Warnungen, daß jede Waffe dieser Welt hier wirkungslos sei, vertraute.

Armitage, der das schauderhafte Tagebuch gelesen hatte, wußte nur zu gut, auf was sie sich gefaßt machen mußten; aber er hütete sich, durch irgendwelche Andeutungen die Furcht der Farmer noch mehr zu steigern. Er hatte die Hoffnung, dieses Wesen zu besiegen, ohne daß die Welt je erfuhr, von welchem monströsen Ding

sie befreit worden war. Als die Dämmerung herein-
brach, machten sich die Einheimischen auf den Weg nach
Hause; in aller Hast verbarrikadierten sie sich, obwohl
doch offensichtlich menschliche Schlösser und Riegel
einem Ding gegenüber machtlos waren, das Bäume
knicken und Häuser eindrücken konnte, wenn es ihm
gefiel. Sie schüttelten den Kopf, als sie erfuhren, daß
die Fremden in den Frye-Ruinen bei der Schlucht
wachen wollten, und als sie sie zurückließen, glaubten
sie wenig Hoffnung zu haben, die drei jemals lebend
wiederzuerblicken.

In dieser Nacht rumorte es in den Hügeln, und die
Ziegenmelker kreischten bedrohlich. Gelegentlich trug
der Wind aus der Cold-Spring-Schlucht einen unbeschreiblichen Geruch in die träge Nachtluft; einen Gestank, wie ihn die drei Wissenschafter bereits schon
einmal bemerkt hatten, als sie sich über ein verendendes
Ding beugten, das fünfzehneinhalb Jahre für ein
menschliches Wesen gegolten hatte. Aber das Grauen,
auf das sie warteten, zeigte sich nicht. Was immer dort
unten in der Schlucht lauerte, wartete seine Zeit ab;
und Armitage warnte seine Kollegen, daß es einem
Selbstmord gleichkäme, wollten sie es im Dunkeln
angreifen.

Der Morgen zog bleich herauf, und die Geräusche der
Nacht verstummten. Es war ein grauer, frostiger Tag,
und ab und zu nieselte es leicht; immer schwerere Wolken schienen sich über den Hügeln im Nordwesten zu
ballen. Die drei Männer aus Arkham waren unschlüs-
sig, was sie tun sollten. Vor dem beginnenden Regen in
einem der unzerstörten Nebengebäude geschützt, berieten sie sich, ob sie warten oder lieber die Initiative
ergreifen und auf der Suche nach dem unaussprech-

lichen Monster in die Schlucht hinuntersteigen sollten. Der Regen wurde immer heftiger, und in der Ferne vernahm man schwaches Donnern. Wetterleuchten begann, und plötzlich zuckte direkt vor ihnen ein gespaltener Blitz auf, als sei er geradewegs in die verfluchte Schlucht gefahren. Der Himmel schwärzte sich, und die drei Männer hofften, das Unwetter werde nur kurze Zeit anhalten.

Es war immer noch grausig dunkel, als etwa eine Stunde später babylonisches Stimmgewirr von der Straße erklang. Im nächsten Augenblick wurde eine erschreckte Schar von über zwölf Männern sichtbar, die durcheinanderrannten, brüllten oder hysterisch wimmerten. Einer von ihnen keuchte fast unverständliche Worte hervor, und die Wissenschafter fuhren in die Höhe, als sie die Zusammenhänge dahinter erkannten.

»O mein Gott, mein Gott«, stieß er hervor. »Es geht wieder um – *und diesmal am hellichten Tag!* Es ist hier, es ist hier, es bewegt sich in dieser Minute, und nur Gott weiß, wann es über uns alle herfallen wird!«

Er schnappte nach Luft, und ein anderer sprach für ihn weiter.

»Ungefähr vor einer Stunde hörte Zeb Whateley das Telefon klingeln, und es war Mrs. Corey, die Frau von George, die unten an der Kreuzung wohnt. Sie sagt, daß Luther, ihr Viehhüter, die Kühe gerade wegen des Unwetters heimtreiben wollte, als er sah, wie sich die Bäume am Eingang der Schlucht – auf der hier entgegengesetzten Seite – bewegten; und er roch den gleichen fürchterlichen Gestank wie letzten Montag, als er die großen Spuren fand. Er sagt, er hat auch ein Rauschen gehört, lauter als daß es die schwankenden Bäume und Büsche hätten sein können, und mit einem Mal wurden die Bäume an der Straße zur Seite geknickt, und irgend etwas stampfte und platschte durch den Schlamm. Aber stellen Sie sich vor, Luther sah überhaupt nichts, nur die sich biegenden Bäume und Sträucher

Dann hörte er weiter oben, bei der Brücke, ein Knarren und Schleifen, er schwört drauf, daß es Holz war, das knackt und splittert. Und die ganze Zeit über sieht er nichts! Und als sich das Schlurfen entfernte, in Richtung der Whateley-Farm und Sentinel Hill, hatte Luther die Nerven, hinaufzugehen, wo es gewesen war, und den Boden zu betrachten. Da war nur Schlamm und Wasser, und der Himmel war schwarz, und der Regen verwischte alle Spuren; aber am Eingang der Schlucht, wo die Bäume sich bewegt hatten, waren noch einige der gräßlichen Abdrücke, so groß wie Fässer; dieselben, die er schon am Montag gesehen hatte.«

Hier unterbrach ihn der erste Sprecher aufgeregt:

»Aber *das* ist nicht das Schlimmste – das war erst der Anfang. Zeb hier rief die Leute zusammen und alle hörten ihm zu, als plötzlich ein Anruf von Seth Bishop kam. Seine Haushälterin Sally starb fast vor Angst – sie hatte gesehen, wie sich die Bäume an der Straße bogen und sagte, sie hörte ein tappendes Geräusch, das sich dem Haus näherte, – wie ein schnaubender und stampfender Elefant. Dann sprach sie plötzlich von einem furchtbaren Gestank, und ihr Junge Chauncey habe aufgeschrien, genau dasselbe habe er in den Whateley-Ruinen am Montag morgen gerochen. Und die Hunde bellten und winselten wie verrückt.

Und dann stieß sie einen entsetzlichen Schrei aus und sagte, die Scheune unten an der Straße wäre gerade

eingedrückt worden, wie wenn der Sturm darüber hin-
weggefahren wäre – nur war der Wind nicht heftig
genug, um das fertigzubringen. Und dann schrie sie
wieder und sagte, der Holzzaun vor dem Hof sei nie-
dergewalzt worden, und sie sähen nicht, wodurch.
Dann hörten alle durch die Leitung Chauncey und den
alten Seth Bishop durcheinanderschreien, und Sally
kreischte, daß etwas Schweres das Haus getroffen
habe – kein Blitz oder ähnliches, sondern etwas Schweres, das sich immer wieder gegen die Mauern werfe,
obwohl man draußen nichts erkennen könne. Und
dann ... und dann ...«
Das Entsetzen in den Mienen der Männer nahm immer
mehr zu, und Armitage war so erschüttert, daß er kaum
noch die Kraft fand, den Mann zum Weitersprechen
aufzufordern.
»Und dann ... Sally kreischte, ›Zu Hilfe, das Haus
stürzt ein!‹ ... und durch die Leitung hörten wir ein
furchtbares Krachen und Geschrei wie aus der Hölle
... wie damals, als es Elmer Fryes-Farm erwischte,
nur noch viel schlimmer ...«
Der Mann schwieg, und ein anderer aus der Gruppe
ergriff das Wort.
»Das war alles – nicht ein einziger Laut kam danach
durch das Telefon. Nichts als Stille. Wir, die das mit
angehört haben, holten sofort unsere Fords und Trecker
heraus und riefen alle verfügbaren Männer im Dorf
zusammen. Bei Corey trafen wir uns und sind jetzt
hier, damit Sie uns raten, was wir am besten tun sollen.
Meiner Meinung nach ist das die Strafe des Himmels
für unsere Schlechtigkeit, und keiner wird ihr entgehen.«
Armitage sah, daß jetzt gehandelt werden mußte, und

entschlossen wandte er sich an die verängstigten Bauern.

»Wir müssen es verfolgen, Leute.« Er versuchte, seiner Stimme einen möglichst zuversichtlichen Klang zu geben. »Ich glaube, wir haben eine einzige Chance, es außer Gefecht zu setzen. Ihr wißt ja, daß die Whateleys Hexer waren – nun, dieses Ding verdankt seine Existenz der Hexerei und kann nur durch dieselben Mittel besiegt werden. Ich bin im Besitz von Wilbur Whateleys Tagebuch und habe einige seiner alten seltsamen Bücher studiert; und ich glaube, ich weiß jetzt die Zauberformel, die das Ding wieder verschwinden läßt. Natürlich bin ich nicht ganz sicher, aber wir müssen unsere Chance nutzen. Es ist unsichtbar – damit habe ich gerechnet –, aber dieser Sprühapparat hier enthält ein Pulver, das es möglicherweise eine Sekunde lang sichtbar machen wird. Wir werden es ausprobieren. Das Ding ist grauenhaft, aber noch nicht so schlimm wie es geworden wäre, hätte Wilbur länger gelebt. Wir werden nie erfahren, was dadurch der Welt erspart blieb. Nun stehen wir nur diesem Wesen gegenüber, und es kann sich nicht vermehren. Es kann aber entsetzliches Unheil anrichten; und wir dürfen keinen Augenblick zögern, die Menschheit davon zu befreien.

Wir müssen ihm folgen – am besten von da aus, wo es eben gewütet hat. Einer müßte uns führen; ich kenne mich hier nicht sehr gut aus, und es gibt bestimmt eine Abkürzung. Na, wie ist es damit?«

Die Männer scharrten verlegen mit den Füßen; dann zeigte Earl Sawyer mit seinem schmutzigen Finger in den ständig nachlassenden Regen.

»Ich glaube, am schnellsten kommen Sie hier über die untere Weide zu Seth Bishop hinüber, über die Brücke und Carriers Felder und das Wäldchen wieder hoch. Dann sind Sie auf der Straße ganz nah bei Seth.«

Armitage, Rice und Morgan machten sich in der angegebenen Richtung auf den Weg; die meisten Einheimischen folgten ihnen in einigem Abstand. Der Himmel lichtete sich, und es sah so aus, als habe sich der Sturm ausgetobt. Als Armitage versehentlich die falsche Richtung einschlug, machte ihn Joe Osborn darauf aufmerksam und führte nun selbst. Mut und Vertrauen wuchsen; wurden jedoch durch den fast senkrechten bewaldeten Hügel ernsthaft auf die Probe gestellt, durch dessen bizarren alte Bäume sie sich mühsam hocharbeiteten.

Schließlich kamen sie auf einem schlammigen Weg heraus; die Sonne brach gerade durch die Wolken. Sie befanden sich ein wenig oberhalb der Bishop-Farm, und geknickte Bäume und schauderhafte unverwechselbare Spuren zeigten nur zu deutlich, was sich hier entlangbewegt hatte. Nur wenige Augenblicke hielten sie sich in den Ruinen hinter der Wegbiegung auf. Es war eine Wiederholung des Frye-Falles; nichts Lebendes oder Totes konnte in dem geborstenen Gerippe entdeckte werden, das einst Bishops Wohngebäude und Scheune gewesen war. Niemand wollte länger als nötig in diesem Gestank und Ekel verweilen, und sie wandten sich bald der schrecklichen Fährte zu, die an den Trümmern der Whateley-Farm vorbei den altargekrönten Sentinel Hill hinaufging.

Als die Männer an die Stelle kamen, wo Wilbur Whateley gehaust hatte, schauderte ihnen, und wieder mischte sich Beklemmung in ihren Jagdeifer. Es war beileibe kein Spaß, ein Ding aufzuspüren, das groß wie ein Haus ist, das man nicht sehen kann und das dabei die Bösartigkeit eines Dämon besitzt. Am Fuß des Sentinel Hill verließen die Abdrücke den Weg, und den Pfad entlang, den das Monster zuvor zum Hügel und zurück genommen hatte, waren frische Spuren geknickter verfilzter Vegetation.

Armitage holte aus seiner Tasche ein kleines Fernrohr von beachtlicher Sehschärfe und suchte damit den grünbewachsenen Steilhang des Hügels ab; dann reichte er es Morgan, der bessere Augen hatte. Morgan blickte nur kurz hindurch, dann schrie er leise auf und gab das Glas an Earl Sawyer weiter, wobei er mit dem Finger auf eine bestimmte Stelle des Hangs wies. Sawyer, der wie die meisten nicht mit optischen Geräten umgehen konnte, fummelte sich zunächst etwas ungeschickt herum; dann schließlich gelang es ihm mit Armitages Hilfe, die Gläser scharf einzustellen. Seine Aufschrei war weniger beherrscht als der Morgans.

»Allmächtiger Gott, das Gras und die Büsche bewegen sich! Es geht hinauf – ganz langsam – kriecht – gleich ist es oben . . . weiß der Himmel, was es dort will!«

Panik verbreitete sich unter den Männern. Es war *eine* Sache, ein namenloses Wesen zu jagen, aber eine *ganz* andere, es auch zu finden. Beschwörungsformeln waren schön und gut – was, wenn sie aber nicht wirkten? Sie fragten durcheinander, was Armitage über das Ding wisse, und keine Antwort erschien ihnen ganz befriedigend. Jeder fühlte sich Erscheinungsformen der Natur gegenüber, die absolut verboten waren, und ganz außerhalb gesunder menschlicher Erfahrung lagen.

X

Schließlich kletterten die drei Männer aus Arkham –
der alte, weißbärtige Dr. Armitage, der untersetzte,
eisengraue Prof. Rice und der hagere junge Dr. Morgan – allein den Hügel hinauf. Das Fernrohr hatten sie
der verängstigten Schar auf der Straße zurückgelassen, nachdem sie geduldig erklärt hatten, wie es einzustellen sei; und als sie hochstiegen, wurden sie aufs
Schärfste von unten beobachtet, wo das Teleskop von
Hand zu Hand ging. Der Anstieg war hart, und Armitage mußte mehr als einmal die Hilfe seiner Freunde
in Anspruch nehmen. Weit über der sich hocharbeiten-
den Gruppe bewegte sich das höllische Wesen mit
schneckengleicher Bedächtigkeit durch das krachende
Gehölz. Bald zeigte sich, daß die Verfolger schneller
waren.

Curtis Whateley – aus einer der nicht dekadenten
Seitenlinien – hatte gerade das Glas, als die drei Wissenschafter plötzlich von dem Pfad abwichen. Er berichtete den anderen, daß die drei Männer offensichtlich einen kleinen Seitengipfel zu erreichen suchten, der
beträchtlich über der Stelle lag, wo sich im Augenblick
das Gesträuch bewegte. Diese Vermutung stellte sich
als richtig heraus; sie beobachteten die drei, wie sie
die Anhöhe erreichten, kurz nachdem die unsichtbare
Blasphemie darunter vorbeigeglitten war.

Dann rief Wesley Corey, der das Glas übernommen
hatte, daß Armitage sich an dem Sprühapparat zu
schaffen mache, den Rice hielt, und daß gleich irgend
etwas geschehen werde. Den Männern wurde unbehag-
lich zumute; sie erinnerten sich, daß dieses Gerät dem
unsichtbaren Grauen einen Augenblick lang Gestalt
verleihen sollte. Zwei oder drei von ihnen schlossen

die Augen, aber Curtis Whateley griff beherzt nach dem Fernglas und starrte angestrengt hindurch. Er sah, daß Rice von seiner äußerst günstigen Position den Sprüher mit dem wirksamen Pulver mit den besten Aussichten auf Erfolg bedienen konnte.

Die nicht durch das Fernglas schauten, sahen für eine Sekunde lang unter der Bergkuppe eine graue Wolke – eine Wolke von der Größe eines mehrstöckigen Hauses. Curtis, der das Teleskop in den Händen hielt, ließ es mit einem schrillen Aufschrei in den knöcheltiefen Schlamm fallen. Er taumelte und wäre zu Boden gestürzt, hätten nicht zwei oder drei der Umstehenden ihn gehalten und gestützt. Er gab nur halblautes Stöhnen von sich.

»Oh, oh, großer Gott ... *das ... das ...*«

Die anderen bestürmten ihn mit Fragen, und nur Henry Wheeler dachte daran, das Glas aufzuheben und vom Schmutz zu befreien. Curtis war noch halb betäubt, und selbst unzusammenhängende Antworten überstiegen fast seine Kräfte.

»Größer als eine Scheune ... besteht nur aus Fäden, die sich winden ... das ganze Ding sieht aus wie ein Ei, nur viel größer, mit Dutzenden Beinen, die wie Fässer sind ... nichts daran ist massiv ... alles eine weiche Masse ... zusammengeschnürte bewegliche Fäden ... und überall große hervorquellende Augen ... zehn oder zwanzig Münder oder Rüssel, so groß wie Ofenrohre, kommen an allen Seiten heraus und bewegen sich ständig, öffnen und schließen sich ... ganz grau, mit blauen oder violetten Ringen ... *und, Gott im Himmel, dieses halbe Gesicht obendrauf ...!*«

Diese letzte Schilderung war einfach zu viel für den armen Curtis; und er brach zusammen, bevor er noch ein Wort hinzufügen konnte. Fred Farr und Will Hutchins trugen ihn an den Straßenrand und betteten ihn ins feuchte Gras. Henry Wheeler richtete mit zitternden Händen das Fernglas auf den Berg. Er konnte drei winzige Gestalten erkennen, die allem Anschein nach so schnell es der steile Anstieg erlaubte zum Gipfel hasteten. Nur die drei – sonst nichts. Dann vernahmen alle einen ungewöhnlichen Lärm, der aus der Schlucht und aus dem Unterholz des Sentinel Hill kam. Es war das Kreischen zahlloser Ziegenmelker, und in ihrem schrillen Chor schien ein Unterton von gespannter, böser Erwartung verborgen zu sein.

Nun übernahm Earl Sawyer das Glas und berichtete, die drei befänden sich jetzt oben auf der Kuppe, auf gleicher Höhe mit dem steinernen Altar, aber ein gutes Stück davon entfernt. Der eine von ihnen, sagte er, schien die Hände über dem Kopf in rhythmischen Abständen zu heben; und sie hörten dabei in der Ferne ein schwaches Geräusch, als begleite er diese Bewegungen mit lautem Gesang. Die geisterhafte Silhouette drüben auf dem Gipfel muß unglaublich grotesk und eindrucksvoll ausgesehen haben, aber keiner der Beobachter war augenblicklich in der Stimmung für ästhetischen Genuß. »Ich wette, jetzt singt er die Formel«, flüsterte Wheeler, als er wieder nach dem Teleskop griff. Die Ziegenmelker schrieen wie wahnsinnig, in einem seltsamen, unregelmäßigen Rhythmus, der ganz verschieden von dem des Rituals auf dem Berge war.

Plötzlich schien das Strahlen der Sonne schwächer zu werden, obwohl keine Wolken aufgezogen waren. Es war ein sehr merkwürdiges Phänomen, und alle mußten es bemerken. Ein Grollen schien aus den Hügeln zu tönen und mischte sich furchterregend mit einem ähnlichen Rumoren, das offensichtlich vom Himmel kam. Blitze zuckten hoch oben auf, und der erstaunte Haufen sah sich vergeblich nach den Anzeichen eines Sturms um. Die Stimmen der drei Männer aus Arkham waren jetzt deutlich zu vernehmen, und Wheeler erkannte durch das Glas, daß sie alle ihre Arme unter rhythmischen Gesängen hoben und senkten. Von einer entfernten Farm drang das rasende Gebell der Hunde.

Das Tageslicht veränderte sich immer mehr, und die Menge starrte verwundert auf den Horizont. Ein violettes Dunkel, das nichts als eine spektrische Verstärkung des Blaus war, lastete über den rumorenden Hügeln. Dann zuckte wieder ein Blitz auf, dieses Mal heller als zuvor, und die Männer glaubten, um die Altarfläche etwas wie Nebel erkannt zu haben. Niemand hatte jedoch in diesem Augenblick durch das Fernglas geschaut. Die Ziegenmelker fuhren mit ihrem unregelmäßigen Kreischen fort, und die Männer aus Dunwich stemmten sich in hellwachem Zustand gegen eine unbekannte Bedrohung, mit der die Atmosphäre überladen schien.

Ganz plötzlich erklangen diese tiefen, heiseren, krächzenden Laute, die keiner der Männer je vergessen wird, der sie hörte. Sie drangen aus keiner menschlichen Kehle, denn die Stimmbänder eines Menschen können nicht solche akustischen Perversionen hervorbringen. Man hätte eher annehmen können, sie kämen aus der Schlucht, wäre ihr Ursprung nicht so eindeutig der Altarstein auf dem Gipfel gewesen. Eigentlich waren sie kaum *Töne* zu nennen; ihr furchtbares baßtiefes Timbre sprach viel empfindlichere dunkle Teile des Bewußtseins an als das Ohr; und doch muß man es tun, denn sie hatten zweifellos die vage Gestalt halbartikulierter *Wörter*. Sie waren laut – so laut wie das Grollen und das Donnern, durch das sie hallten – und doch kamen sie von keinem sichtbaren Wesen. *Und da die Vorstellungskraft eine mutmaßliche Quelle für die Welt der unsichtbaren Wesen nahelegt*, drängten sich die Männer am Fuß des Berges in Erwartung eines vernichtenden Schlages noch enger zusammen.

»Ygnaiih ... ygnaiih ... thflthkh'ngha ... Yog-Sothoth ...«, klang das grauenhafte Krächzen aus dem Raum. »Y'bthnk ... h'ehye – n'grkdl'lh ...«

Hier schienen die Impulse zu stocken, als spiele sich ein giftiger psychischer Kampf ab. Henry Wheeler starrte durch das Fernglas, sah aber nichts als die drei grotesken Sihouetten auf dem Gipfel, die wie rasend ihre Arme in seltsamen Bewegungen hoben und senkten, als ihre Beschwörung sich dem Höhepunkt näherte. Aus welchen schwarzen Abgründen acherontischer Furcht oder Gefühle, aus welchen unergründlichen Strudeln außerkosmischen Bewußtseins oder dunkler, langverborgener Vererbung mochte dieses halbartikulierte, donnergleiche Krächzen herausgelockt sein? Jetzt ertönte es wieder laut und klar in völliger, äußerster, letzter Raserei:

»Eh-ya-ya-ya-yahaah---e'yayayayaaaa ... ngh'aaaaa ... ngh'aaa ... h'yuh ... h'yuh ... HILFE! HILFE! ... ff-ff-ff-VATER! VATER! YOG-SOTHOTH! ...«

Aber nichts mehr folgte. Die bleiche Gruppe auf der Straße, der es vor diesen *zweifellos englischen Silben* im Kopf wirbelte, die sich kehlig und donnernd von der furchtbaren Leere neben diesem ekelhaften Felsaltar entluden, sollte niemals wieder solche Laute vernehmen. Statt dessen fuhren sie unter der schauerlichen Antwort der Hügel zusammen; einem betäubenden erschütterndem Krachen, das aus dem Erdinneren oder vom Himmel kommen mochte – keiner hätte sagen können, woher. Ein einziger Blitzstrahl schoß aus dem purpurfarbenen Zenit auf den Altarstein nieder, und eine gewaltige Flutwelle unsichtbarer Kräfte und unbeschreiblichen Gestanks ergoß sich von dem Hügel über das ganze Land. Bäume, Gras und Unterholz wurden förmlich in Wahnsinn gepeitscht; und die erschreckte Menge am Fuß des Berges, die der tödliche Geruch beinahe erstickte, riß es fast um. Hunde heulten in der Ferne, grünes Gras und Blätter verwelkten in ein seltsam ungesundes Gelbgrau, und über Felder und Wald wurden die Körper toter Ziegenmelker geschleudert.

Der Gestank verflog rasch, aber die Vegetation erholte sich nie wieder. Bis zum heutigen Tag liegt etwas Kränkliches und Unheiliges um die Pflanzen dieses furchterregenden Berges. Curtis Whateley gewann gerade das Bewußtsein zurück, als die Männer aus Arkham in hellem und ungetrübtem Sonnenlicht langsam den Berg herabkamen. Sie waren ernst und still und schienen von Erinnerungen und Reflexionen erschüttert, die noch grauenhafter sein mußten als die, die die Männer aus Dunwich in ein verängstigtes, zitterndes Häuflein verwandelt hatten. Als Antwort auf ein Durcheinander von Fragen schüttelten sie nur den Kopf und bestätigten nur die ungeheuer wichtige Tatsache:

»Das Ding wird *nie wieder* kommen«, sagte Armitage. »Es hat sich in das aufgelöst, woraus es ursprünglich bestand, und es wird *nie wieder* existieren. Es stellte eine Unmöglichkeit in einer normalen Welt dar. Nur ein winziger Bruchteil bestand aus Materie, so wie *wir* sie verstehen. Es war wie sein Vater – und der größte Teil von ihm ist in unbestimmte Bereiche und Dimensionen außerhalb unseres stofflichen Universums zu ihm zurückgekehrt; in nebelhafte Abgründe, aus denen nur die verfluchtesten Beschwörungen menschlicher Blasphemie es für einen Augenblick auf die Hügel herausrufen konnten.«

Einen Moment lang herrschte Schweigen, und in dieser Pause begann der verwirrte Geist des armen Curtis Whateley den Faden wieder aufzunehmen; er griff sich stöhnend mit beiden Händen an den Kopf. Seine Erinnerung setzte anscheinend da wieder ein, wo sie abgebrochen war, und das Grauen, das ihn niedergeworfen hatte, brach von neuem auf ihn los.

»Oh, oh, mein Gott, dieses halbe Gesicht – dieses halbe Gesicht obendrauf ... dieses Gesicht mit den roten Augen und dem krausen Haar eines Albino, und ohne Kinn, wie die Whateleys ... Es war ein Tintenfisch, ein Tausendfüßler, eine Art Spinne – aber obendrauf was das halbe Gesicht eines Menschen, das sah aus wie einer der Hexen-Whateleys, nur war es hundertmal größer ...«

Er schwieg erschöpft, als die Männer um ihn herum ihn in Verwirrung anblickten, hinter der sich neue Furcht verbarg. Der alte Zebulon Whateley, der sich zerstreut an Dinge erinnerte, über die bis jetzt kein Mensch gesprochen hatte, unterbrach die Stille.

»Es ist jetzt fünfzehn Jahre her«, begann er, »daß der alte Whateley gesagt hat, wir würden eines Tages ein Kind von der Lavinia den Namen seines Vaters von Sentinel Hill rufen hören ...«

Aber Joe Osborn unterbrach ihn, um die Wissenschafter aus Arkham weiter auszufragen.

»*Was war es denn nun,* und wie konnte es der junge Hexen-Whateley aus der Luft auf die Erde rufen?«

Armitage wählte seine Worte sehr sorgfältig.

»Es war – nun, es bestand zum größten Teil aus einer Kraft, die nicht in unseren Teil des Alls gehört; eine Art Kraft, deren Wirkung, Wachstum und Form anderen als unseren Naturgesetzen unterworfen ist. Wir dürfen niemals diese Dinge von draußen zu uns rufen, und nur sehr gottlose Menschen und sehr verruchte Kulte haben es je versucht. Ein Teil von ihnen steckte in Wilbur Whateley selbst – genug, ihn zu einem Teufel und frühreifen Ungeheuer zu machen und ihm ein schreckliches Aussehen zu geben. Ich werde sein verfluchtes Tagebuch verbrennen, und wenn ihr klug seid, sprengt ihr diesen Felsaltar in die Höhe und reißt alle Steinsäulen auf den anderen Hügeln herunter. Dinge wie diese brachten die Wesen zu uns, mit denen diese Whateleys in Verbindung standen – Wesen, die sie bewußt hereinlassen wollten, damit sie die Menschen vernichteten und die Erde in namenlose Dimensionen zu unbeschreiblichen Zwecken hinüberziehen wollten.

Was aber dieses Wesen betrifft, das wir gerade zurückgeschickt haben – die Whateleys zogen es auf, weil es eine fürchterliche Rolle in ihren Plänen spielen sollte. Es wuchs aus demselben Grund so schnell, aus dem Wilbur so rasch in die Höhe schoß – aber es überflügelte ihn, weil es mehr von dieser *äußeren Welt* in sich hatte. Ihr braucht nicht zu fragen, wie Wilbur es aus der Luft rief. Er *rief* es nicht herunter. *Es war sein Zwillingsbruder – aber dem Vater ähnlicher als er.*«

Cthulhus Ruf

> Ein Überleben jener großen Mächte oder Wesen ist durchaus vorstellbar, ein Überleben aus einer fernen Zeit, als das Bewußtsein sich vielleicht in Formen offenbarte, die vor dem Heraufdämmern der Menschheit wieder verschwunden sind, Formen, von welchen allein Dichtung und Sage eine flüchtige Erinnerung bewahrt haben, und die von ihnen Götter, Monstren, mythische Wesen genannt wurden.
> *Algernon Blackwood*

I *Das Basrelief*

Die größte Gnade auf dieser Welt ist, so scheint es mir, das Nichtvermögen des menschlichen Geistes, all ihre inneren Geschehnisse miteinander in Verbindung zu bringen. Wir leben auf einem friedlichen Eiland des Unwissens inmitten schwarzer Meere der Unendlichkeit, und es ist uns nicht bestimmt, diese weit zu bereisen. Die Wissenschaften – deren jede in eine eigene Richtung zielt – haben uns bis jetzt wenig gekümmert; aber eines Tages wird das Zusammenfügen der einzelnen Erkenntnisse so erschreckende Aspekte der Wirklichkeit eröffnen, daß wir durch diese Enthüllung entweder dem Wahnsinn verfallen oder aus dem tödlichen Licht in den Frieden und die Sicherheit eines neuen, dunklen Zeitalters fliehen werden.

Theosophen haben die schreckliche Größe des kosmischen Zyklus geahnt, in dem unsere Welt und menschliche Rasse nur flüchtige Zufälle sind. Sie haben die Existenz merkwürdiger Überwesen angedeutet in Worten, die unser Blut erstarren ließen, wären sie nicht hinter einem schmeichelnden Optimismus versteckt. Aber nicht durch sie wurde der einzelne flüchtige Blick in verbotene Äonen ausgelöst, der mich frösteln macht, wenn ich daran denke, und wahnsinnig, wenn ich davon träume. Dieser Blick, wie jede furchtbare Schau der Wahrheit, blitzte aus einem zufälligen Zusammensetzen zweier getrennter Dinge auf – in diesem Fall einer alten Zeitungsnotiz und der Aufzeichnungen eines verstorbenen Professors. Ich hoffe, niemand mehr wird dieses Zusammensetzen durchführen – ich für meinen Teil werde nicht wissentlich auch nur ein Glied dieser grauenhaften Kette preisgeben. Ich glaube, auch der Professor hatte vorgehabt, Schweigen zu bewahren über das, was er wußte, und er hätte seine Notizen vernichtet, wäre er nicht plötzlich vom Tod überrascht worden.

Meine Berührung mit dem *Ding* begann im Winter 1926/27, mit dem Tod meines Großonkels George Gammell Angell, emeritierter Professor für semitische Sprachen an der Brown-University, Providence, Rhode Island. Prof. Angell war eine Autorität für alte Inschriften gewesen, und oft letzter Ausweg für die Leiter prominenter Museen; viele werden sich an sein Hinscheiden im Alter von 92 Jahren erinnern. Am Orte selbst gewann der Todesfall durch seine seltsamen Begleitumstände an Bedeutung. Es traf den Professor, als er von der Newport-Fähre nach Hause zurückkehrte; er stürzte plötzlich zu Boden, nachdem er laut Aussage mehrerer Zeugen von einem seemännisch aussehenden Neger angerempelt worden war, der aus einem der obskuren Hinterhöfe auf der Steilseite des Hügels kam, die eine Abkürzung von der Anlegestelle zum Hause des Verstorbenen in der Wiliam-Street bildeten. Die Ärzte konnten keine sichtbare Verletzung feststellen; sie beschlossen nach langem Hin und Her, daß irgendein verborgener Herzschaden, verursacht durch den schnellen, steilen Anstieg des schon bejahrten Mannes, den Tod herbeigeführt haben müsse. Damals sah ich keinen Grund, warum ich mich mit dieser Darstellung nicht zufriedengeben sollte; aber in letzter Zeit neige ich dazu, mir Fragen zu stellen – und mehr als nur das...

Als Erbe und Testamentsvollstrecker meines Großonkels – denn er starb als kinderloser Witwer – hatte ich seine Papiere mit einiger Sorgfalt durchzusehen; zu diesem Zwecke schaffte ich seine ganzen Stapel von Zetteln und Schachteln in meine Wohnung nach Boston. Viel von diesem Material wird später durch die American Archeological Society veröffentlicht werden; aber da gab es eine Schachtel, die mir äußerst rätselhaft erschien, und es widerstrebte mir, sie anderen zu zeigen. Sie war verschlossen, und ich fand nicht den Schlüssel, bis ich auf den Gedanken kam, den privaten Schlüsselbund des Professors zu untersuchen, den er stets in seinen Taschen getragen hatte. Daraufhin gelang es mir tatsächlich, sie zu öffnen; aber ich sah mich nur einem größeren Hindernis gegenüber. Denn was konnte die Bedeutung jenes merkwürdigen Basreliefs sein, dieses unzusammenhängende wuchernde Gewirr, das ich vorfand? Sollte mein Onkel plötzlich, im hohen Alter, an irgendeinen oberflächlichen Schwindel geglaubt haben? Ich war fest entschlossen, den exzentrischen Bildhauer herauszufinden, der für diese so offensichtliche Geistesverwirrung des alten Mannes verantwortlich war.

Das Basrelief bestand aus einem groben Rechteck, war weniger als 1 Inch breit und betrug etwa 5 bis 6 Inches Flächeninhalt; sehr wahrscheinlich stammte es aus jüngster Zeit. Die Zeichnungen darauf jedoch waren in Stimmung und Suggestion alles andere als modern; denn obwohl die Fantasien des Kubismus und Futurismus vielfältig und abenteuerlich sind, zeigen sie kaum diese geheime Regelmäßigkeit, die in prähistorischen Inschriften verborgen ist. Und irgendeine Schrift war diese Anhäufung von Zeichen sicherlich; aber obwohl ich sehr mit den Papieren und Sammlungen meines Onkels vertraut war, gelang es mir nicht, irgendeine besondere Zugehörigkeit herauszufinden, nicht einmal eine entfernteste Verwandtschaft.

Über diesen Hieroglyphen befand sich etwas, das allem Anschein nach ein Bild sein sollte, dessen impressionistische Ausführung jedoch ein genaues Erkennen verhinderte. Es schien eine Art Monster zu sein, oder ein Symbol, das ein Monster darstellte, von einer Gestalt, wie sie nur krankhafte Fantasie ersinnen kann. Wenn ich sage, daß meine irgendwie überspannte Vorstellungskraft gleichzeitige Bilder eines Tintenfisches, eines Drachen und der Karikatur eines Menschen lieferte, werde ich, glaube ich, dem Geist der Sache entfernt gerecht. Ein fleischiger, mit Fangarmen versehener Kopf saß auf einem grotesken, schuppigen Körper mit rudimentären Schwingen; aber es war die Anlage des Ganzen, die es so fürchterlich erschreckend machte. Hinter der Figur war die nebulose Andeutung einer zyklopischen Architektonik.

Die Notizen, die diese Wunderlichkeit begleiteten, waren, neben einer Menge Zeitungsartikel, in Prof. Angells eigener, letzter Handschrift, und erhoben keinen Anspruch auf literarischen Stil. Was das Hauptdokument zu sein schien, war »Cthulhu Kult« überschrieben, in peinlich genau gemalten Buchstaben, wohl um ein falsches Buchstabieren dieses so fremdartigen Wortes auszuschließen. Das Manuskript war in zwei Abschnitte unterteilt, dessen erster »1925 – Traum und Traumresultate von H. A. Wilcox, 7 Thomas Street,

Providence, R. I.« überschrieben war und der zweite »Darstellung von Inspector John. R. Legrasse, 121 Bienville St., New Orleans, La, 1908 A. A. S. Mtg. – Bemerkungen eben darüber & Prof. Webbs Bericht.« Die anderen Manuskriptbögen enthielten durchwegs kurze Notizen, einige von ihnen waren Berichte über merkwürdige Träume von verschiedenen Personen, andere Zitate aus theosophischen Büchern und Zeitschriften (bemerkenswert W. Scott-Elliotts *Atlantis und das Verlorene Lemuria*), und der Rest von ihnen Bemerkungen über langbestehende Geheimverbindungen und verborgene Kulte, mit Bezug auf Abschnitte in solchen mythologischen und anthropologischen Quellenwerken wie Frazers *Goldener Zweig* und Miss Murrays *Hexenkult in Westeuropa*. Die Zeitungsausschnitte wiesen größtenteils auf Fälle von extremem Wahnsinn und Auftreten von Massenpsychosen oder Manien im Frühjahr 1925 hin.

Die erste Seite des Manuskripts berichtete von einer sehr merkwürdigen Geschichte. Es scheint, daß am ersten März 1925 ein schmaler, dunkler Mann von überspanntem neurotischem Äußeren Prof. Angell besuchte und das eigenartige Basrelief mitbrachte, das ganz feucht und frisch war. Seine Karte trug den Namen Henry Anthony Wilcox, und mein Onkel hatte in ihm den jüngsten Sohn einer upper-class-Familie erkannt, mit der er befreundet war. In letzter Zeit hatte er in der Rhode Island School of Design Bildhauerei studiert und wohnte in der Nähe des Instituts im Fleur-de-Lys-Gebäude. Wilcox war ein genialer, aber exzentrischer junger Mann. Von Kindheit an hatte er Aufmerksamkeit auf sich gelenkt durch die seltsamen Geschichten und merkwürdigen Träume, die er für gewöhnlich erzählte. Er selbst bezeichnete sich als psychisch hyper-

sensitiv; die nüchternen Bewohner der alten Handels-
stadt taten ihn als einfach verrückt ab. Nie hatte er sich
sehr mit seinesgleichen abgegeben, ließ sich immer selte-
ner in der Gesellschaft sehen und war nun nur noch
einem kleinen Kreis von ästhetisch Interessierten aus
anderen Städten bekannt. Selbst der Providence Art
Club, der darauf bedacht ist, seine konservative Linie
zu erhalten, hatte ihn eher hoffnungslos gefunden.

Bei diesem Besuch, so hieß es im Manuskript des Professors, erbat er sich abrupt die Vorteile des archäolo-
gischen Fachwissens seines Gastgebers und wollte von
ihm die Hieroglyphen auf dem Basrelief entziffert wissen. Er sprach in abwesender, geschraubter Manier, die
Pose vermuten ließ und Sympathien entzog; und mein
Onkel antwortete mit einiger Schärfe, denn die augen-
fällige Frische der Tafel implizierte Verwandtschaft mit
allem möglichen, nur nicht mit Archäologie. Des jungen Wilcox Erwiderung, die meinen Onkel immerhin
so beeindruckte, daß er sich später an ihren genauen
Wortlaut erinnerte, war von einem fantastischen poetischen Flair, das dieses ganze Gespräch gekennzeichnet
haben muß und das ich seitdem so charakteristisch für
ihn finde. Was er sagte, war: »Das Relief ist tatsächlich ganz neu, denn ich fertigte es heute Nacht in einem
Traum, der von fremdartigen Städten handelte; und
Träume sind älter als der brütende Tyrus, oder Sphinx, die
nachdenkliche, oder das gartenumkränzte Babylon.«

An dieser Stelle begann er also mit der verworrenen Erzählung, die auf schlummernde Erinnerungen zurück-
geht und sofort das fieberhafte Interesse meines Onkels
besaß. In der Nacht zuvor hatte es ein leichtes Erdbeben gegeben, seit Jahren die spürbarste Erschütterung
in Neu England; und Wilcox' Imagination war in

hohem Maße erregt worden. Nachdem er eingeschlafen war, befiel ihn ein noch nie dagewesener Traum von riesigen Zyklopenstädten aus titanischen Blöcken und vom Himmel gestürzten Monolithen, die vor grünem Schlamm troffen und unheilvolle Schrecken bargen. Wände und Säulen waren von Hieroglyphen bedeckt, und von unten, unbestimmbar, von wo, war eine Stimme erklungen, die keine Stimme war; eine chaotische Sensation, die nur der phantastischste Wahnsinn in Laute übersetzen konnte; die er durch die fast nicht aussprechbare Unordnung von Buchstaben, durch »Cthulhu fhtagn« wiederzugeben suchte. Dieses Lautgewirr war der Schlüssel zu dem ungeheuren Interesse, das den Professor packte und beunruhigte. Er fragte den Bildhauer mit wissenschaftlicher Genauigkeit aus und untersuchte mit nahezu panischer Intensität das Basrelief, das zu schaffen sich der junge Mann überraschte, fröstelnd, nur mit dem Pyjama bekleidet, als er das wache Bewußtsein langsam wiedererlangte. Mein Onkel entschuldigte es, wie mir Wilcox später sagte, mit seinem Alter, daß er nicht sofort die Hieroglyphen und die Zeichnung erkannt habe. Viele seiner Fragen schienen dem Besucher höchst fehl am Platze, vor allem jene, die die Figur mit fremdartigen Kulten und Gesellschaftsformen in Verbindung zu bringen suchten; und Wilcox verstand nicht das wiederholte Versprechen des Professors, Schweigen zu bewahren, wenn er dafür nur die Mitgliedschaft zu irgendeiner mystischen oder heidnischen Sekte erhielte. Als Prof. Angell endlich davon überzeugt war, daß der Bildhauer tatsächlich weder einen Kult kannte noch ein System kryptischer Überlieferung, bat er seinen Besucher eindringlich, ihm doch auch weiterhin über seine Träume zu berichten. Darauf ging Wilcox bereitwillig ein, und schon nach dem ersten Gespräch berichtet das Manuskript von täglichen Besuchen des jungen Mannes, während der er erregende Fragmente nächtlicher Bilderfolgen lieferte; gigantischer Terror türmt sich auf, von riesigen Monolithen tropft dunkler Schlamm, unterirdische Stimmen fressen sich quälend in das Gehirn ...

Die beiden am häufigsten vorkommenden Laute sind durch die Buchstabierung »Cthulhu r'lyeh«, annähernd wiedergegeben.

Am 23. März, so hieß es weiter im Manuskript, erschien Wilcox nicht wie üblich, und Nachfragen ergaben, daß ihn ein merkwürdiges Fieber befallen hatte und er war zu seiner Familie in die Watermann Street gebracht worden. Er hatte in der Nacht mehrere andere Künstler im Hause durch einen Schrei geweckt und befand sich seitdem in einem Dämmerzustand zwischen Bewußtlosigkeit und Fieberphantasien.

Mein Onkel setzte sich sofort mit der Familie in Verbindung und überwachte von nun an den Fall aufs gewissenhafteste; oft rief er Dr. Tobey, der den Kranken betreute, in seiner Praxis in der Thayer Street an.

Der fiebernde Geist des jungen Bildhauers brütete offensichtlich über grauenvoll seltsamen Dingen; und hin und wieder schauderte der Arzt, wenn er von ihnen sprach. Sie schlossen nicht nur eine Wiederholung des zuvor Geträumten ein, sondern berührten ganz unzusammenhängend ein gigantisches Ding, »Meilen hoch«, ein Umhergepolter und Getapse. Nie beschrieb er genau diesen Gegenstand, aber gelegentlich hervorgestoßene Worte, die Dr. Tobey wiederholte, überzeugten den Professor, daß er mit der unaussprechlichen Monstruosität identisch sein müsse, die der junge Mann in

seiner Traumskulptur bildlich darzustellen versucht
hatte. Wenn er dieses Objekt erwähnte, so bedeutete das
das Vorspiel für einen unweigerlichen Rückfall in Le-
thargie, fügte der Doktor hinzu. Es befremde, daß
seine Körpertemperatur gar nicht viel über der normalen liege, aber sein ganzer Zustand ließe ansonst
eher echtes Fieber vermuten als geistige Verwirrung.

Am 2. April, etwa gegen drei Uhr nachmittags, schwand
plötzlich jede Spur von Wilcox' Krankheit. Er saß, erstaunt, sich zu Hause zu finden, aufrecht in seinem
Bett und erinnerte sich nicht im leisesten, was, in Traum
oder Wirklichkeit, seit der Nacht des 22. März geschehen
war. Vom Arzt für gesund befunden, kehrte er nach
drei Tagen in seine Wohnung zurück; für Prof. Angell
aber konnte er nicht länger von Nutzen sein. Alle Spuren kosmischer Träume waren mit dem Augenblick
seiner Genesung geschwunden, und nachdem mein
Onkel eine Woche lang eine Reihe von sinnlosen und
unbedeutenden Berichten über völlig normale Visionen
aufgenommen hatte, ließ er es sein.

Hier endet der erste Teil des Manuskriptes; aber Hinweise auf gewisse einzelne Notizen gaben mir viel zu
denken – so viel in der Tat, daß ich es nur auf das ein-
gewurzelte Mißtrauen, das damals meine Philosophie
ausmachte, zurückführen kann, daß ich dem jungen
Künstler noch immer mißtraute. Die fraglichen Aufzeichnungen waren die, die Träume verschiedener Personen in der gleichen Periode beschrieben, in der der
junge Wilcox seine nächtlichen Visionen hatte. Mein
Onkel, so scheint es, hatte schnell einen erstaunlich
weit gezogenen Kreis von Umfragen an diejenigen
Freunde gerichtet, an die er sich ohne Ungehörigkeit
wenden konnte; sie bat er um Berichte ihrer Traumge-

sichte und um die genauen Daten irgendwelcher bemer-
kenswerter Visionen in letzter Zeit. Seine Umfrage
scheint verschieden aufgenommen zu sein; aber schließlich muß er doch mehr Antworten erhalten haben, als
ein normaler Mensch sie ohne Sekretär hätte auswer-
ten können. Die Originalkorrespondenz war zwar nicht
erhalten, aber seine Notizen bildeten eine gründliche
und wirklich umfassende Sammlung. Durchschnittliche
Leute aus Gesellschaft und Geschäftsleben – Neu Eng-
lands traditionelles »Salz der Erde« – lieferten ein fast
völlig negatives Ergebnis, obwohl vereinzelte Fälle von
beängstigenden, aber formlosen Eindrücken hier und
dort auftauchen, stets zwischen dem 23. März und
dem 2. April – dem Zeitabschnitt also, in dem der junge
Wilcox im Delirium versank. Wissenschaftler waren
wenig mehr angegriffen, obgleich vier Fälle in vagen
Beschreibungen flüchtige Eindrücke fremdartiger Landschaften erstellen, und in einem Fall ist von grauenhafter Angst vor etwas Übernatürlichem die Rede.
Die wichtigsten Antworten kamen von Malern und
Dichtern, und ich bin überzeugt, daß Panik unter ihnen
ausgebrochen wäre, hätten sie ihre Aussagen unterein-
ander vergleichen können. Da ihre Originalbriefe fehlten, hatte ich den Kompilator halb im Verdacht, Sug-
gestivfragen gestellt zu haben oder sich um die Korrespondenz nur zur Bekräftigung dessen bemüht zu
haben, was er im Geheimen zu finden entschlossen war.
Darum kam ich auch nicht von dem Gedanken los, daß
Wilcox, wissend um die Unterlagen, die mein Onkel
besaß, den greisen Wissenschafter bewußt getäuscht
hatte. Diese Antworten der Ästheten ergaben eine ver-
wirrende, beunruhigende Geschichte. Zwischen dem
28. Februar und dem 1. April hatte ein großer Teil von

ihnen höchst bizarre Dinge geträumt, und die Intensität dieser Träume steigerte sich während Wilcox' Delirium ins Unermeßliche. Über ein Viertel derer, die irgendwelche Angaben machten, berichteten von Szenen und wirren Lauten, nicht unähnlich denen, die Wilcox beschrieben hatte. Und einige der Träumer gestanden heftige Furcht vor dem gigantischen namenlosen Ding, das gegen Ende in Erscheinung trat. Ein Fall, dem sich die Anmerkungen mit Nachdruck widmeten, war tragisch. Das Objekt, ein sehr bekannter Architekt mit Neigungen für Theosophie und Okkultismus, wurde genau am gleichen Tag wie Wilcox von heftigem Wahnsinn befallen und starb einige Monate später nach endlosem Schreien, ihn doch vor ausgebrochenen Bewohnern der Hölle zu retten. Hätte sich mein Onkel in all diesen Fällen auf Namen bezogen anstatt auf bloße Zahlen, hätte ich zu ihrer Bestätigung einige private Nachforschungen unternommen; so aber gelang es mir, nur wenige ausfindig zu machen. Diese jedoch unterstützten die Notizen voll und ganz. Ich habe mich oft gefragt, ob wohl alle Objekte dieser Untersuchung so außer sich waren wie diese kleine Gruppe. Es ist jedenfalls gut, daß sie nie eine Erklärung erreichen wird.

Die Zeitungsausschnitte, wie ich schon andeutete, berührten Fälle von Panik, Manie und exzentrischem Verhalten während der fraglichen Zeit. Prof. Angell muß ein ganzes Büro beschäftigt haben, denn die Anzahl der ausgeschnittenen Artikel war überwältigend, und ihre Quellen waren über die ganze Erde verteilt. Hier ein nächtlicher Selbstmord in London, wo sich ein einsamer Schläfer nach einem grauenhaften Schrei aus dem Fenster gestürzt hatte; da ein weitschweifiger Brief an den Herausgeber eines Blattes in Südamerika, in dem ein Fanatiker ein gräßliches Zukunftsbild nach seinen Visionen entwirft; dort bringt eine Depesche aus Kalifornien eine Meldung über eine Theosophenvereinigung, die sich aus Anlaß einer »glorreichen Erfüllung«, die nie eintritt, mit weißen Gewändern schmückt, während verschiedene Notizen aus Indien gegen Ende Mai ernstzunehmende Unruhen unter den Eingeborenen berühren. Vudu-Orgien nehmen in Haiti zu, und afrikanische Vorposten melden rätselhaftes Gemurre im Busch. Amerikanische Offiziere auf den Philippinen finden gewisse Dschungelstämme um diese Zeit aufrührerisch, und New Yorker Polizisten werden in der Nacht vom 22. zum 23. März von hysterischen Levantinern terrorisiert. Auch der Westen Irlands ist voll von wilden Gerüchten und Legenden, und ein Maler der phantastischen Schule namens Ardois-Bonnot hängt in die Pariser Frühlingsausstellung 1926 eine blasphemische Traumlandschaft. Und so zahlreich sind die gemeldeten Fälle in Nervenheilanstalten, daß es nur auf ein Wunder zurückzuführen sein kann, daß die Ärzteschaft nicht diese beunruhigenden Parallelen sah und dunkle Schlüsse zog. Alles in allem ein grausiger Haufen Zeitungsausschnitte; und heute kann ich mir kaum diesen dreisten Rationalismus mehr vorstellen, mit dem ich ihn beiseite schob. Damals aber war ich eben überzeugt, daß der junge Wilcox um die uralten verbotenen Dinge wußte, die der Professor erwähnte.

II *Die Erzählung des Inspektors Legrasse*

Die alten Dinge, die den Alptraum des Bildhauers und das Basrelief für meinen Onkel so bedeutungsvoll gemacht hatten, bildeten das Thema der anderen Hälfte seines langen Manuskriptes. Schon früher einmal, so scheint es, hatte Prof. Angell die infernalischen Umrisse der unaussprechlichen Ungeheuerlichkeiten gesehen, über den unbekannten Hieroglyphen gerätselt und die enigmatischen Silben gehört, die nur mit »Cthulhu« wiederzugeben sind; und all das in so aufregendem und schrecklichem Zusammenhang, daß es nicht wunder nimmt, wenn er den jungen Wilcox mit Fragen bedrängte.

Diese frühere Erfahrung stammte aus dem Jahre 1908, siebzehn Jahre zuvor, als die American Archeological Society ihren Jahreskongreß in St. Louis abhielt. Prof. Angell nahm als anerkannte Kapazität bei allen Beratungen eine erste Stellung ein; und er war auch einer der ersten, dem sich die zahlreichen Außenstehenden, die diese Versammlung zum Anlaß nahmen, sich Fragen und Probleme beantworten zu lassen, zuwandten. Deren Wortführer und innerhalb kurzer Zeit für alle Teilnehmer der Mittelpunkt des Interesses war ein durchschnittlich aussehender Mann mittleren Alters, der von New Orleans angereist war, um Erklärung zu suchen, die er von keiner anderen Seite erwarten konnte. Es war der Polizeiinspektor John Raymond Legrasse; er brachte den Gegenstand mit, um dessentwillen er gekommen war – eine groteske, ungeheuerlich abstoßende und augenscheinlich sehr alte Steinstatuette, deren Ursprung er nicht zu bestimmen vermochte.

Man glaube nur nicht, Inspektor Legrasse habe auch bloß das geringste Interesse für Archäologie gehabt. Im Gegenteil, sein Wunsch nach Aufklärung entsprang rein beruflichen Erwägungen. Die Statue, Idol, Fetisch oder was immer es sein mochte, war einige Monate zuvor in den dicht bewaldeten Sümpfen südlich New

Orleans während eines Streifzuges sichergestellt worden; man hatte ein Vudu-Treffen vermutet. Die damit verknüpften Riten waren in ihrer Grausamkeit so einzigartig, daß die Polizei annahm, auf einen dunklen Kult gestoßen zu sein, der ihnen völlig unbekannt war und unglaublich diabolischer als selbst die schwärzesten der afro-amerikanischen Vudu-Zirkel. Der Ursprung der Figur war absolut nicht festzustellen — wenn man von den kargen und unglaubhaften Erzählungen, die man aus den Gefangenen herauspreßte, absieht; daher das Verlangen der Polizei nach irgendeiner Erklärung der Altertumsforscher, die ihnen dienlich sein könnte, das unheilvolle Symbol einzuordnen und daraufhin den ganzen Kult mit Stumpf und Stiel auszurotten.

Inspektor Legrasse hatte wohl kaum mit dem Aufsehen gerechnet, das seine Eröffnung machen würde. Ein einziger Blick auf die Statuette hatte genügt, um die versammelten Wissenschaftler in einen Zustand ungeheurer Spannung zu versetzen, und ohne Zeit zu verlieren, scharten sie sich um ihn und starrten auf die winzige Figur, deren Fremdartigkeit und Ausstrahlung wahrhaft unergründlichen Alters möglicherweise archaische, bisher ungeschaute Ausblicke eröffnete. Keine erkennbare Schule der Bildhauerkunst hatte diesen grauenvollen Gegenstand belebt; doch Jahrhunderte, ja sogar Jahrtausende schienen in dem Staub und der grünlichen Oberfläche des nicht einzuordnenden Steines festgehalten.

Die Figur, die schließlich herumgereicht wurde, damit sie jeder sorgfältig von nahem studieren könne, besaß eine Höhe von 7 bis 8 Inches und war künstlerisch vollkommen. Sie stellte ein Ungeheuer von entfernt menschenähnlichen Umrissen dar, hatte aber einen tintenfischgleichen Kopf, dessen Gesicht aus einem Wirrwarr von

Tentakeln bestand; darunter ein schuppiger molluskenhaft aussehender Körper, eklige Klauen an Hinter- und Vorderfüßen und lange schmale Flügel auf dem Rücken.

Dieses Ding, in dem Naturtrieb mit fürchterlicher widernatürlicher Bösartigkeit gemischt zu sein schien, war von aufgedunsener Beleibtheit und hockte, ekelerregend, auf einem rechteckigen Block oder Podest, das mit unleserlichen Zeichen bedeckt war. Die Flügelspitzen berührten den hinteren Rand des Blocks, das Ding selbst nahm die Mitte ein, während die langen säbelartigen Klauen der gekrümmten Hinterpfoten die Vorderkante in den Griff genommen hatten und bis über ein Viertel des Sockels hinabhingen. Der kephalopode Kopf war nach vorne geneigt, so daß die Fühlarme des Gesichts die Rückseite der gewaltigen Vorderpranken streiften, die dessen ungeheueres Knie umklammert hielten. Der Anblick des Ganzen hatte abnormerweise nichts unnatürliches an sich und verbreitete um so mehr geheime Furcht, als der Ursprung der Statue völlig unbekannt war. Sein unermeßliches, nicht berechenbares Alter war unverkennbar; doch gab es nicht einen einzigen Hinweis, der auf eine Zugehörigkeit zu irgendeiner bekannten Kultur unserer jüngeren Zivilisation – oder irgendeiner anderen Epoche – hätte schließen lassen.

Ein Geheimnis für sich war das Material; denn der schmierige grünlich-schwarze Stein mit seinen goldenen oder irisierenden Flächen und Furchungen hatte mit Geologie oder Mineralogie nichts gemein. Rätselhaft waren auch die Zeichen auf dem Sockel; und keiner der Kongreßteilnehmer, obwohl sie etwa die Hälfte der Experten auf diesem Gebiet repräsentierten, konnte auch nur die entfernteste sprachliche Verwandtschaft feststellen. Die Zeichen gehörten, wie der Gegenstand und sein Material, zu etwas grauenhaft außerhalb Liegendem und von der Menschheit, wie sie uns bekannt ist, Getrenntem; etwas, das in schrecklicher Weise alte, unheilige Zusammenhänge des Lebens ahnen läßt, an denen unsere Welt und unsere Vorstellungen nicht teilhaben.

Und doch, als jeder der Teilnehmer den Kopf schüttelte und dem Inspektor eine Niederlage eingestehen mußte, gab es einen Mann in der Versammlung, der einen Schimmer von bizarrer Verwandtschaft in der monströsen Gestalt und Schrift erkennen wollte, und der, wenn auch mit einiger Schüchternheit, das merkwürdige Wenige erzählte, das er wußte. Dieser Mann war der nun verstorbene William Channing Webb, Prof. für Anthropologie an der Princeton University, ein Forscher von nicht geringem Ruf.

Prof. Webb war vor 48 Jahren auf einer Expedition in Grönland und Island auf der Suche nach Runenschriften gewesen, die er jedoch nicht fand; und hoch oben an der Küste Westgrönlands war er auf einen vereinzelten Stamm oder Kult degenerierter Eskimos gestoßen, deren Religion, eine seltsame Form der Teufelsanbetung, ihn durch ihre kalte Blutrünstigkeit und Widerwärtigkeit abstieß. Es war ein Glaube, der unter den übrigen Eskimos kaum bekannt war, den sie nur mit Schaudern erwähnten und behaupteten, er sei aus schrecklichen, uralten Äonen herabgestiegen, noch bevor die Welt geschaffen worden sei. Neben unaussprechlichen Riten und Menschenopfern gab es gewisse merkwürdige überlieferte Rituale, die an den höchsten ältesten Teufel oder *tornasuk* gerichtet waren; und davon hatte Prof. Webb durch einen alten *angekok* oder Teufelsschamanen eine sorgfältige phonetische Kopie, die die Laute, so gut es ging, in lateinische Buchstaben übertrug. Aber von größter Bedeutung war im Augenblick der Fetisch, den dieser Kult verehrt hatte und um den sie tanzten, wenn das Nordlicht hoch über den Eisklippen aufglühte. Er war, so berichtete der Professor, ein rohes Basrelief aus Stein, mit einem grauenerregenden Bildnis und kryptischen Schriftzeichen darauf. Und soviel er glaubte, war er in allen wesentlichen Zügen eine grobe Parallele dieses bestialischen Dinges, das da vor ihnen lag.

Diese Angaben, mit Spannung und Erstaunen von den versammelten Teilnehmern aufgenommen, schienen für Inspektor Legrasse doppelt aufregend zu sein; er begann sofort, seinen Informanten mit Fragen zu bedrängen. Da er ein Ritual der Kultverehrer aus dem Sumpf, die seine Leute festgenommen hatten, aufgezeichnet hatte, bat er den Professor inständig, sich so genau wie nur möglich an die Laute zu erinnern, die er bei den teuflischen Eskimos schriftlich niedergelegt hatte. Es folgte ein erschöpfender Vergleich von Details und ein Augenblick wahrhaft schauerergriffenen Schweigens, als der Detektiv und der Wissenschaftler übereinkamen, daß der Satz, der beiden höllischen Ritualen gemeinsam war – die doch Welten an Entfernung auseinander lagen – tatsächlich identisch sei. Was im wesentlichen die Eskimozauberer und die Sumpfpriester aus Lousiana zu ihren gleichartigen Götzenbildern sangen, ähnelte folgendem (die Wortunterteilungen sind angenommen, nach den Pausen im Satz so wie sie ihn sangen):

»Ph'nglui mglw'nafh Cthulhu R'lyeh wgah'nagl fhtagn.«

Legrasse hatte Prof. Webb eines voraus – einige der Bastardpriester hatten ihm wiederholt, was ältere Zelebranten noch wußten, nämlich die Bedeutung dieser Worte. Der Text hieß, ihnen zufolge, etwa:

»In diesem Haus in R'lyeh wartet träumend der tote Cthulhu«.

Und jetzt, da ihn alle bedrängten, erzählte Inspektor Legrasse so ausführlich wie möglich sein Abenteuer mit den Sumpfanbetern; eine Geschichte, der, wie ich sah, mein Onkel größte Bedeutung zumaß. Sie erfüllte die wildesten Träume der Mythenschöpfer und Theosophen und offenbarte ein erstaunliches Maß an kosmischer Vorstellungskraft unter solchen half-casts und Parias, wo man sie am wenigsten vermutet. Am 1. November 1907 hatten die Bewohner der Sümpfe und Lagunen im Süden von New Orleans ein dringendes Schreiben an die Polizei gerichtet. Die Ansiedler dieser Gegend, meist einfache, gutartige Nachkommen der Lafitte-Leute, befanden sich in einem Zustand nackter Angst vor einem Ding, das über Nacht gekommen war. Offensichtlich handelte es sich um Vudu, aber in einer schrecklicheren Form, als sie es je erfahren hatten; und einige ihrer Frauen und Kinder waren spurlos verschwunden, seit das bösartige tomtom mit seinem ununterbrochenen Getrommel in den schwarzen verfluchten Wäldern eingesetzt hatte, in die sich kein Mensch wagte. Da waren wahnsinnige Rufe und gehirnzermarternde Schreie, schaurige wilde Litaneien und irrlichternde Teufelsflammen; und, fügte der verschreckte Bote hinzu, das Volk könne es nicht länger ertragen.

So waren zwanzig Polizisten in zwei Pferdewagen und einem Automobil am späten Nachmittag mit dem zitternden Siedler als Führer ausgerückt. Als die passierbare Straße zu Ende war, stiegen sie aus und kämpften sich meilenweit unter Schweigen durch die schrecklichen Zypressenwälder, die niemals Tageslicht gesehen hatten. Widerwärtige Wurzeln und die feindseligen Schlingen des Spanischen Mooses behinderten auf Schritt und Tritt ihren Marsch, und hier und da verstärkten ein Haufen schleimigkühler Steine oder die Reste einer verfaulenden Mauer durch ihre Andeutung auf vergangene morbide Behausungen ein ungutes Gefühl, das jeder mißgebildete Baum, jedes weißschimmelige Pilznest schafft. Schließlich kam die Ansiedlung in Sicht, ein armseliger Haufen von Hütten, aus denen die hysterischen Bewohner herausstürzten, um sich um die flackernde Laterne zu scharen. Das dumpfe Trommeln der tomtoms war nun in der Ferne ganz schwach hörbar; und markerschütterndes Kreischen drang, wenn der Wind sich drehte, in unregelmäßigen Abständen herüber. Auch schien ein rötlicher Schimmer durch das mondbleiche Unterholz zu leuchten, jenseits des endlosen Nachtdunkels. Obwohl ihnen davor graute, wieder allein gelassen zu werden, wies es jeder einzelne der verschreckten Bewohner weit von sich, auch nur einen Schritt weiter in das Gebiet jener unheiligen Anbetung vorzudringen, so daß Inspektor Legrasse nichts anderes übrigblieb, als mit seinen neunzehn Kollegen führerlos in die schwarzen Gewölbe des Schreckens einzutauchen, in die nie jemand vor ihnen je den Fuß gesetzt hatte.

Das Gebiet, in das die Polizeitruppe jetzt drang, hatte schon seit jeher als unheilvoll gegolten. Es war völlig undurchforscht, kein Weißer hatte es je durchquert. Es spannen sich Legenden um einen verborgenen See, in dem, unberührt von den Augen Sterblicher, ein riesiges, formloses, fahles, tintenfischähnliches Ding mit glühenden Augen lebte; die Ansiedler flüsterten, daß fledermausflügelige Teufel aus Höhlen im Inneren der Erde kamen, um es um Mitternacht zu verehren. Sie sagten, es sei vor D'Iberville dagewesen, vor La Salle, noch vor den Indianern und selbst vor den Tieren und Vögeln des Waldes. Es war der Nachtmahr persönlich, und ihn sehen, hieß sterben. Aber er stieg hin und wieder in die Träume der Menschen, und so wußten sie sich vor ihm zu hüten. Die gegenwärtige Vudu-Orgie fand tatsächlich ganz am Rande dieser Schreckenszone statt; dieser Platz war schon schlimm genug; vielleicht hatte eben dieser Ort der Anbetung die Siedler mehr erschreckt als die entsetzlichen Schreie und die vorhergegangenen makabren Zwischenfälle.

Nur Dichtkunst oder Wahnsinn können den Geräuschen gerecht werden, die Legrasses Männer hörten, als sie sich durch den schmatzenden Morast in Richtung auf das rote Leuchten und das gedämpfte tomtom arbeiteten. Es gibt stimmliche Eigenheiten, die für Menschen charakteristisch sind und andere, die auf Tiere hinweisen; und es macht einen schaudern, die einen zu hören, wenn ihr Ursprung der der anderen sein sollte. Hier übertrafen sich animalische Raserei und menschliche Ausschweifung, gipfelten in dämonischem Geheule und grellen Ekstasen, die diese nächtlichen Wälder zerrissen und in ihnen widerhallten, als wären es pestartige Stürme aus den Schlünden der Hölle. Hin und wieder pflegte das wahnsinnige Geheule abzubrechen, und ein geordneter Chor rauher Stimmen erhob sich in dem Singsang des schreckensvollen Satzes, des rituellen, »Ph'nglui mglw'nafh Cthulhu R'lyeh wgah'nagl fhtagn«.

Die Männer kamen nun in einen Teil des Waldes, wo sich die Bäume lichteten, und plötzlich sahen sie sich dem Schauspiel selbst gegenüber. Vier von ihnen wankten, einer brach bewußtlos zusammen und zwei wurden von wahnsinnigen Schreikrämpfen geschüttelt, die durch die tolle Kakophonie glücklicherweise gedämpft wurden. Legrasse flößte dem Ohnmächtigen etwas Kentucky Bourbon ein, und alle standen zitternd und vor Schreck wie hypnotisiert.

In der Sumpflichtung befand sich eine grasbewachsene Insel von vielleicht einem *acre* Ausmaß, baumlos und relativ trocken. Darauf nun hopste und wand sich eine Horde von so unbeschreiblicher menschlicher Abnormität, wie sie niemand außer einem Sime oder Angarola malen könnte. Völlig unbekleidet wieherten, heulten und zuckten sie um ein riesiges kreisförmiges Feuer; gelegentliche Öffnungen in dem Flammenvorhang enthüllten in der Mitte einen gigantischen Granitmonolithen, einige acht Fuß hoch, auf dessen Spitze, grotesk in ihrer Winzigkeit, die unheilschwangere gemeißelte Statuette thronte. In einem großen Kreis waren zehn Gerüste in regelmäßigen Abständen mit dem flammenumgürteten Monolithen als Zentrum aufgebaut, an denen, mit dem Kopf nach unten, die grausig verzerrten Körper der hilflosen Siedler hingen, die als verschwunden gemeldet worden waren. Innerhalb dieses Kreises stampfte und brüllte die Kette der Götzenanbeter, wobei die Hauptrichtung der Bewegung von links nach rechts lief, in einem unendlichen Bacchanal zwischen dem Ring der Körper und dem Ring des Feuers.

Es mag nur Einbildung gewesen sein oder ein Echo, das einen der Leute, einen erregbaren Spanier, veranlaßte, sich einzubilden, er höre antiphonale Antworten auf das unheilige Ritual irgendwo aus der dunklen Ferne, tiefer in dem Wald des Grauens und der alten Legenden. Diesen Mann, einen gewissen Joseph D. Galvez, traf ich später und frage ihn aus; und er zeigte sich in beunruhigender Weise phantasiereich, ging sogar so weit, ein entferntes Flügelrauschen, das Schimmern glänzender Augen und eine gebirgige fahlweise Masse hinter den Wipfeln der Bäume anzudeuten – aber ich glaube, er hatte wohl bloß zu viel von dem Aberglauben der Einheimischen gehört.

Tatsächlich dauerte die Erstarrung der Männer nur relativ kurze Zeit. Obwohl sich in der Menge etwa hundert dieser Bastardpriester befanden, vertrauten die Polizeibeamten auf ihre Waffen und stürzten sich entschlossen in die ekelhafte Meute. Für fünf Minuten herrschte ein unbeschreibliches Getöse und ein Chaos aus Schlägen, Schüssen und Fluchtversuchen; aber schließlich konnte Legrasse 47 trotzige Gefangene zählen, die sich ankleiden und zwischen zwei Reihen von Polizisten aufstellen mußten. Vier der Götzenanbeter lagen tot am Boden, und zwei Schwerverletzte wurden von ihren Mitgefangenen auf rasch improvisierten Bahren transportiert. Das Bildwerk auf dem Monolithen wurde vorsichtig heruntergeholt und Legrasse anvertraut.

Nach einem Marsch äußerster Anstrengung und Strapazen wurden die Gefangenen im Hauptquartier untersucht, und sie alle stellten sich als Menschen von sehr niedrigem Typus heraus, mischblütig und geistig unausgeglichen. Die meisten von ihnen waren Seeleute; und ein paar Neger und Mulatten, meist Leute von den Antillen oder Bravaportugiesen, brachten eine Spur von Vudu in den ursprünglich heterogenen Kult.

Aber bevor noch viele Fragen gestellt wurden, zeigte sich bereits, daß es sich hier um etwas viel Tiefergehendes und Älteres handelte als um bloßen schwarzafrikanischen Fetischismus. Heruntergekommen und unwissend wie sie waren, hielten diese viehischen Kreaturen doch mit erstaunlicher Beharrlichkeit an der zentralen Idee ihres verabscheuungswürdigen Glaubens fest.

Sie verehrten, so sagten sie, die *Großen Alten,* die Äonen vor der Existenz des Menschen gelebt hätten, und die aus dem All in die junge Welt kämen. Die *Alten* hätten sich nun in das Erdinnere und in das Meer zurückgezogen; ihre toten Leiber jedoch hätten ihr Geheimnis einem Mann anvertraut, der daraus einen Kult schuf, der seither nicht ausgestorben ist. Das war eben dieser Kult, und die Gefangenen behaupteten, er habe immer existiert und werde immer existieren, in entlegenen Einöden und an dunklen Orten über die ganze Welt verstreut, bis der große Priester Cthulhu aus seinem dunklen Haus in der mächtigen Stadt R'lyeh vom Grund des Ozeans auftauche und die Erde wieder unter seine Herrschaft zwinge. Eines Tages würde er rufen, wenn die Gestirne günstig seien, und der geheime Kult wäre zu jeder Zeit bereit, ihn zu befreien.

Doch nichts weiteres durfte erzählt werden. Es bestand ein Geheimnis, das selbst die Folter nicht entlocken konnte. Der Mensch war nicht alleine inmitten der ihm bewußten Dinge auf der Erde, denn Schemen kamen aus dem Schatten, die wenigen Gläubigen aufzusuchen. Aber das waren nicht die *Großen Alten.* Kein Sterblicher hatte je die *Großen Alten* zu Gesicht bekommen. Das gemeißelte Idol war der *Große Cthulhu,* aber niemand hätte sagen können, ob die anderen gleich ihm waren. Heute konnte niemand mehr die Schriftzeichen lesen, aber es wurden Dinge erzählt... Das gesungene Ritual enthielt nicht das Geheimnis – das wurde nie laut ausgesprochen, nur geflüstert. Der Gesang bedeutet nur »*In diesem Hause wartet träumend der große Cthulhu*«.

Nur zwei der Gefangenen wurden für. gesund genug befunden, gehängt zu werden; der Rest wurde verschiedenen Institutionen übergeben. Alle leugneten hartnäckig, an den Ritualmorden beteiligt gewesen zu sein und gaben vor, die Tötungen seien von den *Schwarzgeflügelten* durchgeführt worden, die von ihrem Versammlungsort in den fluchbeladenen Wäldern zu ihnen gekommen seien. Aber über deren geheimen Pfade konnte nichts Näheres in Erfahrung gebracht werden. Was die Polizei überhaupt herausfinden konnte, das kam hauptsächlich von einem steinalten Mestizen namens Castro, der behauptete, er sei in fremde, ferne Häfen gesegelt und habe in den Gebirgen Chinas mit den todlosen Führern des Kults gesprochen.

Der alte Castro erinnerte sich schwach an schreckliche Legenden, die die Spekulationen der Theosophen verblassen und den Menschen und seine Welt tatsächlich ganz jung und vergänglich erscheinen ließen. Es hatte Äonen gegeben, in denen andere Dinge die Welt beherrschten, und *sie* hatten große Städte besessen: Überreste von denen, wie der todlose Chinese ihm erzählt habe, noch als zyklopische Felsen auf Inseln im Stillen Ozean zu finden seien. Sie alle starben ganze Zeitalter, bevor der Mensch kam, aber es gab gewisse Künste, durch die *Sie* wiederbelebt werden konnten, wenn die Gestirne wieder in die richtige Position in dem Zyklus der Ewigkeit gelangten. *Sie* waren nämlich selbst von den Sternen gekommen und hatten *Ihre* Abbilder mitgenommen.

Diese *Großen Alten* beständen nicht vollständig aus Fleisch und Blut, fuhr Castro fort, sie besäßen Gestalt – bewies das denn nicht dieses sterngeprägte Bildnis? –, aber die war nicht stofflich. Wenn die Gestirne richtig standen, konnten *Sie* durch das All von Welt zu Welt tauchen; standen sie aber falsch, konnten *Sie* nicht leben. Aber obwohl *Sie* nicht länger am Leben waren, so würden *Sie* dennoch nie wirklich sterben. *Sie* alle ruhten in Felshäusern ihrer großen Stadt R'lyeh, geschützt durch den Zauber des mächtigen Cthulhu bis zu *Ihrer* glorreichen Auferstehung, wenn Sterne und Erde wieder für *Sie* bereit seien. Aber zu dem Zeitpunkt bedürften *Sie* einer Kraft von außerhalb, die *Ihre* Körper befreien mußte. Die Beschwörungen, die *Sie* behüteten, verhinderten gleichzeitig, daß *Sie* sich bewegten, und so konnten *Sie* nichts tun als wach im Dunkel zu liegen und nachzudenken, während ungezählte Jahrmillionen vorüberzogen. *Sie* wußten von allem, was im Universum vor sich ging, denn ihre Art zu sprechen bestand in der Vermittlung von Gedanken. Auch jetzt unterhielten *Sie* sich in *Ihren* Gräbern. Dann, flüsterte Castro, schufen die Menschen einen traumbefohlenen Kult um die kleinen Idole, die ihnen die *Großen Alten* gezeigt hatten; Bilder, die in den düsteren Zeiten von dunklen Sternen zu ihnen gebracht worden waren. Niemals würde dieser Kult sterben, bis die Gestirne die rechte Position zueinander hätten, und die geheimen Priester würden den großen Cthulhu aus seinem Grab holen, um seine Untertanen ins Leben zurückzurufen und wieder seiner Weltherrschaft zu dienen. Dieser Zeitpunkt wäre leicht zu erkennen, denn der Mensch sei dann wie die *Großen Alten* geworden: wild und frei jenseits von Gut und Böse; Gesetze und Moral wären dann niedergerissen, und alle Menschen brüllten, töteten und schwelgten in Lust. Dann würden ihnen die *Großen Alten* neue Wege zu brüllen, zu töten, zu schwelgen und zu genießen zeigen, und die Erde würde in Vernichtung, Ekstase und Freiheit flammen. In der Zwischenzeit müßte der Kult durch angemessene Riten die Erinnerung wachhalten und *Ihre* sichere Rückkehr prophezeien.

In früheren Zeiten hätten auserwählte Männer mit den eingeschlossenen *Alten* in ihren Träumen geredet, aber dann sei etwas geschehen. Die gewaltige Steinstadt R'lyeh sei mitsamt ihren Monolithen und Grabstätten im Meer versunken; und die tiefen Wässer, voller Urgeheimnisse, durch die nicht einmal Gedanken dringen, hätten die spektrischen Strahlen durchschnitten. Aber die Erinnerung lebte weiter, und hohe Priester sagten, die Stadt tauche wieder auf, sobald die Sterne günstig seien... Hier aber unterbrach sich der alte Castro hastig, und keine Überredung oder List konnten ihm mehr in dieser Richtung entlocken. Auch die Größe der *Alten* weigerte er sich kurioserweise zu beschreiben. Er glaube, setzte er fort, das Zentrum des Kultes befände sich inmitten unwegsamer Wüsten Arabiens, wo Irem, die Stadt der Säulen, im Verborgenen träumt. Mit der europäischen Hexerei stünde der Kult nicht in Verbindung, und im Grunde genommen wisse man außerhalb seiner Mitglieder nichts Genaues über ihn.

In keinem Buch sei ein Hinweis auf ihn enthalten; aber der todlose Chinese habe gesagt, im *Necronomicon* des wahnsinnigen Arabers Abdul Alhazred seien gewisse

Doppeldeutigkeiten enthalten, die die Eingeweihten so lesen konnten, wie sie mochten, vor allem der umstrittene Vers

»Das ist nicht tot, was ewig lie(lü)gen kann,
Da selbst der Tod als solcher sterben kann.«

Legrasse, zutiefst beeindruckt und nicht im geringsten erstaunt, hatte vergeblich nachgeforscht, worauf der Kult zurückzuführen sei. Castro schien zweifellos die Wahrheit gesagt zu haben, als er behauptete, das sei ganz und gar geheim. Die Autoritäten der Tulane University konnten kein Licht in die Angelegenheit bringen, weder was den Kult betraf noch das Götzenbild; und nun war der Detektiv zu der größten Autorität gekommen und stieß auf nichts Geringeres als auf die Grönlandgeschichte Prof. Webbs.

Das fieberhafte Interesse, das Legrasses Bericht bei der Versammlung weckte – den die Statue unterbaute – spiegelt sich in der Korrespondenz derer wieder, die damals zugegen waren; in der Öffentlichkeit allerdings fand diese Geschichte kaum Erwähnung. Vorsicht ist die erste Sorge derer, die gelegentlich Betrug und Scharlatanerie ausgesetzt sind. Legrasse lieh Prof. Webb für einige Zeit das Bildnis, aber nach dessen Tod wurde es ihm wieder ausgehändigt und befindet sich noch heute in seinem Besitz, wo ich es vor nicht langer Zeit selbst in Augenschein nahm. Es ist wirklich ein grauenhaftes Ding, und zweifellos der Traumskulptur des jungen Wilcox ähnlich.

Es erstaunte mich keineswegs, daß mein Onkel durch die Erzählung des Bildhauers so in Erregung versetzt wurde, denn was für Gedanken müssen auftauchen, wenn man, nachdem man weiß, was Legrasse über den Kult erfahren hatte, von einem jungen sensitiven Mann hört, der nicht nur die Figur und die genauen Hieroglyphen des im Sumpf gefundenen Bildnisses und der grönländischen Höllentafel träumt, sondern der sich in seinen Träumen an mindestens drei der exakten Worte der Formel erinnert, die die schwarzen Eskimoschamanen gleichermaßen aussprachen wie die Bastarde in Lousiana. Daß Prof. Angell sofort eine Untersuchung von allergrößter Genauigkeit begann, versteht sich von selbst; obwohl ich persönlich den jungen Wilcox im Verdacht hatte, daß er auf irgendeine Weise von dem Kult erfahren und eine Folge von Träumen erfunden hatte, um das Geheimnis auf Kosten meines Großonkels zu steigern. Die Traumberichte und Zeitungsausschnitte, die der Professor gesammelt hatte, lieferten jedoch eine eindeutige Bestätigung; aber meine rationalistische Einstellung und die Ausgefallenheit der ganzen Geschichte ließen mich, wie ich glaubte, sehr vernünftige Schlußfolgerungen ziehen.

Nachdem ich also das Manuskript noch einmal gründlich studiert hatte und die theosophischen und anthropologischen Bemerkungen mit Legrasses Bericht über den Kult in Beziehung gebracht hatte, machte ich mich auf den Weg nach Providence, um den Bildhauer zu besuchen und ihn zu tadeln, daß er es gewagt habe, einen gelehrten alten Mann derart dreist hinters Licht zu führen.

Wilcox wohnte noch immer alleine in dem Fleur-de-Lys-Gebäude in der Thomas Street, einer unschönen viktorianischen Nachahmung bretonischer Architektur des 17. Jahrhunderts, das mit seiner Stuckfront zwischen den hübschen Häusern im Kolonialstil auf dem alten Hügel prunkt, genau im Schatten des schönsten georgianischen Kirchturms von Amerika. Ich traf ihn in seinem

Zimmer bei der Arbeit an und mußte sofort zugeben, daß er wirklich, nach den Plastiken zu urteilen, die herumstanden, außerordentliches Genie besaß. Er wird, glaube ich, sich in einiger Zeit als einer der großen *décadents* einen Namen machen; denn er hat jene Schemen und Phantasien in Ton geformt – und wird sie eines Tages in Marmor hauen –, wie sie Arthur Machen in Prosa beschwört und Clark Ashton Smith in Versen und Gemälden erstehen läßt.

Dunkelhaarig, schwächlich und etwas vernachlässigt sah er aus; müde drehte er sich auf mein Klopfen hin mir zu und fragte mich, ohne sich zu erheben, was ich denn wolle. Als ich ihm sagte, wer ich sei, zeigte er einiges Interesse; denn mein Onkel hatte seine Neugierde geweckt, als er seine befremdlichen Träume untersuchte, jedoch nie eine Begründung hierfür angab. Auch ich gab ihm, was diese Dinge betraf, keine Aufklärung, versuchte aber, ihn vorsichtig aus seiner Reserve zu locken.

Innerhalb kurzer Zeit war ich von seiner absoluten Aufrichtigkeit überzeugt, denn er sprach von seinen Träumen in nicht mißzuverstehender Weise. Sie und ihre unterbewußten Folgen hatten seine Kunst entscheidend beeinflußt, und er zeigte mir eine morbide Statue, deren Umrisse mich fast durch ihre Macht schwarzer Suggestion zittern machten. Er konnte sich nicht erinnern, ein Original dieses Dinges gesehen zu haben außer in seinem geträumten Basrelief; die Konturen hatten sich selbst unmerklich unter seinen Händen geformt. Zweifellos handelte es sich um die riesenhafte Gestalt, von der er in seinem Delirium phantasiert hatte. Daß er tatsächlich nichts über den geheimen Kult wußte, außer dem, was die erbarmungslosen Fragen meines Großonkels angedeutet hatten, wurde mir bald vollständig klar; und wieder überlegte ich angestrengt, auf welchem möglichen Weg er zu den grausigen Eindrücken gekommen war.

Er sprach von seinen Träumen in einer merkwürdigen poetischen Weise; er zeigte mir mit schrecklicher Ausdruckskraft die düstere titanische Schattenstadt aus schleimigen grünen Blöcken – deren *Geometrie*, wie er seltsamerweise sagte, *gar nicht stimmte* –, und ich vernahm mit banger Erwartung das endlose Rufen aus der Unteren Welt:

»Cthulhu fhtagn, Cthulhu fhtagn.«

Diese Worte hatten zu dem schrecklichen Ritual gehört, das von der Traumvigilie des toten Cthulhu in seinem Steingewölbe in R'lyeh erzählt, und trotz meiner rationalistischen Auffassung der Dinge war ich sehr bewegt. Wilcox hatte, dessen war ich ziemlich sicher, in einem Gespräch etwas über den Kult aufgeschnappt, dann war es aber in der Masse seines schauerlichen Lesestoffes und Einbildungsvermögens untergegangen. Später hatte es dann, da es so aufwühlend war, unterschwellig in seinen Träumen, in dem Basrelief und in der fürchterlichen Statue, die ich jetzt in meinen Händen hielt, Ausdruck gefunden. Mithin war dieser Betrug meines Großonkels ein recht unschuldiger. Der junge Mann war von einem Typ, den ich nicht sonderlich leiden konnte; ein wenig blasiert und arrogant; aber ich erkannte jetzt durchaus seine Aufrichtigkeit und sein Genie an. Freundschaftlich verabschiedete ich mich von ihm und wünschte ihm den Erfolg, den sein Talent versprach.

Alles, was mit dem Kult zusammenhing, faszinierte mich noch immer, und zuweilen träumte ich, daß ich durch Untersuchungen über seinen Ursprung und seine

Zusammenhänge zu Ruhm gelangte. Ich reiste nach New Orleans, suchte Legrasse und andere auf, die seinerzeit an der Razzia beteiligt gewesen waren, sah die grauenerregende Statue und befragte sogar die gefangengenommenen Mischlinge, soweit sie noch am Leben waren. Der alte Castro war leider vor einigen Jahren gestorben. Was ich nun so lebhaft, aus berufenem Mund, hörte – obwohl es tatsächlich nichts anderes war als eine genaue Bestätigung der Aufzeichnungen meines Großonkels – erschreckte mich von neuem; ich war sicher, mich auf der Spur einer sehr ursprünglichen, sehr geheimen, sehr alten Religion zu befinden, deren Entdeckung mich zu einem Anthropologen von Ruf machen würde. Meine Einstellung war damals noch absolut materialistisch – *wie ich wünschte, daß sie es noch heute wäre* –, und mit unerklärlichem Eigensinn nahm ich das Zusammentreffen der Traumberichte und der Zeitungsausschnitte als ganz natürlich hin.

Was mir verdächtig zu sein begann und was ich jetzt fürchte zu *wissen* ist, daß das Ableben meines Großonkels alles andere als natürlich war. Er stürzte in einer schmalen, engen Gasse, die vom Hafenkai den Berg hinaufführt, und die von fremden Mischlingen wimmelte, nach dem rücksichtslosen Stoß eines schwarzen Seemannes. Ich habe nicht die Methoden der Kultanhänger in Louisiana vergessen und es würde mich nicht wundern, von geheimen Tricks und vergifteten Nadeln zu hören, die ebenso alt und gnadenlos sind wie lichtscheue Riten und Aberglaube. Legrasse und seine Männer sind zwar gut davongekommen, aber ein Mann in Norwegen, der gewisse Dinge sah, ist tot. Können nicht die Nachforschungen meines Großonkels, nachdem sie durch die Träume des Bildhauers intensiviert worden waren, sinistren Mächten zu Ohren gelangt sein? Ich glaube, Prof. Angell mußte sterben, weil er zuviel wußte oder weil er auf dem Wege war, zuviel zu erfahren. Ob mir ein gleiches Schicksal wie ihm bestimmt ist, das wird sich zeigen; auch ich weiß jetzt eine ganze Menge.

III *Der Wahnsinn aus der See*
Wenn der Himmel mir je eine Gnade gewährte, so wünschte ich die Folgen eines reinen Zufalls vergessen zu können, der meinen Blick auf ein altes Zeitungsblatt, das als Unterlage diente, fesselte. Normalerweise hätte ich es überhaupt nicht beachtet, denn es war die alte Nummer einer australischen Zeitschrift, des »Sydney Bulletin«, vom 18. April 1925. Es muß dem Team entgangen sein, das zur Zeit dieses Erscheinungstermins eifrig Stoff für die Untersuchung meines Großonkels sammelte.
Ich hatte meine Nachforschungen über das, was Prof. Angell den »Cthulhu-Kult« nannte, schon fast aufgegeben, und war bei einem gelehrten Freund in Paterson, New Jersey, zu Besuch; dem bekannten Mineralogen und Kurator des städtischen Museums. Ich schaute mir einige unausgestellte Exemplare an, die in einem Magazin des Museums ungeordnet in einem Regal aufgestellt waren, als mein Blick auf ein seltsames Bild in einer der alten Zeitungen fiel, die man unter den Steinen ausgebreitet hatte. Es war das schon erwähnte »Sydney Bulletin«; das Foto zeigte ein grauenvolles Steinbild, das fast mit dem identisch war, das Legrasse in den Louisianasümpfen gefunden hatte.
Fieberhaft entfernte ich die wertvollen Steine von dem

Blatt und durchflog den Artikel; war aber enttäuscht, daß er nichts Ausführliches brachte. Was er jedoch enthielt, war von unerhörter Bedeutung für meine ins Stocken geratene Untersuchung, und ich riß ihn sorgfältig heraus. Er hieß wie folgt:

Geheimnisvolles Wrack im Meer
Vigilant läuft Hafen mit seeuntüchtiger Neuseelandyacht im Schlepptau an. Ein Überlebender und ein Toter an Bord gefunden. Bericht über verzweifelte Schlacht und Menschenverluste auf dem Meer Geretteter Seemann verweigert Einzelheiten über Vorfälle. Rätselhaftes Götzenbild in seinem Besitz gefunden. Untersuchung folgt.
Der Morrisons Companies Frachter *Vigilant* erreichte heute morgen auf dem Rückweg von Valparaiso Darling Harbour und führte im Schlepptau die seeuntüchtig gewordene, aber schwer bestückte Dampfyacht *Alert* aus Dunedin, Neuseeland, mit sich, die zuletzt am 12. April in 34° 21' südl. Breite und 152° 17' westl. Länge gesichtet wurde; an Bord befanden sich ein lebender und ein toter Mann.
Die *Vigilant* hatte Valparaiso am 25. März verlassen und wurde am 2. April durch ungewöhnlich schwere Stürme und Brecher von ihrem Kurs beträchtlich nach Süden abgetrieben. Am 12. April wurde sie als Wrack gesichtet. An Bord wurde ein halb irrsinniger Überlebender und ein Mann, der allem Anschein nach seit über einer Woche tot war, aufgefunden. Der Überlebende hielt in seinen Händen ein steinernes Idol unbekannten Ursprungs umklammert, über das die Autoritäten der Sydney University der Royal Society und das College Street Museum keinerlei Aufschluß zu geben

vermochten. Der Überlebende behauptete, er habe es in einer Kabine der Yacht in einem geschnitzten Kästchen gefunden.

Der Mann erzählte eine außerordentlich merkwürdige Geschichte von Piraterie und Gemetzel. Er nennt sich Gustaf Johansen, ist Norweger, ziemlich intelligent, und fuhr als zweiter Maat auf dem Zweimastschoner *Emma* aus Auckland, der am 20. Februar mit einer Besatzung von 11 Mann nach Callao in See stach.

Die *Emma*, so sagte er, wurde am 1. März durch die stürmische Wetterlage weit von ihrem Kurs abgetrieben und traf am 22. März 49° 51′ südl. Breite und 128° 34′ westl. Länge auf die *Alert*, die mit einer ziemlich übelwirkenden crew aus Kanaken und half-casts bemannt war. Auf ihre kategorische Forderung hin umzukehren, weigerte sich Capt. Collins, worauf die *Alert* ohne Vorwarnung aus allen Rohren zu schießen begann. Die Männer der *Emma* setzten sich zur Wehr, und obwohl der Schoner durch Schüsse leckgeschlagen war und zu sinken drohte, gelang es ihnen dennoch, ihr Schiff an die feindliche Yacht zu manövrieren und sie zu entern. An Bord entspann sich ein Kampf mit der wilden Besatzung, und man sah sich gezwungen, sie alle zu töten – es handelte sich bei ihnen um nahezu tierische Menschen, die, obgleich in der Überzahl, nicht richtig zu kämpfen verstanden. Drei Leute, darunter Capt. Collins und der erste Maat Green, fielen im Kampf; und die restlichen acht unter Befehl des zweiten Maats Johansen navigierten mit der gekaperten Yacht weiter, und zwar mit gleichem Kurs, um festzustellen, warum man sie an der Weiterfahrt hatte hindern wollen.

Am nächsten Tag legten sie an einer Insel an (in diesem

Teil des Ozeans ist keine Insel bekannt, Anm. d. Red.) und sechs der Männer kamen in der Folge auf irgendeine Weise um. Johansen gibt an, sie seien in eine Felsspalte gestürzt und verweigert jede weitere Aussage über ihren Tod.

Später seien er und ein anderer zur Yacht zurückgekehrt und hätten sie zu steuern versucht, sie seien aber durch den Sturm am 2. April verschlagen worden.

Von diesem Zeitpunkt bis zu seiner Bergung am 12. weist der Mann eine Gedächtnislücke auf; er erinnert sich auch nicht, wann sein Gefährte William Briden starb. Bridens Todesursache ist nicht festzustellen; wahrscheinlich beruht sie auf Erschöpfung.

Aus Dunedin wird gekabelt, daß die *Alert* als Inselfrachter bekannt ist und entlang der Küste in üblem Ruf steht. Sie gehörte einer merkwürdigen Gruppe half-casts, deren häufige Zusammenkünfte und nächtliche Streifereien durch Wälder nicht geringe Neugier weckte; sie habe sofort nach dem Sturm und dem Erdbeben vom 1. März in großer Hast Segel gesetzt.

Unser Korrespondent in Auckland bestätigt der Mannschaft der *Emma* ihren hervorragenden Ruf und schildert Johansen als einen achtbaren und besonnenen Mann.

Die Admiralität wird morgen mit der Untersuchung der Angelegenheit beginnen, und man wird nichts unversucht lassen, um Johansen zum freieren Reden zu veranlassen als er es bisher getan hat.

Das war alles; das und das teuflische Bildnis; aber was für Gedanken löste es nicht in mir aus! Hier waren neue Angaben über den Cthulhu-Kult enthalten und Beweise, daß man sich auf dem Wasser wie auf dem

Festland intensiv mit ihm beschäftigte. Was hatte die Mannschaft der *Alert*, die mit ihrem schrecklichen Götzenbild an Bord herumkreuzte, veranlaßt, die *Emma* an der Weiterfahrt zu hindern? Was hatte es mit dem unbekannten Eiland auf sich, auf dem sechs Leute der *Emma* umgekommen waren und über das der Maat Johansen so hartnäckig schwieg? Was hatte die Untersuchung der Vizeadmiralität ergeben und wieviel war über den verderblichen Kult in Dunedin bekannt? Und, am erregendsten von allem, was für eine hintergründige und mehr als natürliche Verkettung von Daten war das, die nun eine unheilvolle und unleugbare Bedeutung der verschiedenen Ereignisse ergab, die mein Onkel so sorgfältig notiert hatte?

Am 1. März – unserem 28. Februar – hatte das Erdbeben stattgefunden, und Sturm war aufgekommen. Aus Dunedin brach ganz plötzlich die *Alert* auf, als hätte sie einen Befehl von oben erhalten, und auf der anderen Seite der Erdkugel begannen Dichter und Künstler von einer merkwürdigen dumpfen Zyklopenstadt zu träumen, und der junge Bildhauer formte im Traum die Gestalt des furchtbaren Cthulhu. Am 23. März landete die Mannschaft der *Emma* auf einer unbekannten Insel, ließ dort sechs Tote; und genau zu diesem Zeitpunkt steigerten sich die Träume der sensitiven Künstler zu ihrem Höhepunkt und schwärzten sich in Furcht vor der grauenhaften Verfolgung eines titanischen Ungeheuers, und ein Architekt war wahnsinnig geworden, und ein Bildhauer war plötzlich im Delirium versunken! Und was hatte es mit diesem Sturm vom 2. April auf sich – dem Datum, da alle Träume von der feuchtkalten Stadt mit einem Male abbrachen und Wilcox unversehrt aus der Knechtschaft seines seltsamen Fiebers zurückkehrte? Was hatte all das zu bedeuten – und was die Andeutungen des alten Castro über die versunkenen, sterngeborenen *Alten* und ihre kommende Herrschaft; deren gläubige Verehrung und ihre *Beherrschung der Träume*? Wankte ich am Rande kosmischer Schrecken, die weit über die Kraft des Menschen hinausgehen? Wenn es so sein sollte, mußte das Grauen allein im Bewußtsein liegen, denn auf irgendeine Weise war die infernalische Bedrohung plötzlich abgebrochen, die begonnen hatte, von den Menschen Besitz zu ergreifen.

Noch am selben Abend, nachdem ich eiligst alles Nötige arrangiert hatte, sagte ich meinem Gastgeber Lebewohl und nahm den Zug nach San Francisco. Nach knapp einem Monat war ich in Dunedin: dort jedoch fand ich kaum etwas über die eigenartigen Kultanhänger heraus, die in den kleinen Hafenspelunken herumgelungert waren; doch stieß ich auf Andeutungen über eine Fahrt ins Landesinnere, die die Mischlinge gemacht hatten, während der man auf entfernten Hügeln schwaches Trommeln und rötliches Leuchten bemerkte.

In Auckland erfuhr ich, daß Johansen weißhaarig aus einem ergebnislosen Verhör in Sydney zurückgekehrt war, seine Wohnung in der West Street aufgegeben hatte und mit seiner Frau nach Oslo gereist war. Von seinen Erfahrungen wollte er auch Freunden nicht mehr als das erzählen, was er bereits der Admiralität zu Protokoll gegeben hatte, und alles, was man für mich tun konnte, war, mir seine Osloer Adresse zu nennen.

Danach reiste ich nach Sydney und führte fruchtlose Gespräche mit Seeleuten und Mitgliedern des Admirals-gerichtes. Ich besichtigte die *Alert*, die verkauft worden war und nun Handelszwecken diente, fand aber nichts, was mich interessiert hätte. Die hockende Statue mit dem Tintenfischkopf wurde im Hyde Park Museum aufbewahrt; ich studierte sie lange und sorgfältig und fand, daß sie von schrecklicher Vollkommenheit war, von eben dem gleichen Geheimnis, dem grausigen Alter und dem außerirdisch fremden Material, das mir bei Legrasses kleinerem Exemplar aufgefallen war. Geologen, so sagte mir der Museumsdirektor, war das ein völliges Rätsel; sie schworen, auf der Erde gebe es keinen Stein, der diesem gleiche. Mit Schaudern entsann ich mich, was der alte Castro Legrasse über die *Frühen Alten* erzählt hatte: »*Sie* kamen von den Sternen, und *Sie* brachten *Ihre* Bildnisse mit sich.«

Von innerem Aufruhr geschüttelt, wie ich ihn nie zuvor gekannt hatte, beschloß ich endlich, Johansen in Oslo aufzusuchen. Ich fuhr nach London, schiffte mich unverzüglich nach der norwegischen Hauptstadt ein und betrat an einem Herbsttag den schmucken Hafenkai im Schatten des Egebergs. Ich legte den kurzen Weg in der Droschke zurück und klopfte an die Tür eines hübschen kleinen Hauses. Eine traurig blickende Frau in Schwarz beantwortete meine Fragen, und ich war bitter enttäuscht, als ich hörte, daß Johansen tot sei.

Er habe seine Ankunft nicht lange überlebt, sagte seine Frau, denn die Geschehnisse auf See im Jahre 1925 hätten ihn zugrunde gerichtet. Auch ihr habe er nicht mehr erzählt als den anderen; er habe aber ein langes auf Englisch geschriebenes Manuskript hinterlassen, das sie nicht verstünde. Auf einem Spaziergang durch eine enge Gasse nahe den Göteborgdocks habe ihn ein Ballen Papier, der von einem Dachfenster herunterfiel, zu Boden gerissen. Zwei Lascer-Matrosen hätten ihm sofort wieder auf die Beine geholfen, aber noch vor dem

Eintreffen der Ambulanz war er tot. Die Ärzte konnten keinen plausiblen Grund für sein Ableben entdekken und führten es auf Herzschwäche zurück.

Ich überzeugte die Witwe von meiner engen Beziehung zu ihrem toten Gatten, so daß sie mir das Manuskript zu treuen Händen übergab; ich nahm das Dokument mit mir und begann es gleich während der Überfahrt nach London zu lesen.

Es war eine einfache, eher zusammenhanglose Geschichte – der naive Versuch eines nachträglichen Tagebuchs – und sie bemühte sich, jeden Tag dieser letzten schrecklichen Reise zurückzurufen. Ich will nicht versuchen, sie wörtlich in ihrer ganzen Unklarheit und Weitschweifigkeit wiederzugeben, aber ich werde das Wesentliche daraus zusammenfassen, um zu zeigen, warum das Klatschen des Wassers gegen die Wände der Yacht für mich so unerträglich wurde, daß ich mir die Ohren verstopfte.

Johansen wußte Gott sei Dank nicht alles, obwohl er die Stadt und das Ding erblickt hatte; ich aber werde nie wieder ruhig schlafen können, wenn ich an das Grauen denke, das unaufhörlich hinter dem Leben in Zeit und Raum lauert, und an jene unerhörten Blasphemien von den alten Sternen, die im Ozean träumen; verehrt und angebetet durch einen Alptraum von Kult, der jederzeit bereit ist, es zu befreien und auf die Welt loszulassen, wenn je wieder ein Erdbeben seine monströse Felsstadt zu Sonne und Licht erhebt.

Johansens Reise hatte begonnen, wie er es der Admiralität berichtet hatte. Die *Emma* hatte mit Fracht am 20. Februar Auckland verlassen und war in die volle Gewalt des erdbebengeborenen Sturmes geraten, der aus dem Grunde des Meers die Schrecken emporgeholt hatte, die sich in die Träume der Menschen fraßen. Als man das Schiff wieder unter Kontrolle bekommen hatte, segelten sie auf neuem Kurs weiter, bis sie am 22. März von der *Alert* aufgehalten wurden. Von den dunkelhäutigen Kultteufeln spricht der Maat nur mit äußerstem Ekel. Irgendeine Scheußlichkeit war um sie, die ihre Vernichtung fast zur Pflicht machte, und Johansen zeigt aufrichtiges Erstaunen, als man ihm im Lauf der Verhandlung Grausamkeit vorwirft. Dann, als Neugierde sie unter Johansens Kommando auf der gekaperten Yacht weitersegeln läßt, erblicken die Männer eine große steinerne Säule, die aus dem Meer herausragt, und in 47° 9′ südl. Breite und 126° 43′ westl. Länge stoßen sie auf die Umrisse schlamm-, schlick- und tangverwesten Quaderwerks zyklopischer Ausmaße, das nichts anderes ist als das greifbare Grauen, das die Erde nur einmal aufzuweisen hat – die schreckgespenstische Leichenstadt R'lyeh, die unabsehbare Äonen vor der Geschichte von jenen grausenhaften Riesen errichtet wurde, die von dunklen Sternen zur Erde stiegen. Hier ruhten der große Cthulhu und seine Horden in grünschleimigen Gewölben, und von hier aus sendeten sie schließlich nach unmeßbaren Jahrtausenden jene Gedanken, die in den Träumen der Empfindsamen Furcht und Grauen verbreiteten und die Gläubigen gebieterisch zur Pilgerschaft zu ihrer Befreiung und Wiedereinsetzung befahlen. All das ahnte Johansen nicht, aber, weiß Gott, er sah genug!

Ich vermute, daß tatsächlich nur eine einzelne Bergkuppe, die grausige monolithgekrönte Zitadelle, in der der große Cthulhu begraben lag, aus den Fluten herausragte. Wenn ich an die Ausmaße all dessen denke, was da unten im Verborgenen schlummern mag, wünschte ich fast, mich auf der Stelle umzubringen. Johansen und seine Leute waren vor der kosmischen Majestät dieses triefenden Babels alter Dämonen von panischer Furcht ergriffen, und sie ahnten, daß dies nicht von diesem oder irgendeinem anderen heilen Planeten stammen konnte. Horror vor der unglaublichen Größe der grünlichen Steinblöcke, vor der schwindelerregenden Höhe des großen gemeißelten Monolithen und vor der verblüffenden Ähnlichkeit der mächtigen Statuen und Basreliefs mit dem befremdlichen Bildnis, das sie auf der *Alert* gefunden hatten, ist in jeder Zeile der angstvollen Beschreibung nur zu deutlich spürbar.

Ohne zu wissen, was Futurismus ist, kam Johansen dem sehr nahe, als er von der Stadt sprach; denn anstatt irgendeine präzise Struktur oder ein Gebäude zu beschreiben, verweilt er nur bei Eindrücken weiter Winkel und Steinoberflächen – Oberflächen, die zu groß waren, um von dieser Erde zu sein; unselig, mit schauderhaften Bildern und blasphemischen Hieroglyphen bedeckt. Ich erwähne seine Bemerkung über die Winkel deshalb, weil sie auf etwas hinweist, das Wilcox mir aus seinen Schreckensträumen erzählt hatte. Er hatte gesagt: die Geometrie der Traumstädte, die er sah, sei abnorm, un-euklidisch und in ekelhafter Weise von Sphären und Dimensionen erfüllt gewesen, die fern von den unseren seien. Nun fühlte ein einfacher Seemann dasselbe, da er auf die schaudervolle Realität blickte.

Johansen und seine Leute gelangten über eine ansteigende Sandbank in diese monströse Akropolis, und sie erklommen titanische, von schlüpfrigem, grauenhaft grünem Tang überwucherte Blöcke, die niemals eine Treppe für Menschenmaß gewesen sein konnten. Sogar die Sonne am Himmel schien verzerrt, als sie durch das polarisierte Miasma strahlte, das aus diesen widernatürlichen Wässern wie Gift hochstieg; und fratzenhafte Bedrohung und Spannung grinste boshaft aus diesen trügerischen Ecken und Winkeln der behauenen Felsen, die auf den ersten Blick konkav erschienen und auf den zweiten konvex.

Furcht hatte alle Abenteurer ergriffen, noch bevor sie etwas anderes als nur Felsen, Schlick und Tang erblickt hatten. Jeder von ihnen wäre lieber geflüchtet, hätte er nicht die Verachtung der anderen gescheut; und nur mit halbem Herzen suchten sie – vergeblich, wie sich herausstellte – nach irgendeinem beweglichen Objekt, das sie als Andenken hätten mitnehmen können.

Rodriguez der Portugiese war es, der den Sockel des Monolithen erkletterte und herunterrief, was er entdeckt habe. Die übrigen folgten ihm und schauten neugierig auf die gewaltige gemeißelte Tür mit dem nun schon bekannten Oktopus – oder drachenähnlichen als Basrelief gehauenen Bildwerk. Sie war, so berichtet Johansen, wie ein großes Scheunentor; und alle fühlten, daß es sich um eine Tür handeln müsse wegen der verzierten Schwellen und Pfosten, die sie umgaben, doch sie konnten sich nicht klar darüber werden, ob sie flach wie eine Falltüre oder schrägliegend wie eine im Freien befindliche Kellertür war. Wie Wilcox gesagt haben würde: die Geometrie dieses Ortes war völlig verkehrt. Sie wußten nicht genau, ob das Meer und der Grund, auf dem sie sich bewegten, in der Horizontale lagen, infolgedessen war die relative Position alles übrigen auf phantastische Weise variabel.

Briden drückte an mehreren Stellen auf dem Stein herum, doch ohne Ergebnis. Dann tastete Donovan sorgfältig die Ränder ab und befühlte jeden einzelnen

Punkt. Er kletterte an diesem grotesken Steingebilde unendlich hoch – das heißt, wenn man es klettern nennen wollte – vielleicht war das Ding am Ende doch horizontal? – und alle Männer fragten sich, wie es eine so hohe Tür im Universum überhaupt geben könne. Da begann plötzlich die mehrere *acres* große Tür ganz sanft und leise am oberen Ende nachzugeben; und sie sahen, daß sie ausbalanciert war. Donovan glitt die Pfosten herunter und beobachtete zusammen mit seinen Kameraden das unheimliche Zurückweichen des monströsen Portals. In dieser verrückten prismatischen Verzerrung bewegte sie sich völlig pervers, in einer Diagonale, und alle Regeln von Materie und Perspektive schienen auf dem Kopf zu stehen.

Die Öffnung war tiefschwarz, von einer Dunkelheit, die fast stofflich war. Diese Finsternis war tatsächlich von *positiver Qualität;* sie quoll wie Rauch aus ihrem jahrtausendealten Gefängnis heraus und verdunkelte sichtbar die Sonne, als sie mit schlagenden häutigen Flügeln dem zurückweichenden Himmel entgegenkroch. Der Geruch, der aus den frischgeöffneten Tiefen drang, war unerträglich. Schließlich glaubte der feinhörige Hawkins ein ekelhaft schlurfendes Geräusch dort unten zu vernehmen. Jeder lauschte, lauschte noch immer, als ES sabbernd hervortappte und tastend seine gallertartige grüne Masse durch die schwarze Öffnung in die durchgiftete Luft dieser wahnsinnigen Stadt preßte.

Die Handschrift des armen Johansen versagte fast, da er dies beschrieb. Zwei der sechs Männer, die das Schiff nie wieder erreichten, starben in diesem verfluchten Augenblick, wahrscheinlich aus reinem Grauen. Das *Ding* kann unmöglich beschrieben werden – es gibt keine Sprache für solche Abgründe brüllenden unvorstellbaren Irrsinns, für diese Verneinung von Materie, kosmischer Gültigkeit und Ordnung. Ein Berg bewegte sich wie eine Qualle, stolperte schlingernd einher. O Gott! war es da zu verwundern, daß auf der anderen Seite der Erde ein großer Architekt verrückt wurde und der unglückliche Wilcox in diesem telepathischen Augenblick im Fieber raste? Das *Ding* der Idole, das schleimgrüne klebrige Gezücht der Sterne, war aufgestanden, um sein Recht zu beanspruchen. Die Planeten standen wieder in der richtigen Position, und was ein jahrtausendealter Kult vergeblich beabsichtigt hatte, das hatte durch Zufall ein Haufen nichtsahnender Seeleute vollbracht. Nach Vigintillionen Jahren erblickte der große Cthulhu zum erstenmal wieder das Licht, und er raste vor Lust.

Drei der Leute wurden von den glitschigen Fängen verschlungen, noch bevor sich jemand bewegte. Gott möge ihnen Frieden schenken – wenn es irgendeinen Frieden im Universum gibt! Es waren Donovan, Guerrera und Angström. Parker glitt aus, als die übrigen drei in panischem Schrecken über endlose Flächen grünverkrusteter Felsen zum Boot stürzten, und Johansen geht jeden Eid ein, daß er von einem Winkel in dem Quaderwerk verschluckt wurde, den es eigentlich gar nicht hätte geben dürfen; einem Winkel, der spitz war, aber alle Eigenschaften eines stumpfen besaß. So erreichten nur Briden und Johansen das Boot, und sie ruderten verzweifelt auf die *Alert* zu, als sich das gebirgige monströse Schleimding die glitschigen Felsen herunterplumpsen ließ und zögernd im seichten Wasser umherwatete. Es war nur das Werk von ein paar Sekunden, fieberhaftes Hin- und Herhasten zwischen

Dampfkesseln und Steuerhaus, um die *Alert* flottzu-
machen; langsam begann sie inmitten dieser grauenhaften unbeschreiblichen Szene die lethalen Gewässer
aufzuwühlen; während auf den Felsblöcken dieser
Leichenküste, die nicht von dieser Welt war, das *Ding*
von den unseligen Sternen geiferte und sabberte und
grunzte wie Polyphem, der das fliehende Boot des
Odysseus verfluchte. Dann glitt der große Cthulhu,
verwegener als der historische Kyklops, schleimig ins
Wasser und machte sich mit wellenaufwühlenden Schlägen von kosmischer Gewalt auf die Verfolgung. Briden
verlor den Verstand, als er zurückschaute, und wurde
von wildem Lachen geschüttelt, das erst sein Tod eines
Nachts beendete, während Johansen wie im Delirium
auf dem Schiff herumirrte.

Aber Johansen hatte noch nicht aufgegeben. Er wußte,
daß das *Ding* die *Alert* leicht überholen konnte, auch
wenn die Yacht das Letzte hergab; er wußte, daß er
nur eine einzige Chance hatte; und er ging mit dem
Schiff auf volle Geschwindigkeit und riß das Steuer
herum. Da die aufgewühlte See schäumte und wirbelte
und der Dampf höher und höher stieg, lenkte der
wackere Norweger den Bug des Schiffes geradewegs
gegen die ihn verfolgende Gallertmasse, die sich aus
diesem unreinen Schaum wie das Heck einer grausigen
Galleone erhob. Der scheußliche Tintenfischkopf mit den
wühlenden Armen berührte schon fast den Bugspriet
der Yacht, aber Johansen steuerte unnachgiebig weiter.

Es folgte ein Bersten wie von einer Blase, die birst,
eine schlammige eitergelbe Ekligkeit wie die eines ge-
platzten Mondfisches, ein Gestank wie aus Millionen
offenen Gräbern und ein Geräusch, das zu beschreiben
sich die Feder des Chronisten sträubt. Für einen Augen-

blick war das Schiff von einer beißenden und blind-machenden grünen Wolke eingehüllt; dann wallte es achterwärts giftig auf, wo – Gott im Himmel – die versprengte Plastizität dieser namenlosen Himmels-brut sich nebelhaft wieder zu seiner verhaßten ur-sprünglichen Gestalt zusammensetzte, während sich die Distanz mit jedem Augenblick vergrößerte und die *Alert* neuen Antrieb aus dem hochsteigenden Dampf erhielt.

Das war alles. Danach brütete Johansen bloß noch über dem Götzenbild in der Schiffskabine, nahm kaum etwas zu sich und schenkte dem lachenden Irren an seiner Seite wenig Aufmerksamkeit. Er versuchte gar nicht mehr, das Schiff zu steuern, denn der Umschwung hatte irgend etwas in seinem Inneren zerstört. Dann kam der Sturm vom 2. April, und hier verdichteten sich die Wolken in seinem Erinnerungsvermögen. Er weiß nur von gespenstischem Wirbeln durch die Strudel der Unendlichkeit, von schwindelerregenden Ritten auf Kometenschweifen durch schwankende Welten und von hysterischen Stürzen vom Mond in die höllischen Ab-gründe und zurück aus den Tiefen auf den Mond; all das begleitet vom brüllenden Gelächter der ausge-lassenen *Alten Götter* und der grünen fledermaus-flügeligen spottenden Teufel des Tartarus.

Rettung aus diesen Träumen kam durch die *Vigilant*, das Admiralitätsgericht, die Straßen von Dunedin und die lange Reise heimwärts, in sein Haus am Egeberg. Er konnte einfach nichts erzählen – man würde ihn für verrückt halten. Er wollte aufschreiben, was er wußte, bevor der Tod zu ihm kam; aber seine Frau durfte nichts erfahren. Der Tod war ja eine Gnade, wenn er nur diese Erinnerungen auslöschen konnte.

Das war das Dokument, das ich las, und nun liegt es in der Kassette neben dem Basrelief und Prof. Angells Papieren. Meine eigene Niederschrift werde ich hinzufügen – diesen Beweis meiner Zurechnungsfähigkeit, in dem ich aneinanderfügte, was, wie ich hoffe, nie wieder jemand aneinanderfügen wird. Ich habe gesehen, was das Universum nur an Grauenvollem besitzt, und danach müssen mir selbst der Frühlingshimmel und die Sommerblumen vergiftet sein. Aber ich glaube nicht, daß ich noch lange leben werde. Wie mein Großonkel ging, wie Johansen ging, so werde auch ich gehen. Ich weiß zuviel, und der Kult ist noch lebendig.

Und Cthulhu lebt noch – wie ich annehme –, wieder in dem steinernen Abgrund, der ihn schützt seit der Zeit, da die Sonne jung war. Seine verfluchte Stadt ist wieder versunken, denn die *Vigilant* segelte nach dem Aprilsturm über die Stelle hinweg; aber seine Diener auf Erden heulen, tanzen und morden noch immer in abgelegenen Wäldern um götzengekrönte Monolithen. *Er* muß beim Untertauchen wieder in seiner schwarzschlündigen Versenkung verschwunden sein, sonst würde jetzt die Welt in Furcht und Schrecken rasen. Wer weiß das Ende? Was aufstieg, kann wieder untergehen, und was versank, kann wieder erscheinen. Grauenvolles wartet und träumt in der Tiefe, und Fäulnis kommt über die wankenden Städte der Menschen. Es wird eine Zeit geben – aber ich darf und kann daran nicht denken! Ich bete darum, daß, falls ich das Manuskript nicht überleben sollte, meine Testamentsvollstrecker Vorsicht und Wagemut walten lassen und dafür sorgen, daß kein anderes Auge es je erblickt.

Inhalt

Phantastische Literatur
im suhrkamp taschenbuch

Dietmar Dath
- Die Abschaffung der Arten. Roman. Mit Illustrationen von Daniela Burger. st 4145. 552 Seiten
- Sämmtliche Gedichte. Roman. st 4215. 284 Seiten

Mircea Eliade. Der besessene Bibliothekar. Roman. Übersetzt von Richard Reschika. st 2828. 358 Seiten

Herbert Genzmer
- Das Amulett. Roman. st 2641. 279 Seiten
- Die Einsamkeit des Zauberers. Roman. st 2871. 181 Seiten

Marcus Hammerschmitt. Der Glasmensch und andere Science-fiction-Geschichten. Mit einem Nachwort des Autors. st 2473. 188 Seiten

Stanisław Lem
- Also sprach GOLEM (Best of Lem). Übersetzt von Friedrich Griese. st 4135. 185 Seiten
- Die Astronauten. Übersetzt von Rudolf Pabel. st 441. 285 Seiten
- Eine Minute der Menschheit. Eine Momentaufnahme. Aus Lems Bibliothek des 21. Jahrhunderts. Übersetzt von Edda Werfel. st 955. 112 Seiten
- Fiasko. Roman. Übersetzt von Hubert Schumann. st 3174. 432 Seiten
- Frieden auf Erden. Roman. Übersetzt von Hubert Schumann. st 1574. 273 Seiten.
- Der futurologische Kongreß. Aus Ijon Tichys Erinnerungen. Übersetzt von Irmtraud Zimmermann-Göllheim. st 534. 144 Seiten, st 4133. 138 Seiten

- Der weiße Tod. Gesammelte Robotermärchen. Übersetzt
  von Karl Dedecius, Irmtraud Zimmermann-Göllheim,
  Caesar Rymarowicz, Jens Reuter und Klaus Staemmler.
  st 3536. 466 Seiten
- Pilot Pirx. Erzählungen. Übersetzt von Roswitha Busch-
  mann, Kurt Kelm, Caesar Rymarowicz und Barbara
  Sparing. st 3535. 548 Seiten

H. P. Lovecraft

- Azathoth. Vermischte Schriften. Übersetzt von Franz
  Rottensteiner. Ausgewählt von Kalju Kirde. st 1627.
  320 Seiten
- Berge des Wahnsinns. Eine Horrorgeschichte. Übersetzt
  von Rudolf Hermstein. st 2760. 192 Seiten
- The Best of H. P. Lovecraft. Übersetzt von H. C. Artmann
  und Rudolf Hermstein. st 2552. 240 Seiten
- Cthulhu. Geistergeschichten. Mit einem Vorwort von
  Giorgio Manganelli. Übersetzt von H. C. Artmann.
  st 29. 256 Seiten
- Das Ding auf der Schwelle. Unheimliche Geschichten.
  Übersetzt von Rudolf Hermstein. Mit einem Nachwort
  von Kalju Kirde. st 357. 244 Seiten
- Der Fall Charles Dexter Ward. Eine Horrorgeschichte.
  Übersetzt von Rudolf Hermstein. st 1782. 240 Seiten
- Der Flüsterer im Dunkeln. Eine Horrorgeschichte.
  Übersetzt von Rudolf Hermstein. st 2761. 123 Seiten
- Das Grauen im Museum und andere Erzählungen.
  Übersetzt von Rudolf Hermstein. Ausgewählt von Kalju
  Kirde. st 1067. 332 Seiten, st 2733. 342 Seiten
- In der Gruft und andere makabre Erzählungen. Übersetzt
  von Michael Walter. st 2757. 224 Seiten
- Lesebuch. Herausgegeben von Franz Rottensteiner.
  Mit einem Essay von Barton Lévi St. Armand. Übersetzt
  von H. C. Artmann. st 1306. 448 Seiten

Murilo Rubião. Der Feuerwerker Zacharias. Erzählungen. Übersetzt und mit einem Nachwort von Ray-Güde Mertin. st 2151. 154 Seiten

Stefan Schütz. Schnitters Mall. Eine kanadische Erzählung. st 2855. 154 Seiten

Arkadi Strugatzki/Boris Strugatzki
- Die bewohnte Insel. Roman. Übersetzt von Erika Pietraß. st 1946. 352 Seiten
- Picknick am Wegesrand. Utopische Erzählung. Übersetzt von Aljonna Möckel. Mit einem Nachwort von Stanisław Lem. st 670. 224 Seiten

New Gothic
im suhrkamp taschenbuch

Richard Calder. Tote Mädchen. Roman. Mit einem Vorwort von Dietmar Dath. Übersetzt von Hannes Riffel. st 4309. 242 Seiten

Paul di Filippo. Mund voll Zungen. Ihre totipotenten Tropicanalia. Roman. Mit einem Vorwort von Dietmar Dath. Übersetzt von Dietmar Dath und Katja Bendels. st 4183. 245 Seiten

Michael Marano. Dawn Song. Roman. Übersetzt von Eva Bauche-Eppers. st 4139. 572 Seiten

suhrkamp taschenbücher
Eine Auswahl

Joanna Bator
- Sandberg. Roman. Übersetzt von Esther Kinsky. st 4404. 492 Seiten
- Wolkenfern. Roman. Übersetzt von Esther Kinsky. st 4574. 499 Seiten

Jurek Becker
- Bronsteins Kinder. Roman. st 1517. 302 Seiten
- Jakob der Lügner. Roman. st 774. 288 Seiten

Louis Begley
- Lügen in Zeiten des Krieges. Roman. Übersetzt von Christa Krüger. st 2546. 223 Seiten. Großdruck: st 4092. 310 Seiten
- Ehrensachen. Roman. Übersetzt von Christa Krüger. st 3998. 444 Seiten
- Schmidts Einsicht. Roman. Übersetzt von Christa Krüger. st 4415. 415 Seiten

Thomas Bernhard
- Alte Meister. Komödie. st 1553. 310 Seiten
- Auslöschung. Ein Zerfall. st 1563. 651 Seiten
- Heldenplatz. st 2474. 176 Seiten
- Holzfällen. Eine Erregung. st 1523. 336 Seiten
- Städtebeschimpfungen. Herausgegeben von Raimund Fellinger. st 4074. 178 Seiten

Peter Bichsel
- Kindergeschichten. st 2642. 86 Seiten
- Über Gott und die Welt. Schriften zur Religion. Herausgegeben von Andreas Mauz. st 4154. 288 Seiten

Lily Brett
- Lola Bensky. Roman. Übersetzt von Brigitte Heinrich. st 4470. 302 Seiten

– Chuzpe. Roman. Übersetzt von Melanie Walz. st 3922.
  334 Seiten

Jaume Cabré
– Die Stimmen des Flusses. Roman. Übersetzt von Kirsten
  Brandt. st 4049. 666 Seiten

Truman Capote
– Die Grasharfe. Roman. Übersetzt von Annemarie Seidel
  und Friedrich Podszus. st 1796. 208 Seiten

Paul Celan
– Die Gedichte. Kommentierte Gesamtausgabe in einem
  Band. Herausgegeben und kommentiert von Barbara
  Wiedemann. st 3665. 1000 Seiten

Marguerite Duras
– Der Liebhaber. Übersetzt von Ilma Rakusa. st 4507.
  143 Seiten

Hans Magnus Enzensberger
– Herrn Zetts Betrachtungen, oder Brosamen, die er fallen
  ließ, aufgelesen von seinen Zuhörern. st 4553. 226 Seiten
– Hammerstein oder Der Eigensinn. Eine deutsche
  Geschichte. st 4095. 378 Seiten
– Versuche über den Unfrieden. st 4626. 183 Seiten
– Gedichte 1950-2020. st 5013. 250 Seiten

Laura Esquivel
– Bittersüße Schokolade. Roman. Übersetzt von Petra Strien.
  st 2391 und it 4030. 278 Seiten

Elena Ferrante
– Meine geniale Freundin. Übersetzt von Karin Krieger.
  Roman. st 4930. 488 Seiten

- Die Geschichte eines neuen Namens. Übersetzt von Karin
  Krieger. Roman. st 4952. 704 Seiten
- Die Geschichte der getrennten Wege. Übersetzt von Karin
  Krieger. Roman. st 4953. 640 Seiten

Candice Fox
- Hades. Thriller. Übersetzt von Anke Caroline Burger.
  Herausgegeben von Thomas Wörtche. st 4838. 341 Seiten
- Eden. Thriller. Übersetzt von Anke Caroline Burger.
  Herausgegeben von Thomas Wörtche. st 4861. 473 Seiten
- Fall. Thriller. Übersetzt von Anke Caroline Burger.
  Herausgegeben von Thomas Wörtche. st 4927. 470 Seiten

Philippe Grimbert
- Ein Geheimnis. Roman. Übersetzt von Holger Fock und
  Sabine Müller. st 3920. 154 Seiten

Peter Handke
- Immer noch Sturm. st 4323. 165 Seiten
- Mein Jahr in der Niemandsbucht. Ein Märchen aus den
  neuen Zeiten. st 3887. 628 Seiten
- Die morawische Nacht. Erzählung. st 4108. 560 Seiten
- Wunschloses Unglück. Erzählung. st 3287. 96 Seiten

Marie Hermanson
- Der Mann unter der Treppe. Roman. Übersetzt von Regine
  Elsässer. st 3875. 269 Seiten
- Muschelstrand. Roman. Übersetzt von Regine Elsässer.
  st 3390. 304 Seiten

Hermann Hesse
- Der Steppenwolf. Roman. st 175. 288 Seiten
- Siddhartha. Eine indische Dichtung. st 182. 128 Seiten
- Narziß und Goldmund. Erzählung. st 274. 320 Seiten

– Wäldchestag. Roman. st 3381. 315 Seiten
– Das Zimmer. Roman. st 4303. 203 Seiten

Adrian McKinty
– Der katholische Bulle. Roman. Übersetzt von Peter
  Torberg. st 4523. 384 Seiten

Robert Menasse
– Die Hauptstadt. Roman. st 4920. 459 Seiten
– Die Vertreibung aus der Hölle. st 4863. 729 Seiten

Patrick Modiano
– Eine Jugend. Roman. Übersetzt von Peter Handke. st 4615.
  187 Seiten
– Die Gasse der dunklen Läden. Roman. Übersetzt von
  Gerhard Heller. st 4617. 160 Seiten
– Villa Triste. Roman. Übersetzt von Walter Schürenberg.
  st 4616. 142 Seiten

Cees Nooteboom
– Allerseelen. Roman. Übersetzt von Helga van Beuningen.
  st 3163. 440 Seiten
– Briefe an Poseidon. Übersetzt von Helga van Beuningen.
  st 4494. 224 Seiten
– Schiffstagebuch. Ein Buch von fernen Reisen. Übersetzt
  von Helga van Beuningen. st 4362. 283 Seiten

Amos Oz
– Eine Geschichte von Liebe und Finsternis. Roman.
  Übersetzt von Ruth Achlama. st 3788 und st 3968.
  828 Seiten
– Judas. Roman. Übersetzt von Mirjam Pressler. st 4670. 331
  Seiten
– Unter Freunden. Übersetzt von Mirjam Pressler. st 4509.
  215 Seiten

Andreas Pflüger
– Endgültig. Thriller. st 4770. 458 Seiten
– Niemals. Thriller. st 4940. 475 Seiten

Marcel Proust
– Auf der Suche nach der verlorenen Zeit. 3 Bände in
  Kassette. Übersetzt von Eva Rechel-Mertens. st 4830.
  5200 Seiten

Ralf Rothmann
– Der Gott jenes Sommers. Roman. st 4959. 260 Seiten
– Im Frühling sterben. Roman. st 4680. 233 Seiten

Judith Schalansky
– Atlas der abgelegenen Inseln. Fünfzig Inseln, auf denen ich
  nie war und niemals sein werde. st 5002. 240 Seiten
– Blau steht dir nicht. Matrosenroman. st 4284. 139 Seiten
– Der Hals der Giraffe. Bildungsroman. st 4388. 222 Seiten

Andrzej Stasiuk
– Die Welt hinter Dukla. Roman. Übersetzt von Olaf Kühl.
  st 3391. 176 Seiten
– Hinter der Blechwand. Roman. Übersetzt von Renate
  Schmidgall. st 4405. 349 Seiten

Uwe Tellkamp
– Der Eisvogel. Roman. st 4161. 318 Seiten
– Der Turm. Geschichte aus einem versunkenen Land.
  Roman. st 4160. 976 Seiten

Hans-Ulrich Treichel
– Der Verlorene. Erzählung. st 3061. 176 Seiten

Rose Tremain
– Der unausweichliche Tag. Roman. Übersetzt von Christel
   Dormagen. st 4403. 334 Seiten

Mario Vargas Llosa
– Das böse Mädchen. Roman. Übersetzt von Elke Wehr.
   st 3932. 395 Seiten
– Ein diskreter Held. Roman. Übersetzt von Thomas Brovot.
   st 4545. 380 Seiten

Martin Walser
– Ein fliehendes Pferd. Novelle. st 600. 160 Seiten

Don Winslow
– Die Sprache des Feuers. Übersetzt von Chris Hirte. st 4525.
   418 Seiten
– Kings of Cool. Roman. Übersetzt von Conny Lösch.
   st 4488. 349 Seiten
– Tage der Toten. Kriminalroman. Übersetzt von Chris
   Hirte. st 4340. 689 Seiten